L'HOMME FATAL

Née le 22 mai 1950 à Lorient, port breton fondé au XVIIe siècle par la Compagnie des Indes, Irène Frain publie son premier roman en 1982, *Le Nabab* (Lattès, prix des Maisons de la Presse), inspiré par le parcours authentique d'un petit mousse breton du XVIIIe siècle devenu chef de guerre en Inde. Cet ouvrage connut dès sa publication un immense succès. Après quinze ans d'enseignement en lycée et université comme professeur agrégé, elle décide de se consacrer entièrement à l'écriture. Elle publie successivement *Modern Style* (Lattès, 1984), *Désirs* (Lattès, 1986), *Secret de famille* (Lattès, 1989, adapté pour la télévision en 1992), un roman en grande partie autobiographique, *Histoire de Lou* (Fayard, 1990) et *L'Homme fatal* (1995). Tous ces romans ont rencontré un très grand succès.

En 1989, parallèlement à l'écriture de ces textes et à sa carrière de journaliste à l'hebdomadaire *Paris Match*, Irène Frain commence une très longue enquête sur la femme-bandit indienne contemporaine Phoolan Devi. Cette enquête, qui l'amène à reprendre ses voyages en Inde, aboutira à la publication en 1993 de *Devi* (Fayard/Lattès), fiction inspirée par ces quatre années d'enquête, et de *Quai des Indes* (Fayard), ouvrage autobiographique où elle s'explique sur son rapport à l'Inde et la portée historique et sociologique de la trajectoire de Phoolan Devi. En 1994, à la suite d'un nouveau voyage, elle complète ces deux ouvrages par la publication d'un recueil de textes illustrés par l'aquarelliste André Julliard, *La Vallée des hommes perdus* (Éditions DS).

Passionnée d'histoire, elle est également l'auteur de plusieurs ouvrages historiques ou de sociologie historique : *Quand les Bretons peuplaient les mers* (Fayard, 1979), sur l'histoire maritime de sa province natale, *La Guirlande de Julie* (Laffont, 1991), sur la naissance de la civilité amoureuse en France et l'origine du langage des fleurs, *Vive la mariée* (Du May, 1993), sur les rites du mariage.

Enfin, d'après des récits traditionnels de marins bretons, elle a écrit un livre de contes, *Les Contes du cheval bleu les jours de grand vent* (1980).

Paru dans Le Livre de Poche :

LE NABAB
DÉSIRS
HISTOIRE DE LOU
SECRET DE FAMILLE
DEVI

IRÈNE FRAIN

L'Homme fatal

ROMAN

FAYARD

© Librairie Arthème Fayard, 1995.

Toute ressemblance avec des personnages existant
ou ayant existé serait pure coïncidence.

*Combien d'hommes
profondément distraits pénétrèrent
dans des trompe-l'œil
et ne sont pas revenus...*

Jean COCTEAU,
Essai de critique indirecte

A R.M. et C.C.

I

Il faut trouver sans doute le courage de tout dire, de remonter au premier soir. De revenir à l'instant où tout commença, avec cet homme. A sa silhouette, d'abord, à sa voix. A son nom.

Steiner, il s'appelait Steiner. Il est arrivé sans prévenir, il n'y a pas eu de signe, pas d'alerte. Tout s'est arrêté d'un coup ; un blocage du souffle, peut-être, ou du cœur, un dixième de seconde — peu de chose, en tout cas. Une syncope à peine perceptible ; une minuscule inclusion d'éternité ou de mort à l'intérieur d'une vie. Mais un instant de trop.

L'heure d'avant, sous les combles de la vieille Bibliothèque, c'était encore la paix, ou ce qui lui ressemble : la basse continue des avenues toutes proches, le bourdon des moteurs, étouffé par les boiseries, les kilomètres de corridors et de rayonnages où sommeillaient les livres. Il y eut aussi du vent, ce soir-là ; un vent noyé de pluie.

Depuis le début de l'après-midi, l'averse cravache en longs flagelles les faîtières percées il y a trois mois dans l'ardoise des combles pour remplacer les lucarnes de zinc délabrées par plus d'un siècle d'intempéries. On les a changées pour des doubles vitrages, sans croisée. Leurs menuiseries sentent encore l'atelier ; elles vibrent à peine sous l'ondée, on croirait les sabords d'un vaisseau à toute épreuve. On en oublie l'énorme panse gorgée de papier dont les plis et replis labyrinthiques occupent les étages inférieurs. Depuis les bureaux des combles, au lieu d'un estomac malade qui n'en finit plus de ruminer sa monstrueuse indigestion de livres, la Bibliothèque impose l'image d'une cale gorgée de trésors, voguant avec allégresse sur le tourbillon des siècles. Une nef indestructible.

Est-ce cette illusion de sécurité qui pousse Juliet Osborne, ce soir-là, à s'attarder dans son bureau ? 3 décembre, dix-sept heures : la nuit n'est pas loin, c'est vendredi soir, le pouls de la ville s'accélère. Elle devrait s'en aller. Ce n'est pas le moment de traîner : elle a rendez-vous pour dîner ; il faut qu'elle repasse chez elle pour se changer.

Mais elle n'en a plus envie. C'est même pire : rien que d'y penser, elle en a le cœur soulevé. Jusqu'à la fin de l'après-midi, elle a réussi tant bien que mal à refouler ce malaise : un catalogue d'exposition à relire, d'ultimes vérifications sur des manuscrits. Mais, à présent que le jour décline, l'échéance se précise ; et plus le soir approche, plus Juliet Osborne redoute le moment de sortir. De temps en temps, elle lève le nez vers la lucarne houspillée par la tempête et se surprend à rêver de passer la soirée ici. De ne pas sortir de la nuit.

L'ombre l'environne et Juliet Osborne reste à son bureau, le dos cassé au-dessus d'un manuscrit chinois. Elle parvient encore à en déchiffrer les calligrammes, mais elle n'a pas la force de prendre une seule note. Cependant elle s'acharne ; elle se passe et repasse les doigts dans les cheveux — un geste familier lorsqu'elle se sent préoccupée.

Comme sous l'effet d'un automatisme, ses vigoureuses mèches brunes reprennent aussitôt la place assignée par le coiffeur lors de sa dernière coupe. En retombant, elles découvrent quelques racines grisonnantes — voire carrément blanches au-dessus de l'oreille et aux alentours de la nuque. Comme l'éclairage du bureau est très doux (en dehors d'une lampe halogène dirigée sur le manuscrit, l'émeraude de deux vieilles opalines et, sur une tablette d'angle, la lunette bleu argent d'un écran informatique), Juliet Osborne, à cet instant, ne paraît pas son âge — quarante-deux ans.

La voici qui se met à lorgner son téléphone, à droite

de la lampe et d'une pile de dossiers. Elle sait pourtant qu'elle ne peut annuler son rendez-vous. Il n'y a guère de chances non plus qu'il soit décommandé. Elle n'a désormais d'autre issue que d'y aller.

Juliet Osborne se lève, tente de deviner, dans le couloir et les pièces voisines, les allées et venues de sa secrétaire. Tout demeure silencieux. Elle s'approche d'une vieille bouche grillagée aménagée naguère entre les boiseries du bureau — une relique du premier système de chauffage, depuis longtemps désaffecté. Par l'orifice, elle devrait pouvoir distinguer, comme les autres jours, l'étrange chuchotis de la salle de lecture, le chuintement des volumes patiemment feuilletés, l'écho feutré des va-et-vient, à pas qu'on croirait comptés, entre tables et étagères ; la fièvre murmurante, en somme, des neurones lisant, écrivant, cogitant. Mais la pluie brouille tout, ce soir ; la bouche reste muette. L'humidité étouffe jusqu'à l'odeur de la Bibliothèque, son relent de cuir, d'encre et de papier vieilli qui trouble tant les visiteurs néophytes.

Pourtant, Mme Pirlotte n'a pas dû quitter les lieux : lorsqu'elle s'en va, elle ne manque jamais de venir saluer sa supérieure. Juliet Osborne soupire, elle redoute ce moment ; elle n'a pas envie de croiser son regard. Elle se rassied donc, recommence à s'éreinter sur ses paperasses en se disant que lorsque l'autre frappera à la porte, elle lèvera le nez d'un air absorbé et replongera aussitôt dans ses dossiers. C'est que Mme Pirlotte est fine mouche ; de tout le personnel du département des manuscrits d'Orient, elle est la première à pressentir les tracas de la conservatrice en chef. Elle en fournit aussitôt aux autres employés une exégèse en règle, qui a tôt fait de se répandre dans les recoins les plus reculés de la Bibliothèque.

Il est vrai qu'au sein de cette principauté austère, la biographie de Juliet Osborne suscite des gloses à n'en plus finir : deux maris, deux divorces (de l'histoire ancienne, le second remonte à plus de deux ans) ; plusieurs liaisons — non concomitantes, Dieu merci.

Et pas d'enfants. Enfin, d'après Mme Pirlotte, Juliet Osborne a eu un nombre non négligeable d'aventures. Ce dernier point, toutefois, n'est pas avéré.

C'est à son ascendance paternelle britannique qu'on impute généralement les tribulations amoureuses de la conservatrice en chef. Ces mêmes origines sont invoquées pour expliquer quelques excentricités vestimentaires et, les jours de colère ou de vive émotion, la rémanence d'un léger accent.

Pirlotte est passée experte dans le déchiffrement de ces signes ténus. Elle en use comme l'archéologue John Evans, le découvreur de Cnossos qui, à partir d'un amas de colonnes tronquées et de tessons aux couleurs blêmies par les siècles, ne craignit pas de reconstituer tout un palais. Ainsi, d'un rien, d'un froncement de sourcils de Juliet Osborne, d'un fragment de phrase inquiet, d'un nouveau correspondant au téléphone, du seul nom d'un visiteur, elle extrapole les heurs et malheurs supposés de la conservatrice en chef ; puis, d'une langue véloce, elle en colporte partout l'analyse, souvent fort ornementée.

Juliet Osborne a choisi depuis longtemps d'ignorer ces ragots. Pour autant, au moment où elle quittera la Bibliothèque, elle ne tient pas à sentir l'œil de Pirlotte attaché à elle. Un moment, elle songe à s'esquiver par l'escalier métallique aménagé à l'autre bout du couloir ; il débouche, cinq étages plus bas, dans les magasins d'imprimés. C'est un geste insolite ; les employés qu'elle croiserait entre les rayonnages ne manqueraient pas, comme Pirlotte, d'y trouver matière à spéculation. Si donc Juliet décide de partir avant sa secrétaire, il lui faudra respecter le protocole habituel, emprunter le couloir qui mène à la salle de lecture, traverser cette pièce immense et tout en longueur, enfin passer devant le bureau de Pirlotte. Le mot *guichet* serait plus approprié : la table de Pirlotte est placée à l'entrée du département, entre deux portes vitrées dont elle commande l'ouverture par un système électrique. Personne ne pénètre dans la salle de lecture sans lui avoir présenté une autorisation en bonne et due forme. Pirlotte filtre aussi les visiteurs qui viennent consulter Juliet pour lui demander d'authentifier un manuscrit ou lui proposer de l'acquérir pour le compte de la Bibliothèque, les *clients*, ainsi qu'elle les surnomme : souvent des amateurs dilatés d'importance qui arrivent sans s'annoncer, forts d'un parchemin enfoui au fond de leur sacoche. Le plus souvent, ils jurent qu'il vaut un pactole et refusent de le lui montrer, arguant de son extrême fragilité.

Pirlotte est rompue à amadouer ces propriétaires enflammés. Elle leur parle longuement de la conservatrice en chef, la leur décrit comme une créature mandarinale aussi belle qu'inabordable, et leur suggère de revenir un autre jour, en glissant sous leur nez son cahier de rendez-vous. S'ils insistent, elle les convainc de lui dévoiler leur antiquité, l'examine d'un air tracassé, s'enfonce d'un pas fébrile dans les tréfonds des corridors, puis revient leur apprendre dans un long soupir qu'elle leur a obtenu la grâce d'une entrevue immédiate avec l'Inaccessible. L'ardeur que met Pirlotte à jouer cette petite comédie est constante ; elle ne s'éteint guère que le vendredi, aux alentours de midi. Il est vrai qu'en fin de semaine, comme les lecteurs, les *clients* se font rares.

Au moment où ce détail revient à l'esprit de Juliet Osborne, elle y trouve brusquement une raison de se rassurer : si Pirlotte est encore là, en ce vendredi soir, à plus de cinq heures, c'est sûrement qu'elle a reçu une visite de dernière minute. La tentation la traverse d'appeler sa secrétaire par la ligne téléphonique intérieure. Elle se ravise sur-le-champ : si son hypothèse est fausse et que Pirlotte se trouve tout bonnement plongée dans une gazette à sensation — son occupation favorite du vendredi après-midi —, ce mouvement si peu dans sa manière ne manquera pas d'attirer son attention.

La pluie faiblit mais continue de battre régulièrement la lucarne. Juliet soupire à nouveau, recommence à fixer les calligrammes de ses yeux au gris incisif, si précis qu'ils peuvent débusquer sans loupe, là où personne, depuis des siècles, n'y a vu que du feu, une signature arachnéenne, un repentir dissimulé par quelque grattage microscopique. Sous la lampe qui estompe la crispation de son front et de ses maxillaires, Juliet Osborne semble ainsi recouvrer peu à peu ses dehors habituels, le personnage auquel elle s'est complue depuis des années, celui de la brillante et secrète conservatrice en chef du département des manuscrits d'Orient.

Il y a donc un répit, un ultime moment de paix. Elle se concentre sur son manuscrit, elle en oublie son dîner, jusqu'au souvenir de la proximité de Pirlotte. Elle est tout entière au plaisir du déchiffrage, c'est une tension bizarre, faite de ténacité, de volonté de vaincre, comme au jeu ; une pure jubilation, qui n'appartient qu'à elle et qui remonte à très loin — à son adolescence sans doute, à ses quinze ans, quand elle avait décidé, à la stupeur générale, d'apprendre le chinois.

Au bout de quelques minutes, cependant, sa ferveur retombe. Est-ce un calligramme qui, soudain, éveille en elle quelque réminiscence ? Un détail de l'encrage, du papier qui lui rappelle un autre encrage, un autre papier ? Elle relève la tête, repousse le manuscrit et, pour la centième fois de la journée, son regard fuit vers sa pile de dossiers.

Au sommet, une plaquette imprimée. C'est sur elle que s'arrête son regard.

Elle recommence à se passer les doigts dans les cheveux, puis s'empare du livret. A l'évidence, elle est tentée de le jeter dans la corbeille à papiers, peut-être même de le déchirer. Au dernier instant, elle y renonce. Elle le replace au faîte de sa pile de dossiers avec un soin trop appuyé.

Car ce n'est qu'un catalogue de vente. Au centre de sa couverture en papier glacé, sous la photographie d'un vase en porcelaine et d'une indication en italique : « *Objets d'Extrême-Orient — manuscrits précieux* », est imprimée une date, le 3 décembre — hier. Une grande feuille quadrillée, vraisemblablement arrachée à un bloc, dépasse de la plaquette. Des chiffres, parfois biffés, y ont été griffonnés, des notes prises pendant les enchères. Davantage qu'au catalogue, c'est à ces chiffres que s'attache son regard gris.

C'est que Juliet Osborne est une virtuose en matière d'acquisitions dans les ventes publiques — un exercice périlleux où ne brillent guère les fonctionnaires, souvent paralysés par le montant des sommes en jeu. Elle, Juliet, l'argent ne l'a jamais effrayée : son père était riche et lui a légué de superbes collections dont elle ne s'est jamais occupée, au scandale général ; elle s'est contentée de les entreposer dans les coffres d'une banque sans y prêter le moindre intérêt, fût-ce de basse spéculation. Mais il faut croire que la passion des objets rattrape toujours les siens car, si Juliet s'est imposée à la Bibliothèque, elle le doit moins à sa science de l'Orient qu'à son savoir-faire dans les ventes. Tous les objets précieux qu'elle a convoités, livres, enluminures, manuscrits, sont infailliblement allés rejoindre les trésors de l'Etat ; jamais elle n'a laissé passer la seconde fatidique où, entre l'enchère la plus haute et l'instant où va s'abattre le marteau du commissaire-priseur, il faut faire retentir à haute et intelligible voix l'offre de préemption de la Bibliothèque. Juliet Osborne a toujours su s'emparer de ce moment crucial, il y a du rapace en elle, il faut avoir vu, à cette seconde-là, ses lèvres s'amincir, sa pupille s'étrécir. Même aux plus sombres moments de ses errances sentimentales, elle n'a jamais failli à sa réputation de tueuse d'enchères. Toujours précise et prompte, implacable épervière : qu'est-ce là, sinon la rage de collectionner ? Comme chez son père...

Ici donc, à la Bibliothèque où des générations d'employés zélés ont opiniâtrement empilé, classé, répertorié siècle après siècle les annales du monde, Juliet Osborne vient d'être rejointe par de très lointains souvenirs, des volontés obscures ; elle y a rendez-vous avec quelque chose d'elle-même, qu'elle ignore. Car elle est encore très loin d'y voir clair, sa conscience est aveuglée par ce qui s'est passé la veille, ce 3 décembre, précisément, dont la date est imprimée sur la couverture du catalogue.

Hier, pour la première fois de sa vie, elle a raté l'acquisition d'un manuscrit. Et elle l'a fait exprès.

Parce qu'elle le voulait pour elle seule. Pour la jouissance de l'emmener chez elle, de le toucher, de le déchiffrer quand bon lui semblerait. Pour éprouver le vertige de pouvoir le perdre. Pour la joie, pour la peur. Pour l'enfouir en tremblant dans une cachette au moment de partir, et le retrouver en rentrant, éperdue de bonheur. La folie pour la folie, l'envie brute, inexplicable. Injustifiable. Mais impossible de faire autrement.

Ce fut un désir fulgurant, il l'a saisie dans la minute qui a suivi la réunion où elle venait de convaincre les autorités de la Bibliothèque d'adjoindre à leurs collections ce texte rarissime. Comme elle remontait vers son bureau, dans les combles, Juliet s'est sentie prise d'une rage soudaine, puis elle s'est entendue chuchoter : « Je le veux, je le veux pour moi. » Et dans l'instant, elle a eu l'idée de son plan.

Monter l'affaire, il est vrai, était un jeu d'enfant. Il lui fallait un prête-nom, il était tout trouvé : Lucien Dolhman, un marchand d'art d'une cinquantaine d'années avec qui elle avait eu, douze ans plus tôt, une assez brève liaison. Ils se revoyaient souvent, échangeaient des confidences. Elle lui parla le soir même de la vente du manuscrit. Les autorités de la Bibliothèque, prétendit-elle avec une ombre de tristesse, avaient refusé de l'acquérir. Puis elle ajouta qu'il lui plaisait tant qu'elle avait décidé de se l'offrir. Il ne lui manquait qu'un homme de paille ; pourquoi pas lui, Dolhman, leur affection était si ancienne, si étroite... Du reste, il n'aurait rien d'autre à faire que suivre les enchères, quel qu'en soit le montant. Elle le paierait avec un tableau des collections de son père, elle l'emmènerait au coffre, il n'aurait qu'à se servir.

Dolhman parut perplexe. Il n'était pas né de la dernière pluie, il avait souvent pressenti un lien obscur entre le dévouement de Juliet à la Bibliothèque et son indifférence affichée à l'égard de l'héritage paternel. Ce soir-là, il en soupçonna le mécanisme ; mais ce ne fut qu'une intuition vague, ses propres affaires le préoccupaient. Juliet le sentit, elle en joua. Son charme emporta la décision ; intervint aussi, chez Dolhman, le souvenir de leur liaison.

Aux autorités de la Bibliothèque elle continua froidement de jouer sa comédie de l'acquisition. On la laissa faire : la mise à prix de l'objet n'était pas très élevée. Il ne pouvait d'ailleurs intéresser que des érudits ou des passionnés de thé : sa qualité était assez fruste, comme elle l'avait constaté trois semaines plus tôt, quand elle était allée l'authentifier chez le vieil antiquaire qui le mettait en vente. Il le présentait comme le seul brouillon connu du *Traité du thé*, le célèbre *Cha-King* de Lu-Yu, tracé de la main même de l'auteur. C'était probable : le papier, le dessin des calligraphies, la qualité de l'encre, tout permettait de l'affirmer. Mais ce petit rouleau d'idéogrammes était loin d'approcher le raffinement des grands manuscrits chinois : pas d'étui précieux, un simple cylindre de caractères hâtifs, dessinés sur un papier grossièrement coloré à l'orpiment pour le protéger des insectes, et qui s'enroulait autour d'un bâton de bambou. Dès qu'elle l'avait vu, pourtant, Juliet l'avait voulu ; et dès qu'elle sut qu'elle le voulait pour elle, plus rien ne l'arrêta ; elle s'abandonna à son désir, à sa pure évidence.

Le jour de la vente, elle s'est installée dans la salle avec son air habituel, tout en mystère, en distance. Dolhman était là. Ainsi qu'elle le lui avait dit, les amateurs n'étaient pas légion ; sans l'acharnement d'une femme d'une cinquantaine d'années assise au premier rang, il aurait acquis le rouleau en un rien de temps. A la seconde où elle aurait dû intervenir pour le compte de la Bibliothèque, Juliet se composa le masque d'une souveraine absence ; le marteau du commissaire-priseur s'abattit, le manuscrit fut adjugé à Dolhman. Juliet demeura de marbre. Ils sortirent en s'ignorant.

Il l'appela le soir même. Il ne s'embarrassa pas de préambules : « Maintenant, tu vas m'expliquer ce que tu lui trouves, à ton grimoire ! » Juliet ne répondit pas. Il crut bon de revenir à des façons plus amènes : « Mais qu'est-ce qui t'a pris ? Et qu'est-ce qu'on va penser, à la Bibliothèque ? » Il y eut un nouveau silence, puis elle laissa tomber : « Pourquoi veux-tu qu'on le sache ? » Dolhman reprit l'offensive : « Ce qui va se savoir, c'est que, pour la première fois de ta carrière, tu as raté ton affaire... »

Elle l'arrêta : « Tu devrais savoir que je m'en moque ! » Malgré la sécheresse du ton, il y avait au fond de sa voix quelque chose qui vacillait, une sorte d'amertume. Il risqua une nouvelle phrase : « Depuis quelque temps, Juliet... » Elle l'interrompit derechef, en l'appelant par son patronyme, comme chaque fois qu'elle était agacée : « Laisse-moi tranquille, Dolhman... » Et elle poursuivit en lui fixant rendez-vous pour la remise du rouleau.

Elle enchaîna sans hésiter, tout fut précis, sans faille, à croire qu'elle avait tout prémédité, le lieu et l'heure, la date, elle ne le laissa pas souffler, il eut à peine le temps de noter le nom du restaurant, un endroit tranquille à deux pas de chez elle ; et elle ne lui demanda même pas s'il était libre le lendemain soir, tout allait de soi, pour elle. Pourtant, les mots, les idées lui étaient venus à mesure, comme si sa convoitise, à présent, n'était plus qu'une machine folle, dans l'attente de son butoir.

Ce butoir, elle l'avait découvert dès son retour à la Bibliothèque, ce matin même, quand elle s'était mise à rêver de ne plus jamais en sortir.

Le regard de Juliet abandonne le catalogue, guette à nouveau les bruits du couloir, consulte sa montre. Dix-sept heures trente, il est peut-être encore temps d'appeler Dolhman. Mais que lui dire ? Il voudra comprendre, elle l'entend déjà lui murmurer : « Viens quand même, Juliet, explique-moi. » Et elle ne saura que lui répondre. Car il n'y a rien à comprendre, rien à expliquer.

Rien même de quoi se plaindre : ce matin, quand elle est arrivée à son bureau, personne n'a songé à lui reprocher l'incident de la veille ; et cette indifférence n'est pas pour rien dans le malaise qui l'a prise. A la décharge des autorités de la Bibliothèque, il faut dire qu'il s'est produit cette nuit, pour la troisième fois en sept semaines, une inondation dans les magasins du sous-sol ; une tuyauterie a éclaté, plusieurs centaines d'imprimés ont été noyés sous un torrent d'eau chaude. Il n'y a guère eu que Pirlotte, lorsqu'elle a passé le guichet de la salle de lecture, pour jeter à Juliet un œil bizarre ; et, dans l'après-midi, lorsqu'elle lui a apporté ses lettres à affranchir et qu'elle a trébuché devant son portillon électrique en éparpillant autour d'elle tout son courrier, Pirlotte l'a scrutée de la même prunelle glacée qu'à son arrivée. Puis elle a marmonné une phrase un peu aigre, des mots que Juliet aurait préféré ne pas entendre, quelque chose comme : « Madame Osborne, vous vous fatiguez beaucoup, depuis quelque temps... »

« Depuis quelque temps »... Elle n'a rien trouvé à répondre. A quoi bon ? Juliet soupire, lève le nez vers la lucarne. La pluie hésite, hoquette un moment puis reprend de plus belle. Le pouls de la ville bat lui aussi de plus en plus vite. Juliet s'empare de son sac, y cherche un poudrier, l'ouvre, le referme sans avoir lancé un regard au miroir, puis consulte une fois encore sa montre. A présent, Pirlotte est certainement partie : c'est l'heure où, avec ponctualité, un jeune employé vient la relayer dans la surveillance de la salle de lecture. Il ne s'en ira qu'à dix-neuf heures, à la fermeture. C'est un nouveau, Juliet est sûre qu'il ne sait rien d'elle. Même s'il la dévisage, elle n'aura pas peur de l'affronter.

D'un seul coup, elle se sent soulagée. Fatiguée autant que rassurée, d'ailleurs. Epuisée par ses impulsions contradictoires. Un nouveau soupir lui échappe, un souffle résigné ; elle se dit que Dolhman, que Pirlotte ont raison, qu'elle n'était pas ainsi il y a peu ; et qu'elle a dû changer. Mais pourquoi, au juste ? Pas à cause de son divorce : elle est séparée de son mari depuis bientôt trois ans ; et cela fait maintenant dix-huit mois qu'elle n'a pas, comme on dit, d'homme dans sa vie.

Pas d'apitoiement, tranche aussitôt Juliet, pas de rétrospective, pas de bilan, pas de vague à l'âme ni d'idées noires. Elle secoue à nouveau ses mèches ; du plat de la main, elle frappe sèchement les plis de sa jupe ; on dirait qu'elle y a amassé toute la poussière de la Bibliothèque, tant elle y met d'énergie. Puis elle se lève, range dans son coffre les manuscrits sur lesquels elle a consumé son après-midi. Enfin, avec le même soin méthodique, elle débranche son ordinateur, enfile son imperméable, le ceinture, éteint ses lampes une à une, rejette une dernière fois ses mèches en arrière et s'apprête à sortir.

Elle a décidé d'aller déambuler un moment dans les rues, malgré le vent et les averses. Qui lui a dit un jour — est-ce son père, est-ce son premier mari ? — qu'aucun état d'âme ne peut résister à une heure de marche dans le froid et la pluie ? Elle ne sait plus, sa tête est lourde. Et puis, quelle importance ? Elle redresse les épaules comme si déjà elle bravait les rafales. Marcher, aller de l'avant. Ensuite... Ensuite, on verra bien.

Et c'est là, à l'instant même où elle se croit à nouveau résolue, bien nette — le front lisse, la coiffure en ordre, ses mèches à leur place, les grands revers de son manteau étalés soigneusement sur ses épaules, ceux de son chemisier parfaitement aplatis contre le col de son manteau, tout à fait Mme Juliet Osborne, en somme, tout à fait conservatrice en chef —, que la sonnerie du téléphone, sottement, la prend de court.

La pièce n'est plus éclairée que par le reflet orangé des projecteurs disposés au-dessus des combles par la Direction des Beaux-Arts : une guirlande d'énormes lampes braquées sur les statues qui s'égrènent le long des toitures, les divinités tutélaires de la Bibliothèque — la Science, la Mémoire, la Raison, l'Histoire, l'Esprit critique et autres arides allégories. L'une de ces ombres froides s'étire sur la partie du bureau où est posé le téléphone.

Dans son espoir d'entendre la voix de Dolhman, Juliet ne prend pas le temps d'allumer la lampe, elle décroche l'appareil à l'aveuglette et distingue la voix de Pirlotte qui lui jette : « Un client ! »

Dans son intonation acide, en dépit de l'heure tardive, pas la moindre trace d'agacement. Bien au contraire, une vibration fébrile, insolite. Juliet se raidit :

« C'est impossible, je m'apprête à partir.

— Madame Osborne...

— Je m'en vais, tranche à nouveau Juliet. Prenez votre carnet, dites-lui de revenir... Lundi après-midi ou... attendez... »

Elle plisse les yeux, la pénombre la gêne ; elle s'embarrasse dans ses mouvements, ne trouve ni l'agenda, ni l'interrupteur. Dans sa fièvre, elle en vient à bégayer : « Attendez, attendez... »

Sous ses doigts qui courent sur le chêne de la table, elle sent enfin l'interrupteur, allume la lampe. Toujours méthodique, elle a laissé son agenda ouvert à la page de la semaine suivante. Elle se reprend sur-le-champ, enchaîne cette fois très fermement : « Lundi soir, seize heures trente. » Mais c'est trop tard, la voix de Pirlotte enfle, recouvre la sienne, nasille une coulée ininterrompue de mots, une supplique d'où finit par émerger le nom du visiteur : « ... Mais, madame Osborne, je ne peux pas le renvoyer, il s'est déplacé, c'est impossible, voyons, il est là, devant moi, si vous saviez ce qu'il vous apporte, il faut le voir tout de suite, c'est... »

Le plaidoyer de Juliet fut toujours le même, elle n'eut jamais qu'une raison à la bouche, le nom de l'homme, ce nom qui revient constamment au long de son histoire, à croire que tout ce qui lui est arrivé tient en ces deux seules syllabes, *Steiner*, « un nom propre parfaitement commun », comme elle disait, et elle ajoutait souvent avec la même ironie : « Des Steiner, il y en a des dizaines dans l'annuaire. Avec un nom pareil, de deux choses l'une, ou bien on est une gloire, ou bien on n'est personne... »

La phrase ressemble à un mot d'esprit ; maigre défense, en fait, il n'y eut d'emblée aucune ambiguïté, Pirlotte avait précisé : « Le professeur Steiner », en appuyant sur l'énoncé du titre ; et Juliet, en l'entendant, eut la même idée qu'elle, elle pensa tout de suite au prix Nobel : « Deux ans seulement qu'il avait eu son prix, et Dieu sait si la télévision, les journaux nous en avaient rebattu les oreilles... C'est certain, sur le coup, j'ai été un peu étonnée qu'il débarque sans crier gare dans mon département. Mais, je ne sais trop pourquoi, sa présence à la Bibliothèque ne m'a pas paru déplacée. Et puis, je n'avais aucune raison de ne pas le recevoir, même si on était vendredi soir et qu'il ne s'était pas annoncé... D'ailleurs Pirlotte elle-même est tombée dans le panneau. Il ne lui avait pas tendu sa carte qu'elle m'a appelée. Je l'entends encore au bout du fil, elle me répétait : "Il est là devant moi, c'est Steiner, le professeur Steiner." »

Jamais Juliet ne prononça son prénom, on aurait dit qu'il lui arrachait la langue, que c'était un genre d'obscénité ; et, pour peu qu'on lui en fît la remarque, elle secouait la tête, plissait les yeux, crispait la bouche, elle se figeait dans une expression dure, c'était comme la marque physique du verrou posé sur les secrets qu'elle avait partagés avec cet homme ; puis, inlassablement, elle reprenait sa défense au point où elle l'avait laissée : « ... Pirlotte m'avait dit : le professeur Steiner. Mais des histoires pareilles, il m'en était déjà arrivé, il n'y avait pas que des fous qui accouraient au département sans s'annoncer pour me montrer des manuscrits, il y avait aussi des amateurs passionnés, de vrais collectionneurs ; et, sincèrement, la visite de Steiner ne m'a pas paru saugrenue. Parce que ce qui l'avait rendu populaire quand il avait reçu le Nobel, c'est qu'il s'était montré ouvert, curieux de tout ; on l'avait entendu parler aussi bien d'art ou de littérature que de ses découvertes sur le cerveau. Evidemment, plus de deux ans après son prix, j'étais à peu près comme tout le monde, je ne savais plus très bien à quoi il ressemblait. Cependant j'avais gardé de lui, comment dire, une sorte d'image intellectuelle, celle d'un personnage original, rigoureux, mais un brin fantaisiste, je le voyais comme un homme capable de foucades, d'emballements. Tout à fait le genre à collectionner des livres ou des objets d'art. Et donc à venir me voir. »

Les arguments de Juliet s'agençaient à merveille, elle y mettait aussi toutes les ressources de son charme. Sous les dehors de l'abandon, elle se défaisait de ses secrets en artiste, prenant bien soin de conserver par-devers elle ceux qui pouvaient la faire apparaître autrement que désarmée, innocente. Ainsi, sur ce point précis, elle se garda toujours d'évoquer un aspect capital : comment l'homme avait réussi à déjouer le barrage de sa secrétaire. Et pourtant, tout était là.

D'emblée, avant même de s'être présenté, il avait annoncé à Pirlotte qu'il possédait un double dûment authentifié du manuscrit dont la conservatrice en chef venait de manquer l'acquisition. Et qu'il venait le lui proposer, pour exactement le même prix.

Pirlotte était elle-même sur le point de partir ; au terme d'une journée si morose, elle n'en attendait pas tant. L'homme ne lui avait pas montré sa carte qu'elle bondit sur son téléphone ; avant même d'avoir annoncé le nom et le titre de son visiteur, c'est cela qu'elle apprit à Juliet : qu'un homme venait de se présenter au guichet du Département, porteur d'un second exemplaire du *Traité du thé*.

Juliet n'eut pas le réflexe de lui demander s'il le lui avait montré. Elle éloigna presque aussitôt l'écouteur de son oreille et ne perçut qu'assez faiblement le nom du visiteur, alors même que Pirlotte, inquiète de son silence, ne cessait plus de le répéter, pareille à un mécanisme acoustique brusquement grippé. Et, entre cette seconde où elle se mit à guetter dans le couloir les pas de Steiner et l'instant suivant, où elle sentit qu'il s'était arrêté derrière sa porte, elle resta engourdie face à son bureau, incapable du moindre geste, fût-ce reposer son sac ou ôter son manteau ; non pas stupéfaite, comme elle le prétendit plus tard, ni même engluée par la peur, mais brusquement privée de forces, sans défense — anéantie.

En faute, pour appeler les choses par leur nom.

Et tout est allé si vite, de toute façon, il n'y a pas eu place pour la fuite. Dans le couloir, déjà, les pas s'étaient arrêtés ; derrière eux, une course pesante faisait craquer les lattes du plancher : Pirlotte, essoufflée, égarée dans ses salamalecs.

On l'interrompt ; la voix est brève, la phrase inaudible. En réponse, Pirlotte bredouille quelques mots, confus eux aussi. Puis le chêne du plancher crisse à nouveau ; elle a fait demi-tour.

On frappe à la porte ; trois petits coups très espacés, très doux. Juliet se précipite, elle est brutalement libérée de son ankylose, à présent elle veut faire front. Elle referme la main sur la poignée, un mécanisme archaïque, un gros bouton de porcelaine dont le maniement a toujours été assez rude. Une pression contraire, de l'autre côté de la porte, bloque le jeu du pêne. Un bref instant, les deux mouvements se contrarient. Le premier, le poignet de Juliet lâche prise. La porte s'entrebâille.

Le couloir était mal éclairé, elle n'a pas tout de suite distingué le visage de Steiner. De lui, elle n'a d'abord cerné qu'une forme imprécise, une silhouette tout en longueur, enveloppée d'un grand manteau grège. A cause de cette minceur, elle a su que ce n'était pas l'homme qu'elle attendait, le septuagénaire replet et vibrionnant dont la photo, deux ans plus tôt, avait encombré, l'espace de quelques jours, la une des journaux. Et cependant, à l'instant où elle a fait basculer l'interrupteur du plafonnier, à la seconde où elle en a eu le cœur net, où elle a vu l'homme de face, en pleine lumière, elle n'a pas pensé : « Pirlotte s'est trompée, ce n'est pas le professeur Steiner. » Elle s'est dit : « Il est jeune », et elle n'a plus cessé de le regarder.

Il n'était ni beau ni laid, les deux ensemble, à la fois

commun et hors du commun ; s'il fallait absolument trouver un mot pour le définir, c'eût été celui qui vint à l'esprit de Juliet quand son regard eut fini de s'abîmer dans le sien : double. Tout se contrariait en cet homme : le teint exagérément pâle et le cheveu très noir, vigoureux, brillant, comme asiatique ; le tendre dessin de sa bouche et l'arête féroce du nez ; ses traits maigres, comme émaciés par l'insomnie ou le travail, et son sourire jouisseur, plus radieux, semblait-il, à mesure que le couvaient les yeux de Juliet.

Il se tenait toujours sur le seuil, il ne bougeait pas, il ne paraissait même pas attendre qu'elle le fît entrer. Du reste, il n'avait l'air en attente de rien, il était là, un point c'est tout, face à une femme qui le dévisageait ; et il semblait, en retour, se contenter de fixer ses prunelles, d'engloutir leur eau pâle dans le gouffre des siennes. Ce n'était d'ailleurs pas que son regard eût de la profondeur, c'était même le contraire : Steiner avait l'œil sec et ne cillait pas. Mais ses orbites étaient très creuses, une ligne bistrée en soulignait le dessin ; sur leur partie supérieure, là où affleurait l'os, la courbe en était obscurcie d'un sourcil dru ; et c'était sans doute à cause de toute cette ombre autour de ses yeux qu'on était happé. Irrésistiblement, on cherchait le fond de ce puits qui semblait sans fond — un phénomène pareil au trouble qui saisit face à un précipice.

Puis les choses se sont retournées : très exactement comme devant un abîme, Juliet a eu un mouvement de recul ; et, si discret, si ténu qu'il eût été, l'homme s'en est immédiatement aperçu. Il a cessé de sourire, il lui a tendu sa carte (sans doute celle qu'il avait montrée à Pirlotte, car il l'avait toujours en main) et il a gentiment laissé tomber : « Vous êtes surprise ? »

Elle n'a pas répondu, elle s'est emparée du carton, un grand bristol où était gravé en anglaises :

Professeur R.C. Steiner

« Evidemment », a-t-elle lâché en haussant les épaules, avec la grimace de quelqu'un qui vient de subir une mauvaise farce.

L'homme ne s'est pas laissé démonter. Il a repris avec la même douceur : « On nous confond toujours. »

Il avait des intonations tranquillement courtoises, il s'obstinait à ne pas bouger du seuil de son bureau, comme pour bien marquer qu'il ne forcerait pas la porte de Juliet, que c'était à elle de décider. Elle a continué de considérer la carte. Ses doigts glissaient sur le glaçage du bristol, on aurait cru qu'elle étudiait un parchemin, elle avait le même œil pour l'examiner, les mêmes mimiques d'expert ; elle enregistrait tout, l'adresse, le téléphone, la kyrielle de titres figurant sous le nom de Steiner — pour la plupart des diplômes de psychiatrie. Enfin, elle se retourna vers son bureau, lui désigna un siège et lui lança : « Vous êtes médecin ? »

Il se rembrunit, entra sans un mot. Puis il prit son temps pour s'asseoir, repoussa avec soin les plis de son manteau, à gestes souples et précis, comme féminins et mâles à la fois — une manière de chat. Juliet baissa les yeux, se remit à considérer le bristol, voulut insister : « Comme... »

Il l'interrompit, se redressa sur sa chaise : « Comme l'autre, oui, comme André Steiner. Et chercheur, aussi. Bien entendu, je n'en suis pas au faîte des honneurs... Mais nous chassons sur les mêmes terres. » Il se remit brusquement à sourire : « ... Les nerfs, comme dirait sans doute votre secrétaire... »

Il parlait maintenant sur le mode mondain, il semblait disposé à entamer une conversation de salon. Mais elle était déjà à bout de patience, elle l'arrêta sur-le-champ :

« C'est bien commode, d'être médecin.

— Que voulez-vous dire ? »

Il avait une faculté inouïe de changer d'expression, car elle n'avait pas fini sa phrase qu'il s'était raidi dans une pose outragée. Elle s'entêta pourtant :

« Oui, c'est commode... La vie, la mort, tout le monde est concerné. Le soin de sa petite santé... Vous ouvrez la bouche et on vous écoute, vous tendez votre carte et toutes les portes s'ouvrent...

— Vous avez raison, j'aurais dû m'annoncer.

— Vous vous êtes annoncé.

— Non, vous téléphoner, vous écrire. Vous laisser le temps de réfléchir. De ne pas me confondre avec... Maintenant, vous m'en voulez de vous être trompée. De m'avoir pris pour... »

Il rejeta la tête en arrière, rajusta sur ses épaules la carrure de son manteau, comme s'il allait partir et poursuivit, à nouveau sur le ton de la neutralité courtoise : « Je ne suis pas l'homme célèbre que vous attendiez. J'aurais dû y penser. J'étais pressé, excusez-moi. Mais ce manuscrit... Dès que j'ai su... » Il s'interrompit, parut réfléchir. Puis enchaîna : « Je vais revenir un autre jour. » Et il se leva.

C'est là que Juliet remarqua ses mains. Elles étaient vides. Au pied de sa chaise, pas de sacoche, de colis, pas la moindre enveloppe, pas le plus banal sachet en plastique. Ce n'était pas un détail, loin de là : quand un client entrait dans son bureau, la première chose qui tirait l'œil de Juliet, c'était bien l'emballage dans lequel il avait enfermé sa supposée merveille. Porte-documents en skaï, colis ficelés à la diable, vieux cartables d'écolier, fragiles chemises de papier, attachés-cases à combinaisons et double fond, toutes les variétés de dossiers, de boîtes ou d'empaquetages avaient été déposés sur son bureau de conservatrice en chef ; on était allé jusqu'à lui présenter un carton à chaussures arrimé par de la ficelle de boucher, avec des nœuds si savants qu'il avait fallu dix bonnes minutes avant de voir apparaître le présumé trésor — quelques feuillets du siècle passé, calligraphiés à la hâte et sans valeur.

Mais en cela résidait d'abord, pour Juliet, le plaisir des visites : à la seule vue de ces sacs et de ces emballages, sentir soudain s'embraser sa curiosité ; se laisser emporter quelques instants vers le monde qui bourdonnait derrière les murs de la Bibliothèque, son gouffre d'aventures, d'objets inconnus. Il y avait aussi la griserie de mobiliser dans l'instant, au grand complet, les ressources de son savoir et de son expérience, son sens de l'observation, son goût du jeu ; car il lui fallait être stratège devant les *clients*, les laisser venir, c'est là du reste que se justifiait pleinement le surnom que leur avait donné Pirlotte. Attendre sans bouger le moment où ils allaient exhiber leurs paperasses, se méfier, les laisser dire, se souvenir de leur moindre mot, les épier sans relâche. Un affût à la conclusion immuable : à bout d'arguments et de précautions oratoires, le *client* déposait son emballage sur le bureau de Juliet et, selon le mot un peu facile dont elle résumait la scène, *vidait son sac.*

Les plus soupçonneux présentaient des photocopies ; elle devait les amadouer, les engager à revenir avec l'original, sans lequel aucune authentification n'était possible. D'autres s'en remettaient aveuglément à l'intégrité de l'institution et exhibaient sur son bureau un document exceptionnel. Ces instants de grâce étaient rares. Le plus souvent, il fallait décevoir le *client*, le convaincre sans trop le heurter que ses papiers ne valaient rien et ne sauraient être acquis par la Bibliothèque. De loin en loin, aussi, les choses se compliquaient ; c'étaient les moments préférés de Juliet, pour le plaisir un peu canaille qu'elle prenait à observer, puis à éconduire son visiteur : on lui proposait un faux.

Mais, à ce jour, pas un client n'était arrivé dans son bureau les mains vides — personne, avant Steiner.

Les événements y sont alors allés de leur petit grain de sel — c'est du moins la façon dont Juliet a présenté l'incident, l'image qu'elle a employée : elle a toujours cherché à prouver qu'elle-même n'avait été pour rien dans ce qui l'avait liée à Steiner, ou pour si peu ; comme si c'était la réalité qui, en douce, avait tout manigancé.

Quoi qu'il en soit, au moment où Steiner se leva devant elle, clouée à sa chaise, et à présent plus perplexe qu'excédée, il y eut un raté dans ses mouvements de chat. Mais était-il aussi chat qu'il le paraissait ? Il avait pu être pris de court par son silence à elle, son immobilité. Ou agacé par son regard, en arrêt sur les nodosités de ses mains, étonnantes chez un homme encore jeune ; tout comme l'étaient à cette heure l'extrême fraîcheur de son rasage et son parfum d'eau de toilette — on aurait dit qu'il sortait de sa salle de bains.

Ou enfin, pourquoi pas, la frayeur avait gagné Steiner devant l'attitude de Juliet, son air inquisiteur, son observation maniaque des moindres détails de sa personne, surtout depuis qu'elle avait remarqué qu'il était entré les mains vides. Il souhaitait peut-être tout bonnement déguerpir sans demander son reste, comment savoir ? Ce qui est sûr, en tout cas (mais également vertigineux), c'est que la suite de l'histoire tient à un rien : au moment où Steiner, soudain abrupt, rajuste sèchement son manteau et se dirige vers la porte, un pan d'étoffe vient envelopper, à l'angle du bureau de Juliet, une bouteille d'encre à demi vide ; au lieu de choir sur le tapis déployé sous le meuble, qui en aurait amorti le choc, le mouvement du tissu est si ample, si vif que la bouteille est projetée à l'autre bout de la pièce, où elle se fracasse ; et, pour comble, le peu d'encre qu'elle contient encore gicle sur le manteau de Steiner, sous sa poche droite pour être exact, et s'y répand en une longue traînée noire.

Dans l'instant, Juliet est debout. « Attendez... » Steiner s'est figé, il ne lève plus l'œil de son ourlet taché. Elle s'approche, insiste : « Avec un buvard, peut-être... »

Elle se retourne vers son bureau, se met à soulever ses dossiers ; mais son imperméable l'embarrasse, elle s'empêtre, elle cherche sans chercher, continue de bredouiller : « Attendez, attendez... »

« Laissez », finit par grincer Steiner.

Elle s'obstine, cependant, tient à fouiller son tiroir, le secoue — elle tremble. Steiner lâche alors un second mot exaspéré : « C'est fait, c'est fait », sans quitter des yeux l'ourlet de son manteau où la laine, en effet, a déjà bu l'encre. A l'angle de ses mâchoires, à cet instant, se forme une boule dure — à croire qu'on vient d'attenter à ce qu'il a de plus cher.

Un autre jour, Juliet aurait ignoré l'incident. Elle s'en serait irritée ou secrètement amusée, mais, en deux mots, elle aurait su ramener l'homme à l'objet de leur rencontre : la vente, le manuscrit. Ce soir-là, elle n'y parvint pas. A peine trouva-t-elle la force de se replier derrière son bureau ; et ce fut encore pour bégayer :

« Il vaudrait mieux... Mieux vaudrait le porter très vite à nettoyer.

— Vous avez raison. »

Il avait enfin levé les yeux. Une seconde fois, à une rapidité inouïe, l'ombre déserta son visage, il redevint l'homme affable qui avait poussé quelques minutes plus tôt la porte de son bureau ; et il désigna avec la même élégante aisance la lucarne toujours malmenée par la tempête : « ...Par bonheur, j'ai trouvé à me garer à deux pas d'ici. Et j'ai un parapluie. »

Il se mit à inspecter la pièce, consulta sa montre, puis jeta comme pour lui seul : « Je l'ai laissé à l'entrée. »

Et avant même qu'elle eût articulé un début de phrase, il avait conclu : « Je vous rappellerai. »

Il s'approcha d'elle, lui effleura la main par-dessus le bureau — il avait les doigts froids. Comme elle se figeait à leur contact, il enchaîna sur le ton d'un homme brusquement appelé par un monceau d'affaires pressantes : « Aujourd'hui, de toute façon, nous n'aurions pu aller bien loin. Je n'ai pas eu le temps de passer à mon coffre. Je n'ai pas le manuscrit. »

Il lui tenait toujours la main, mais il y avait de la condescendance dans sa façon de faire, et elle eut l'impression qu'il la traitait en malade, ce qui acheva de la nouer. Quand il consentit enfin à la lâcher, il lui répéta avec les mêmes façons de médecin en visite : « Ne vous inquiétez pas. J'ai beaucoup à faire, mais je vous rappellerai. » L'instant d'après, il avait tourné les talons.

Au moment où il passa la porte, un éclat de verre crissa sous sa chaussure. Il ne parut pas l'entendre et sortit comme il était venu, d'un pas pressé. Leur échange avait duré dix minutes, tout au plus.

Ce soir-là, Juliet quitta la Bibliothèque par l'escalier des magasins. Ce n'était plus la peur de croiser le regard de Pirlotte, mais celle de se retrouver nez à nez avec Steiner — elle n'arrivait pas à imaginer qu'il eût abandonné les lieux. Elle ne parvenait pas non plus à chasser l'engourdissement qui l'avait saisie quand il était apparu dans l'encadrement de la porte, puis quand il lui avait touché la main. Il lui semblait qu'il avait alors atteint une région inconnue d'elle-même, inerte, sans défense, comme un point mort ; et qu'à ce seul contact il l'avait paralysée.

Durant un très long moment, tandis qu'un silence humide engluait à nouveau les murs de la Bibliothèque, Juliet resta plantée devant sa lucarne à regarder, au-delà des toits, les fenêtres de la ville qui s'allumaient, s'éteignaient : d'autres météores humains, songea-t-elle, qui se frôlaient avant de se séparer.

A jamais, souhaitait-elle. Et pour s'en persuader, le nez collé au verre, comme un enfant qui rêve et joue à se faire peur, elle se répéta à mi-voix : « Un fou... J'ai rencontré un fou... »

Mais plus elle se le répétait, moins elle s'en effrayait ; et mieux elle se préparait à lui abandonner sa vie assoupie.

II

On a quelque mal à remarquer la villa d'Albray depuis l'artère à sens unique qui lui donne accès, très passante de jour comme de nuit, une de ces voies parallèles à la Seine qu'on est contraint d'emprunter, rive gauche, pour aller d'est en ouest : d'où son encombrement fréquent, sa poussière. A moins d'avoir la passion de la flânerie ou d'habiter le quartier, il faut être doté d'un sens de l'observation peu commun pour s'apercevoir que le porche haut et étroit qui se dresse entre son numéro 122 et son numéro 124 ne débouche pas, comme si souvent dans le faubourg Saint-Germain, sur la cour d'un vieil hôtel particulier, mais sur une impasse bordée d'imposantes maisons.

L'indication « *Villa d'Albray* » n'est pas visible de la rue. On ne la découvre qu'une fois dans le passage, sur une plaque d'émail vissée à la grille d'un jardinet. Selon l'usage en vigueur à Paris, cette inscription se détache sur un fond outremer liséré de vert ; mais, à ses caractères désuets et surtout à sa patine — ici et là des éclats d'émail ont sauté, des coulées olivâtres en rongent le pourtour —, on peut estimer que la plaque n'a pas été changée depuis une bonne quarantaine d'années.

C'est que la villa d'Albray est une voie privée, l'un de ces innombrables capillaires qui irriguent la chair pierreuse de Paris, et que ses cartographes, peut-être par souci de variété, nomment tantôt *square*, tantôt *passage* ou *allée*, voire *cité*, ou enfin, comme ici, *villa*, de loin la plus prestigieuse de ces appellations pour l'image qu'elle induit de façon quasi mécanique, celle d'une villégiature tranquille, protégée par on ne sait quel prodige des turbulences et des miasmes de la vie urbaine.

L'association d'idées n'est pas surfaite. A défaut de verdure, ces enclaves offrent la plupart du temps l'assurance du silence : « la province à Paris », pour reprendre le cliché dont ne manquent jamais de les habiller les marchands de biens. Pourtant, davantage que la province, elles évoquent plutôt certaines principautés européennes, lambeaux d'empires à jamais disparus dont la permanence paraît aussi inexplicable que les usages anachroniques et saugrenus.

Construite il y a plus d'un siècle sur un terrain cédé par une communauté religieuse (le couvent existe toujours, ce qui subsiste de ses bâtiments et de son parc s'étend sur la droite du passage, derrière un haut mur rébarbatif), la villa d'Albray leur ressemble, qui n'a guère changé depuis le temps de sa fondation. Par protection, inertie ou ignorance de l'administration, peut-être le tout à la fois, elle a conservé les privilèges de l'époque d'urbanisme anarchique et prospère où elle fut édifiée. Ainsi, les propriétaires des six petits immeubles qui bordent le côté gauche de l'impasse jouissent gratuitement de places de stationnement. Il est vrai que, d'après les actes notariés, ces trois cent cinquante mètres de voie pavée sont leur bien commun. Le cadastre, cependant, reste muet sur ce point et l'affaire pourrait se plaider, d'autant plus que les occupants négligent d'entretenir la chaussée : ses pavés, sans ciment ni asphalte, se descellent depuis un bon moment ; à chaque printemps, les touffes d'herbe qui poussent dans les interstices accélèrent leur pernicieuse érosion.

Nul ne s'en soucie. En revanche, sur le chapitre des places de stationnement, les habitants se sont toujours montrés sourcilleux à l'extrême. Il y a quelques années, pour décourager toute annexion, ils ont fait clore le porche de la villa d'une grille à fermeture électronique. Le piéton peut néanmoins pénétrer librement dans l'impasse en s'engageant sous un arceau percé dès l'origine à gauche du porche. Encore faut-il qu'il l'ait remarqué.

Car ce portail n'attire guère l'attention, non plus que les ferronneries de sa grille, d'un modèle standard. Pour être amené à le franchir, à moins d'y être poussé par une curiosité peu banale, il faut la nécessité d'une livraison, le hasard d'une invitation. Même les préposés de la Poste semblent ignorer la villa d'Albray ; sauf en cas d'objet recommandé, ils déposent le courrier des habitants de la villa — une petite quinzaine de *ménages*, pour reprendre le terme administratif — chez le concierge de l'immeuble le plus proche, au numéro 122.

Le silence subit, les branchages qui mordent le mur austère du couvent, les jardinets agencés devant chaque bâtisse, voilà peut-être ce qui explique la sensation singulière qui s'empare du visiteur sitôt franchi l'arceau caissonné de la villa d'Albray. Juliet Osborne n'a jamais pu la traduire que d'une formule approximative — mais assez juste, au bout du compte : *une impression d'ailleurs*. Sensation perceptible à toute heure, sous n'importe quel éclairage, de jour ou de nuit, été comme hiver ; mais sans doute lui fut-elle plus évidente en cet après-midi de la mi-décembre où, pour la première fois, elle se rendit chez Steiner.

Un jour froid, lumineux, elle s'en souvient très bien. Après les grandes tempêtes d'ouest s'était établi un gel féroce, qui ne désarmait plus. Il ne faiblissait pas avant midi, un midi dur et bleu, polaire et solaire, dont l'éclat se ternissait seulement aux abords de quinze heures, quand les courtes ombres de l'hiver commençaient à bistrer toute cette belle lumière — c'était précisément l'heure à laquelle Steiner lui avait donné rendez-vous.

Elle avait négligé d'emporter le bristol où était indiquée son adresse : elle le connaissait par cœur. Dès la nuit qui suivit sa rencontre avec Steiner, avant même d'avoir examiné le rouleau de calligrammes que venait de lui remettre Dolhman, elle avait cherché, sur un plan de Paris, l'emplacement de la villa d'Albray. L'impasse a beau être minuscule, elle n'avait pas été longue à la trouver ; et, dans son habituel souci de perfection, elle avait aussi passé les alentours au crible. Ainsi, dès ce premier soir, elle avait repéré, sur la droite, le parc du couvent ; à gauche du passage, dans une rue exactement parallèle, l'indication d'un ministère — les bâtiments qu'elle distingue à présent qu'elle franchit le porche, derrière les toits du numéro 1 : une construction moderne, coiffée d'un taillis d'antennes et d'une énorme parabole ; on ne peut imaginer contraste plus achevé avec le fronton du couvent, une rigoureuse maçonnerie Empire frappée en son centre d'un cadran ancien.

Juliet est en retard, elle le sait. Par acquit de conscience, elle compare l'heure du couvent à celle de sa montre ; puis soupire. Tout est de la faute du chauffeur de taxi qui ne connaissait pas la villa d'Albray. Il a refusé d'écouter ses indications, il s'est entêté à chercher l'adresse sur son plan et, comme il ne la trouvait pas, il a juré à Juliet que ce passage n'existait pas, qu'elle se rendait à une fausse adresse. Il a fallu qu'elle la lui montre sur son propre plan ; ensuite, comme l'homme était vexé, il a marmonné : « Les gens ne savent plus quoi inventer. » Juliet ne s'est pas troublée : « Je suppose que cela fait un bon moment que ce passage existe », a-t-elle posément observé. L'homme a poursuivi son idée, il n'avait même pas dû l'entendre, il enchaînait : « Des endroits comme celui-là, il faut vraiment avoir envie de se cacher pour y habiter. » A ce moment-là, Juliet était si agacée qu'elle a failli lui rétorquer qu'elle ne se rendait pas chez un particulier, mais dans des bureaux ; c'est en tout cas ce qu'elle avait compris, au téléphone, lorsque Steiner lui avait proposé ce rendez-vous du 18 décembre, après avoir annulé coup sur coup — toujours au dernier moment — deux rencontres à la Bibliothèque.

Ses explications avaient été confuses. Il semblait brusquement englouti par un maelström d'occupations qui lui interdisait tout déplacement. Le second rendez-vous avait d'ailleurs été ajourné par l'entremise d'une secrétaire ; ce fut du moins l'avis de Juliet, sous le coup de la surprise, cinq minutes à peine avant l'heure fixée ; mais, à la réflexion, elle n'en jurait plus. La femme à la voix froide qui l'avait prévenue à son bureau ne s'était pas présentée, elle lui avait simplement annoncé qu'elle appelait de la part de Steiner, puis lui avait promis qu'il la joindrait dès que possible, pour lui présenter ses excuses ; et elle avait raccroché.

Steiner ne se manifesta pas avant une bonne semaine. On aurait dit qu'il se trouvait très loin : un grésillement continu étouffait ses intonations. Pour autant, Juliet ne perdit pas une syllabe de ce qu'il lui disait ; maintenant encore, elle pourrait le restituer mot pour mot : « ...Vous avez ma carte, venez donc villa d'Albray, sinon nous n'y arriverons jamais. Et ce sera l'occasion de vous montrer mes installations... »

Installations : le mot était insolite, mais Juliet n'avait pas sourcillé, elle avait tout de suite pensé : il veut dire bureaux, laboratoire, sans doute. Rien d'étonnant : Steiner est chercheur, il est médecin. Une fois de plus, elle s'était mentalement récité les indications portées sur sa carte, où, entre autres titres, il s'annonçait comme conseiller d'une société — son sigle compliqué suggérait l'idée d'un organisme international.

Un laboratoire, des assistants, des dossiers, des paillasses, des éprouvettes, des microscopes, voilà donc l'environnement imaginaire où était allé se loger, depuis huit jours, le rêve de Juliet Osborne. Et elle se laissait porter par lui en toute confiance, elle se laissait aller. Indiscutablement, au moment où elle passait le porche de la villa d'Albray, elle n'attendait rien d'autre — en tout cas elle le croyait.

Voilà aussi pourquoi, cette première fois, au lieu de détailler une à une, comme elle l'aurait fait seulement quinze jours plus tôt, les constructions solennelles et hétéroclites bordant le côté gauche du passage, Juliet avançait d'un pas automatique, elle n'en décomptait pas même les numéros, le regard pris au piège de l'énorme mur aveugle sur lequel l'impasse se fermait.

Puis elle a eu un sursaut. Devant elle, elle a vu surgir toute la hauteur du mur — l'arrière d'un immeuble, une énorme paroi de ciment entièrement plaquée de claustra. En cette saison ne s'y agrippaient plus que des vrilles racornies. Quelques amas de feuilles, à son pied, achevaient de se recroqueviller ; avec un bruit de râpe, le vent les agglutinait contre le mur du couvent.

Juliet a fait demi-tour. Le 9, elle va au 9, la maison devant laquelle elle vient de tomber en arrêt — c'est ce qu'elle croit, du moins, car elle ne distingue pas de numéro sur cette construction arts déco aux grandes baies vitrées. Des lignes nettes, des proportions franches, des murs récemment repeints de blanc pur, voilà ce qui l'arrête. Pas de jardinet, pas de grille. Unique fantaisie ornementale, entre le rez-de-chaussée et le premier étage, une étroite frise de mosaïque bleu et or. Le lieu idéal pour un laboratoire.

Pourtant, à côté de la porte, contrairement à son attente, aucune plaque n'annonce Steiner. Seulement une sonnette sans indication de nom. Mais c'est là, à l'évidence.

Juliet va sonner. Au dernier moment, son geste se fige. Juste au-dessus de la porte, encastré dans la mosaïque, elle vient d'apercevoir un carreau frappé du chiffre 11.

Elle se retourne. Le 9 serait donc la maison voisine, ce petit immeuble 1880, si surchargé, si contourné ? Impossible : comment loger des laboratoires dans cette construction toute de bric et de broc ?

Elle se répète : « C'est impossible… », revient cependant sur ses pas. Comment a-t-elle pu passer sans le voir devant cet extravagant millefeuille d'architectures ? On dirait qu'on s'est escrimé à y apparier les styles les plus opposés, des semblants de colonnes corinthiennes à une porte d'entrée à vitraux multicolores, des pilastres à l'antique à des tourelles d'angle façon Moyen Age.

Elle se ressaisit, s'approche, inspecte. Rien ne lui échappe, ni la belle série de cinq fenêtres du premier étage, aux persiennes fermées et rouillées — on ne les a sûrement pas rouvertes depuis des années — ni les croisées du second, aux volets ouverts, celles-là, mais quelconques. C'est peut-être pour faire oublier leur banalité qu'on les a drapées d'élégants rideaux jaune pâle ; à moins qu'on n'ait voulu atténuer l'effet désastreux du toit, juste au-dessus, avec sa sinistre couronne de sept œils-de-bœuf ?

Juliet hésite devant la grille. C'est bien le 9. Elle jette un coup d'œil du côté du porche qui donne sur la rue, s'aperçoit que le passage est légèrement en pente, ce qu'elle n'avait pas davantage noté en arrivant, tant elle était à ses pensées, à son idée de laboratoire. Il faut dire aussi que le soleil a baissé ; ses rayons obliques déplacent les perspectives, tempèrent d'un nimbe cuivré les lignes sèches des grilles qui précèdent chaque maison. Vue sous cet angle, la villa d'Albray perd de sa singularité. Ce n'est plus qu'une rue engourdie par l'hiver. Surgissent alors dans leur trivialité tous les objets qui la relient au monde ordinaire, à l'univers qui continue d'aller son train, au-delà du porche : un paquet de cigarettes vide abandonné dans un caniveau ; un sac-poubelle gorgé de déchets, mi-incliné sur les barreaux d'une grille ; surtout, la petite dizaine de voitures alignées contre le simulacre de trottoir qui court le long de l'impasse.

Il en est de luxueuses — pas plus de trois, dénombre Juliet ; les autres sont communes. Quelle est celle de Steiner ? Travaille-t-il vraiment ici ? Y réside-t-il ? Et si l'adresse qu'il lui a fournie était fausse ? Et s'il avait, comme l'a insinué le chauffeur de taxi, « des choses à cacher » ?

Mais est-ce seulement ce qu'a dit le taxi ? Juliet tente de se remémorer ses phrases, ses mots exacts. Tout demeure confus dans son esprit. Ce qui lui revient, en lieu et place de ses propos, c'est l'avertissement de Dolhman, le soir où il lui a remis le manuscrit : « Tu n'as parlé à personne de cette histoire ? » Juliet a juré que non. « Tu en es bien sûre ? » a insisté Dolhman. Juliet a levé les yeux au ciel. « Ecoute, Lucien... » Elle s'est néanmoins sentie obligée de lui raconter l'étrange visite qu'elle venait de recevoir à la Bibliothèque. A mesure qu'elle parlait, Dolhman paraissait plus exaspéré, il fronçait le nez, comme chaque fois qu'il contenait une colère ; et elle n'avait pas fini son récit qu'il a éclaté : « Tu reçois n'importe qui, maintenant, à n'importe quelle heure ? Va savoir si on n'est pas venu te proposer un faux, va savoir si tu n'as pas affaire à un maître-chanteur ! »

Il avait des accents de mari jaloux. Juliet s'est fermée. Il a alors tenté de se calmer : « Tu n'en as vraiment parlé à personne ? A personne, tu me le promets ? »

A nouveau, Juliet a juré ses grands dieux que non. Ça n'a pas paru apaiser Dolhman. Il est resté un bon moment silencieux. Il se mordillait la lèvre inférieure, l'air perplexe ; puis il a fini par bougonner :

« Tu t'es mise dans de beaux draps ! Tu vas me faire le plaisir de ne pas rappeler ce...

— Evidemment ! » a approuvé Juliet avant qu'il n'eût fini.

Et elle a baissé les yeux. Il y a eu un nouveau silence, pendant lequel elle a senti s'alourdir sur elle le regard de Dolhman. A bout de gêne, elle a relevé les paupières, juste le temps de comprendre qu'il avait une phrase sur le bout de la langue, qu'il hésitait à lâcher.

Il a fini par s'y résoudre : « Crois-moi, Juliet, ne l'appelle pas. » Elle n'a pas répondu. Il a repris : « Que tu aies ou non envie de les revoir, lui et son parchemin... Laisse venir. Et s'il t'appelle, préviens-moi.

— Il n'appellera pas », a cette fois rétorqué Juliet.

Elle s'était voulue ferme, trop ferme, ce qui n'a nullement échappé à Dolhman. Il s'est remis à la scruter.

Cette fois, elle a soutenu son regard. Il s'est encore rembruni :

« Tu vas l'appeler ?

— Mais pourquoi veux-tu que je le fasse ? s'est-elle aussitôt récriée, tu me crois folle, tu me prends pour qui ? »

Dolhman a alors froidement désigné son sac déformé par le cylindre de parchemin qu'elle venait d'y glisser : « Tu as bien été capable de cette folie-là. » Elle a secoué les épaules, puis a repris : « Mais pourquoi veux-tu... ? » Sur la fin, sa voix s'est étouffée ; et l'eau de ses yeux n'était plus si claire. Dolhman n'a pas jugé utile de répondre. Ils se sont très vite quittés.

Le lundi et le mardi suivants, de peur de manquer un appel, Juliet n'a pas bougé de son bureau. Le mercredi matin, elle est arrivée épuisée à la Bibliothèque. Cependant, elle était persuadée d'avoir bien dormi. A peine s'est-elle assise devant son téléphone qu'elle n'y a plus tenu, elle l'a décroché. D'un geste sûr, tranquille, quasi automatique.

Elle a appelé Steiner.

Elle a dû le réveiller — il était pourtant dix heures passées. Il a paru surpris, mais heureux. Sa voix, en tout cas, était plus tendre que l'autre soir, plus humaine ; on aurait pu croire qu'il s'y glissait, si du moins il était couché, toute la chaleur des draps. Juliet, pour autant, est restée sobre et distante : bonne fonctionnaire, rien à se reprocher ; tout allait de soi et ne réclamait aucun effort. Rien — sinon s'abandonner à une volonté arrivée de très loin.

Et lui aussi s'est laissé faire, s'est contenté d'approuver, il a dit oui à tout, mais bien sûr, madame, et comment, certainement, je le pense également, une demi-heure suffira, dans une semaine, c'est entendu, j'aurai plaisir à vous revoir, mardi prochain, quinze heures, c'est noté, vous verrez, pas plus d'une demi-heure, moi aussi, j'ai une réunion.

Il l'a saluée avec la plus exquise politesse. Elle l'entend encore répéter : « Mais bien entendu, à votre bureau, à la Bibliothèque. » C'est ce qui l'a encouragée à ne pas en souffler mot à Dolhman. A la Bibliothèque, ça n'engageait à rien.

Et ici, villa d'Albray, ça l'engageait à quoi ?

Face à la grille du 9, Juliet hésite une dernière fois. Bien entendu, elle n'a pas parlé à Dolhman du rendez-vous d'aujourd'hui. Non plus que du précédent. Trop de cachotteries déjà, trop de silences. Mais puisqu'elle se rend dans des bureaux...

Seulement, c'est bien le diable s'il y a des bureaux ici. A moins qu'ils ne se trouvent en sous-sol ; ou qu'on les ait construits de l'autre côté de l'immeuble, dans l'espace vide qu'elle a repéré sur le plan, entre la villa d'Albray et la rue parallèle, là où s'élèvent les bâtiments d'un ministère ?

La conversation du chauffeur de taxi continue à la poursuivre. Elle n'arrive toujours pas à se souvenir clairement de ce qu'il a dit ; s'y mêlent maintenant les réminiscences d'une autre conversation, elle ne saurait dire avec qui. Ce dont elle est sûre, c'est que quelqu'un d'autre, récemment, lui a parlé de ces villas, de ces passages — plus précisément de leurs occupants.

Mais tout reste obscur. Devant la grille qui précède l'immeuble, Juliet continue cependant à s'interroger : qui, qui donc s'est extasié en sa présence sur le charme de ces impasses, de ces villas ? Qui lui a expliqué aussi à quel point il était difficile de trouver à s'y loger ?

Au moment où elle s'apprête à franchir la grille, la mémoire lui revient avec une netteté brutale : c'est Inès, bien sûr, son amie Inès, qui travaille, depuis que son mari l'a quittée, chez un marchand de biens. Juliet retrouve en même temps les circonstances de cette conversation : c'était juste avant qu'elle-même ne s'entiche de son manuscrit chinois, à un moment où elle projetait, sans plus de raisons, du reste, de changer d'appartement. Il faut bien le confesser, elle lui en a d'ailleurs parlé, à Inès, de son intrigue autour du manuscrit, en dépit des grands serments qu'elle avait faits à Dolhman. De toute façon, ce n'est pas non plus un bien gros mensonge : elle n'a confié à Inès qu'un vague projet. Une pensée mi-sérieuse, mi-frivole, des phrases en l'air, comme son envie de déménagement. Rien que pour voir ce qu'elle allait lui répondre, elle, sa meilleure, sa plus ancienne amie. Juste pour voir. Histoire de mettre la vie à l'épreuve, comme dans le cas du manuscrit. De s'assurer si les choses, les gens sont prêts à se laisser faire. Comme devant cette grille, ce jardinet qu'elle franchit, cette porte où elle cherche maintenant une plaque au nom de Steiner. Seulement histoire de chatouiller le destin.

Elle n'était pas dans son assiette, Inès, ce jour-là, se souvient Juliet ; elle l'a écoutée d'un air absent, et il y avait de quoi, se dit-elle à présent : ses idées, à l'époque, étaient si confuses, ses confidences sans queue ni tête : « ... J'ai envie de changer d'air, Inès, je ne sais pas ce qui me prend. Tu ne peux pas me trouver un appartement au calme... Une maison, peut-être. Pour l'argent, c'est facile, il suffit que je me décide à vendre les collections de mon père. Je voudrais changer d'air, tu comprends ? Mais à Paris, Inès, j'aime tant Paris ! Je voudrais souffler, tu vois, souffler un peu, et, comment te dire, changer d'air aussi. Tu connais ma vie, je crois que c'est le moment... »

Inès n'a pas répondu tout de suite. Elle était ainsi, Inès : pas un mot à la légère, elle prenait toujours son temps. Mais, ce jour-là, elle était particulièrement grave — peut-être les soucis de sa procédure de divorce, enlisée depuis plusieurs mois dans de basses querelles. Elle a tout de même fini par soupirer : « Je vois bien ce qu'il te faudrait. Seulement, ça ne se trouve plus. » Puis elle a soudain changé de ton, comme si quelque chose avait forcé le barrage d'austérité qui lui tenait lieu d'abri ; et elle a enchaîné sur ces endroits où l'on trouve encore, en plein Paris, des maisons comme autrefois.

Elle s'est brusquement animée, elle avait dû en visiter certaines quelques jours plus tôt, car elle était sous le charme, c'était manifeste, elle est devenue intarissable, elle lui a décrit avec force détails ces bâtisses désuètes, extravagantes machineries d'un théâtre défunt, conçues pour héberger des parentèles au grand complet. Ce qui fascinait Inès, davantage que leurs façades ou même leur silence, c'étaient leurs coulisses. Leurs labyrinthes de corridors, offices, arrière-cuisines, buanderies, escaliers de service, placards biscornus, coins et recoins sans nombre, « des paradis pour les décorateurs », serinait-elle avec l'assurance d'un vieux briscard des agences immobilières, « on les lotit en appartements, on abat les cloisons, on dégage des volumes, on refait tout... ». Cependant, à l'instant même où Juliet hasardait : « Alors, tu ne pourrais pas... », elle trancha, de nouveau sévère : « Aucun espoir, Juliet. Dès qu'un propriétaire meurt, dès qu'un locataire s'en va, la place est prise. Quelquefois, l'affaire est faite en une demi-journée. Tout se passe par relations, entre initiés. De drôles de gens, crois-moi, ceux qui habitent ces endroits-là. Ils se surveillent, se détestent parfois, mais au premier risque de changement, tous solidaires, tous complices. On dirait des sociétés secrètes. »

Cette conversation a eu lieu il y a quoi : un mois, six semaines ? Pas plus, en tout cas ; et si Juliet a eu tant de mal à se la remémorer, c'est qu'Inès et elle n'ont pas trouvé l'occasion de se reparler depuis, fût-ce au téléphone — elle est si différente, Inès, maintenant qu'elle vit seule. Si douloureuse, si distante aussi : il y a comme une pudeur, un secret refermés tout autour de sa vie.

Mais qu'importe Inès, ce n'est pas elle qui compte, seulement le rêve qu'elle a mis en branle dans l'esprit de Juliet, l'envie qui se matérialise à cette seconde même, face à l'interphone où s'égare son index tremblant.

Depuis le soir de la Bibliothèque, ce lent, sournois désir a eu le temps de prendre forme, forme et corps, corps et forme et nom d'homme. Et voilà qu'à cet instant, au pied de l'immeuble, suprême feinte, il choisit une autre apparence, un ultime déguisement, celui de ces pierres, de ces vitraux, colonnes, tourelles, volets, fenêtres ; il s'y insinue, s'y faufile, s'y loge enfin ; si bien que Juliet, sur le seuil de la porte, sans rien y pouvoir, sent lui monter aux lèvres tel un dernier soupir un bien désarmant murmure : « J'ai envie de vivre ici. »

A ce point de l'histoire, il convient de donner quelques précisions sur la façon dont était agencé à l'époque le hall du 9, villa d'Albray. Car tout se prépare, dans cette entrée, de ce qui va suivre, tout s'y trouve déjà en germe. Son état actuel ne permet plus d'en juger. Depuis les *faits* (ce terme policier que reprennent pudiquement tous les occupants sans exception quand ils consentent à évoquer l'affaire), on y a apporté des modifications importantes, ainsi qu'au grand escalier, au fond et à droite du hall. Pure superstition, au demeurant : sur le plan strictement pratique, rien ne le justifiait.

Dès ce premier jour, la disposition des lieux s'est inscrite dans la mémoire de Juliet. Mais des traces plutôt que des souvenirs ; des indices qu'elle a dû exhumer un à un, ensuite, des mois durant, tels des vestiges archéologiques, pour tâcher de comprendre ce qui s'était passé. Certains d'entre eux, toutefois, lui sont revenus sans difficulté. Par exemple, elle n'a eu aucun mal à se rappeler que le jour où elle se rendit pour la première fois au 9, villa d'Albray, sur les quatre interphones qui y donnaient accès, deux seulement portaient des indications de noms : en haut de la liste, celui de la famille Girard, qui occupait alors le rez-de-chaussée ; et, tout en bas, celui de Steiner.

Contrairement aux Girard, qui avaient grossièrement étalé leur patronyme en lettres bâtons sur fond grisâtre, Steiner avait découpé l'élégant bristol de sa carte, puis l'avait glissé sous la commande de l'interphone. Pour que son nom y figurât en toutes lettres, il lui aurait fallu renoncer à la mention de son titre. Il s'y était refusé ; et ce qui apparut à Juliet sous le halo ambré de l'appareil fut un intitulé tronqué :

Professeur R.C. Stein

au-dessus d'une mention manuscrite à l'encre noire et en script :

2ᵉ étage.

Les deux autres commandes d'interphone étaient vierges. Juliet supposa qu'elles avaient été prévues pour l'appartement du premier, celui dont les persiennes tirées et rouillés lui avaient suggéré qu'il était depuis longtemps inoccupé.

Second point important : à travers les vitraux de la porte, on distinguait parfaitement l'entrée. Ce qui a, d'emblée, frappé Juliet, c'est le grand escalier de marbre qui s'ouvrait au fond du hall, sur la droite, entre une paire de solennelles colonnes taillées dans la même pierre rose irriguée de veinules plus pâles. En dehors de ces colonnes et de deux grosses appliques de bronze, le vestibule du 9, villa d'Albray ne comportait alors aucune décoration ; ses murs — un placage de marbre, encore, mais grisâtre celui-là, et parcouru de veines sombres — réfrigéraient le visiteur avant même qu'il s'y fût avancé.

De l'extérieur, on pouvait aussi apercevoir, sur la gauche, une petite porte aménagée dans un pan coupé. En fait, ce qui la signalait à l'œil, ce n'était ni sa menuiserie, très commune, ni sa couleur (elle était peinte d'un gris très approchant de celui du marbre) mais la lueur orangée qui indiquait, à droite, la présence de deux gros boutons électriques — une minuterie.

A la vérité, ils retinrent à peine l'attention de Juliet ; à l'instant où elle s'apprêtait à appuyer sur la commande de l'interphone, son regard fut happé par une découverte qui la laissa paralysée : au pied d'une des colonnes, une voiture d'enfant et une bicyclette à ailettes à laquelle était arrimée une petite remorque débordant de jouets.

Elle n'eut qu'une pensée à ce moment-là, violente, déchirante : Steiner vit ici et il a des enfants.

La banalité, en somme, la vie qui va. Steiner en

homme commun, avec charge de famille. Dans son appartement, s'est-elle dit, il va y avoir d'autres jouets ; des odeurs de bébé, de biberons. Et une femme ; sans doute celle qui l'a appelée l'autre jour à la Bibliothèque. D'ici quelques secondes, quand elle va s'annoncer, la même voix aigre va lui répondre en vibrant dans le haut-parleur de l'interphone et pulvériser d'un mot son petit roman, le libre îlot de rêve qu'elle vient de se bâtir.

Cependant, avec la même détermination, la même sûreté de geste que le jour où, contre toutes ses promesses faites à Dolhman, elle a composé le numéro de Steiner, Juliet, dents serrées, s'apprête à appuyer sur la touche qui porte le patronyme tronqué.

L'entendre à nouveau, lui parler. Ecouter ses intonations étranges, parfois distantes et sèches, parfois si tendres, si proches. Pouvoir encore le réveiller, sentir dans sa voix la tiédeur de ses draps. Le revoir, surtout : depuis le soir où il s'est évanoui dans les couloirs de la Bibliothèque, elle ne sait plus à quoi il ressemble, elle est incapable de réunir en une image cohérente les souvenirs qu'elle a de lui.

Oui, il faut qu'elle le revoie, elle ne peut faire autrement, cela ne se commande, ne se justifie pas, elle doit absolument confronter cette figure fantomatique à la chair de l'homme qui l'attend ici, à sa vraie vie, à sa vie chez lui, car inutile de se bercer plus longtemps d'illusions : le 9, villa d'Albray est le domicile de Steiner, pas son bureau — en a-t-il seulement, des bureaux ? Non, il vit ici, c'est désormais indiscutable ; il faut être lucide : il a menti.

Ou bien il a arrangé, travesti les choses. Après tout, qu'importe, il faut aller de l'avant. Qu'importe qu'il y ait mensonge, qu'il y ait femme et enfants. Et même si c'est maîtresse, égérie, compagne, secrétaire, assistante, ne pas se poser de questions, tant pis. Tant pis pour tout. Tant pis et tant mieux, mais oui, tant mieux ! Y voir clair, enfin, car une vérité guette ici, embusquée, obscure autant que nécessaire. La vérité sur le manuscrit, bien sûr, et la vérité sur cet homme.

Mais là n'est pas l'essentiel ; ce qui attend ici, c'est quelque chose que Juliet sent tout au fond d'elle-même, un noir et vieux secret qui stagne, qui croupit. Et qu'elle veut éventer, chasser.

Trop de temps perdu déjà, trop d'attente. En finir. Entrer.

Elle appuie sur l'interphone, donne son nom d'une voix qui flanche. Elle ne s'est pas tue que la porte grésille et s'ouvre.

Juliet, ce jour-là, n'a pas entendu la voix de Steiner. Au fond du haut-parleur, il n'y a eu qu'un court écho vibrant, pas un mot, pas une syllabe, rien — hormis ce bref bourdon.

Il n'y avait pas d'ascenseur, c'est la première chose qui l'a frappée. Mais l'escalier, à sa droite, était un appel, à croire qu'on avait bâti la maison pour lui, autour de lui. Il était majestueux, théâtral, et les deux belles colonnes entre lesquelles on devait passer avant de le gravir rendaient instinctivement le pas plus solennel, on ralentissait, du moins les premières fois, on se mettait au rythme de ses volutes souples, de l'envolée de sa rampe de bronze.

Il était pourtant très sombre. Par une incohérence que Juliet ne s'expliqua pas, la minuterie qui permettait de l'éclairer était située non en bas des marches, mais à côté de la petite porte grise, sur le mur opposé. Elle appuya au hasard sur l'un des deux boutons. Les lampes s'allumèrent aussitôt ; elle supposa alors que l'un et l'autre des interrupteurs commandaient indifféremment les lampes de l'escalier.

Avant de s'y engager, elle jeta un coup d'œil à la porte qui fermait le hall. C'était la réplique de celle de l'entrée. A travers ses vitraux, on distinguait le jardin sur lequel donnait l'immeuble. Il était, comme maintenant, fermé d'un mur assez haut ; elle eut le temps d'y remarquer le portail ouvrant sur la rue parallèle à la villa d'Albray.

Le jardin du 9 n'était alors qu'une longue pelouse mise à mal par les jeux d'enfants. Sur la gauche, on y avait aménagé un bac à sable de ciment grossier, le long d'une serre désaffectée et d'un appentis à colombage dont les volets de bois étaient clos. Telle une épure, l'ombre étroite d'une tourelle s'étirait sur la pelouse glacée — sans doute la même qu'en façade, percée des mêmes feuillures qui évoquaient une meurtrière.

Juliet ne s'y attarda pas, ce n'est que bien plus tard

que lui revint cette vision fugitive. Elle se laissa happer, aspirer par l'escalier. Elle n'avait pas franchi la colonnade qu'elle se sentit rassurée : devant la porte de l'appartement du rez-de-chaussée, elle buta sur une peluche d'enfant dans laquelle s'était collé un chewing-gum à peine mâché ; et il lui sembla bien entendre, derrière la porte, les braillements d'un bébé.

Au moins, se dit-elle, les enfants ne sont pas chez Steiner. Et son pas s'allégea sur l'envolée des marches.

Au premier palier, néanmoins, elle dut s'arrêter : la minuterie s'était éteinte. Elle eut du mal à trouver l'interrupteur ; la cage d'escalier n'était plus éclairée que par le jour pauvre d'un oculus, à l'étage supérieur ; la commande de la minuterie avait perdu la lame fluorescente qui permettait de la repérer dans l'obscurité. Elle la chercha à tâtons, la découvrit juste à côté de la sonnette de l'appartement, avec laquelle elle faillit la confondre. Quand la lumière revint, elle se retrouva face à une porte fatiguée dont la peinture brune était meurtrie de longues lacérations, comme après un déménagement. Sur le battant gauche se détachait nettement une marque de forme ovale, forée de quatre trous pour des clous, sans doute l'emplacement d'une plaque au nom de quelque ancien occupant.

Juliet passa son chemin. Plus qu'un étage. Elle était pressée, tout d'un coup. Il lui sembla — mais ce n'était qu'une illusion — que les degrés de l'escalier étaient devenus plus hauts ; en tout cas, elle s'essoufflait. Peut-être était-ce le seul effet de la poussière flottante qui lui agaçait davantage les narines à chaque marche ; pas plus que le jardinage, le ménage ne semblait préoccuper les habitants du 9.

Trois ou quatre marches avant le second palier, elle s'arrêta encore ; mais, cette fois, quand elle respira, ce fut du même élan aveugle qu'un plongeur — œil mi-clos, muscles tendus ; et elle franchit les derniers degrés qui la séparaient de Steiner.

Elle avait bel et bien aussi la tête vide d'un nageur, voilà pourquoi tout se perd, se noie au fond de sa mémoire, submergé par une vision unique, celle du point vers lequel converge ce qui lui reste de volonté : à côté d'une grosse porte de bois blond barrée d'une large bande métallique, le petit carré d'une sonnette en acier guilloché.

Et, au fond de l'abîme, flottant dans la lumière ambrée de cette fin d'après-midi, Steiner enfin, lisse et tranquille, rasé de près, parfumé comme l'autre jour, aussi parfaitement élégant, la main droite refermée sur un téléphone portable, la tête légèrement penchée, qui la dévisage avec l'attention forcée d'un homme qu'on dérange. Et qui laisse tomber : « Ah, c'est vous... »

Les bruits, Juliet en est sûre, elle les a entendus dès le premier jour. Enfin, il faut se mettre d'accord sur ce qu'elle appelle *les bruits*. Il y a les bruits habituels de la villa d'Albray, les *bruits normaux*, comme elle les nomme, et elle n'a pas tort : ils le sont et on les entend toujours aujourd'hui. Les cloches du couvent, d'abord ; de jour et de nuit, elles carillonnent les heures et, comme au fond des vieilles provinces, l'angélus du matin et celui du soir. Ensuite, l'inévitable tohu-bohu des enfants Girard. Des deux aînés, s'entend. Quand ils partent en classe et dès l'instant où ils rentrent, c'est immanquablement le même hourvari de disputes, portes claquées, chamailleries avec la jeune fille au pair chargée de les escorter. Le chahut de ces deux gamins de six et huit ans est aussi rituel que la sonnerie du couvent, mais il dure à peine plus longtemps : tout aussi régulièrement, les semonces de leur mère viennent l'interrompre. Pour houspiller ses garnements, Mme Girard s'arrache un moment à ses deux cadets, des jumeaux, fille et garçon — lors de la première visite de Juliet Osborne, ils ne devaient guère dépasser deux ans.

Puis l'immeuble se laisse à nouveau engloutir par le silence, cette quiétude où tout s'étouffe, se noie, comme la vie peut-être qu'on y mène. De loin en loin, on distingue quelques ronflements de moteur lorsqu'un riverain pénètre dans l'impasse ou en sort. Mais jamais rien de tonitruant ; la même torpeur, villa d'Albray, engourdit hommes et machines, les véhicules y roulent au pas, soudain cauteleux, solennels, comme au seuil d'une zone frappée de rigoureux interdits. Il n'y a guère que l'été, quand les fenêtres sont ouvertes, que sourdent enfin çà et là quelques échos de la vie domestique, brefs éclats arrachés à une intimité jalouse, la sonnerie d'un téléphone, la mélodie heurtée d'une leçon de piano, les jappements d'un chien en mal de promenade, le bref soupir de rideaux soudain gonflés par un courant d'air ; c'est à peu près tout.

Avant les *faits*, cependant, avant les nouvelles dispositions que les occupants du passage, à la suite de l'enquête de police, se crurent obligés d'adopter, le rude pavé de l'impasse, sur le coup de neuf heures du matin, et tout aussi ponctuellement l'après-midi à seize heures trente, résonnait en toute saison du pas inégal de Blazeck, un homme très grand, très sec, qui boitait. C'était l'homme du 122, sur la rue, le concierge chargé de la distribution du courrier. Il commençait par le 11, l'immeuble arts déco que Juliet avait pris pour celui de Steiner, puis il passait au 9. Avant même qu'il eût glissé les lettres sous la porte, rien qu'au glissement sur le marbre de sa jambe raidie, on savait que c'était l'heure du courrier. On l'entendait aussi vers dix-neuf heures, quand il venait collecter les poubelles des occupants de l'impasse ; son infirmité ne semblait pas l'embarrasser dans cette tâche. De temps en temps, enfin, son vieil aspirateur vrombissait dans l'entrée du 9 : il était censé s'occuper du ménage des parties communes de l'immeuble. Il ne se consacrait en fait qu'au vestibule, sans doute parce que les époux Girard, pointilleux sur le chapitre des apparences mais constamment mis en défaut par la vitalité de leurs rejetons, lui versaient de gros pourboires pour réparer leurs dégâts. A la vérité, en dehors des moments (généralement le mercredi) où les enfants parvenaient à tromper la surveillance de leur nurse et à transporter dans le hall la gabegie qu'ils semaient ordinairement au jardin ou chez eux, l'entrée du 9 était impeccable. Toutefois, dès que les Girard avaient quitté leur domicile — le samedi matin et à la première occasion de vacances —, Blazeck s'estimait dispensé de tâches ménagères. Il s'adonnait alors à son unique passion : la minutieuse vérification des portes et serrures.

Car avant les événements qui ont chamboulé la

sourde routine de la villa d'Albray, Blazeck détenait toutes les clefs du 9, comme d'ailleurs celles des autres immeubles du passage, dont les occupants vivaient — et vivent plus que jamais — dans la hantise de l'effraction et du cambriolage. Chaque jour après la collecte des poubelles, l'œil sévère, la main maniaque, même en semaine et en dehors des périodes de vacances, Blazeck revenait s'assurer que, de la porte du jardin aux loquets cadenassant les volets des appentis, aucun verrou n'avait été forcé.

Juliet l'a rencontré à plusieurs reprises, ce Blazeck ; d'abord, juste après sa première visite à Steiner, le soir du 18 décembre, dans l'entrée même de l'immeuble. Ce qui lui revient en mémoire, quand elle évoque cette rencontre, n'est pas son visage, pourtant si singulièrement raviné, ni même la façon dont, depuis les dernières marches de l'escalier, elle vit s'étirer sa carcasse devant la porte au pan coupé, là où se trouvaient les boutons de la minuterie — la lumière, une fois de plus, venait de s'éteindre. Non, rien n'a frappé Juliet, à ce moment-là, que le raclement de sa jambe bancale ; pourtant il n'avait rien d'engageant, Blazeck : il s'avançait vers elle en agitant une de ces bouteilles de détergent pour les vitres au bouchon en forme de canon de revolver, que leurs fabricants nomment d'ailleurs ingénument *pistolets*. Elle a tressailli. Mais l'homme a souri, la bouche légèrement de travers, il l'a saluée d'un profond signe de tête, puis il est sorti.

Juliet entend encore son pas dans l'entrée et sur le pavé de l'impasse ; elle l'a croisé à presque chacune de ses visites chez Steiner et il lui est arrivé plusieurs fois de le voir surgir ainsi du noir en brandissant sa bouteille de détergent au bouchon en forme de canon. Mais elle n'eut plus jamais peur, elle s'y était faite, elle avait appris à l'entendre venir. Dès le premier soir, Blazeck fit partie du tableau, des étrangetés sans nombre qu'elle ne dissocia plus de la personne de Steiner ; c'est sans doute pourquoi, quand elle eut fait le tour de toutes les hypothèses, et même si elle ne s'expliquait pas comment on pouvait les entendre si distinctement à l'intérieur de l'appartement, même si elle voyait bien qu'ils ne pouvaient pas provenir de l'escalier, Juliet s'est si longtemps persuadée que les *bruits*, tous les *bruits*, c'était Blazeck.

Puis il y eut aussi ce qui les étouffa, ce premier soir, engourdissant son habituel affût : la voix de Steiner, ses intonations tour à tour paresseuses et tranchantes, ses évolutions élégantes d'un bout à l'autre des pièces de l'appartement, son pas grinçant nonchalamment sur le vernis des parquets ; et, plus entêtante encore dans la mémoire de Juliet, la musique de sa présence, tout ce qui n'a laissé aucune trace dans les lieux, le bruit vain de la fable où elle s'est laissé entraîner dès qu'elle a mis le pied chez lui, l'intarissable écho de ses mots et de ses silences, irrésistible, à l'infini.

Il a commencé par dire : « Vous êtes en retard. »

Il lui faisait face, il était tout près d'elle ; cependant, il ne l'invitait pas à passer le seuil.

Elle a rejeté la tête en arrière, déjà à la recherche d'un mot pour se justifier. Mais il a poursuivi : « C'est tout de même un rendez-vous important. »

Elle a approuvé d'un souffle, elle était sans forces. Il en a profité pour préciser : « Important pour vous... » Et c'est là seulement, à la fin de sa phrase, comme il traînait sur le *pour vous*, qu'il lui a tendu la main.

Elle espérait que sa paume fût chaude, qu'elle dégelât la sienne, qu'elle l'accueillît. Mais ses doigts, dont elle avait oublié les phalanges noueuses, étaient aussi glacés que les siens. Elle se sentit déçue, tout à coup, ce n'était pas là le Steiner qu'elle avait gardé en tête, seulement un homme de haute taille, encore assez jeune, très élégant, certes, comme l'autre soir, distingué, bien mis, mais un peu fat dans ses manières, non exempt d'arrogance dans sa façon de lui parler comme à un enfant en faute — c'est tout juste s'il n'avait pas levé l'index pour la gronder.

En somme, c'était Steiner et ce n'était pas Steiner. Quelque chose avait dû se passer. Oui, c'était sûr : quelque chose s'était passé. Dommage. Mais elle trouverait quoi. Elle prendrait son temps, elle saurait y faire. Et puis, enfin, il était là. Et elle, chez lui.

Cependant, Steiner ne lâchait pas son téléphone portable, il continuait de le serrer comme s'il devait être appelé d'un instant à l'autre, tout en fixant Juliet de l'œil d'un homme importuné en permanence. « A ce moment-là, raconte-t-elle, j'ai failli me sauver. C'était ce téléphone, je n'ai plus vu que ce téléphone. Je ne sais si c'est à cause de sa très longue antenne, il m'a fait l'impression d'une pince monstrueuse fixée au bout de son bras, d'une sorte de prothèse qui le reliait à un monde où je n'étais pas. Un concert d'appels en instance qui le guettaient et me menaçaient, moi, pour le désordre que j'allais y jeter ; seulement lui, Steiner, il avait l'air de les souhaiter, ces sonneries, ces appels. Les petits soucis, les menues agitations, la vie ordinaire. Tout ce qui m'excédait, me rendait fatiguée de vivre depuis quelques semaines. Rien de ce que j'étais venue chercher chez lui. Je voulais quelque chose à part, du jamais vu, quelque chose qui change, qui n'existe pas, ou alors qu'on ne trouve que dans les livres ou au cinéma. J'avais besoin que ça existe à ce moment-là de ma vie, besoin que ce soit vrai pour moi. Alors d'un seul coup, à cause de ce téléphone, je me suis demandé ce que je fichais là. Même si je grillais d'envie de savoir qui était Steiner, comment il vivait, ce qu'il me voulait au juste avec son histoire de manuscrit, j'ai failli faire demi-tour. Comme ça, sans rien dire. Prendre mes cliques et mes claques, sans explications. Me *sauver*, quoi ! C'est bien le mot, quand on y repense... Il n'était pas trop tard, j'étais encore sur le pas de la porte. J'aurais dû me fier à mon instinct. »

Seulement l'instinct de Steiner était beaucoup plus affûté que le sien, et infiniment plus rapide. Il ne lui a pas laissé le temps de reculer ni même d'hésiter. Comme s'il avait suivi, si ténus fussent-ils, les plus fugitifs remous de ses pensées, il a immédiatement posé son téléphone sur une grande console, derrière lui, et lui a fait signe d'entrer.

Il referme posément la porte, tend le bras pour prendre son manteau. Elle s'exécute. Il fait coulisser un panneau de l'entrée, celui qui se trouve en face de la console et dissimule une penderie. Avec un soin appuyé, à gestes presque précieux, il y suspend le vêtement.

A ce moment, dans l'esprit de Juliet Osborne se produit un phénomène apparemment banal mais qui ne l'est guère au regard de l'extraordinaire sens de l'observation dont on l'a toujours et si unanimement créditée : elle ne voit, ne remarque, n'examine plus rien.

Ou si peu. Quelque chose en elle s'est mis en sommeil. Dans cette entrée, elle ne relève aucun des détails qui vont ensuite l'intriguer si fort : la rareté du bois exotique dans lequel ont été taillés les panneaux plaqués sur les murs, la maquette de paquebot posée sur la console, l'affiche ancienne représentant ce même navire ; pas davantage, à gauche du vestibule, là où commence le long corridor autour duquel s'ordonne l'appartement, l'escalier métallique dont le colimaçon, pourtant, s'enroule presque sous son nez. Non, Juliet ne relève rien, sa vigilance est assoupie, comme anesthésiée ; rien ne saurait la réveiller, pas même ce qui frappe d'emblée les visiteurs quand ils pénètrent dans les lieux : le contraste entre cette entrée du plus beau style années trente et l'enfilade de pièces à la Haussmann qui s'ouvre à droite du couloir, tout en planchers marquetés, boiseries, hauts plafonds surchargés de moulures et de stuc.

Non, décidément, Juliet n'aura rien retenu de ces premiers instants dans l'appartement de Steiner. Son regard est brouillé, là voici soudain perdue, comme nue face à cet homme. Pour autant, elle ne parvient pas à se détourner de lui. Pendant qu'il range son manteau, elle suit ses gestes au millimètre près ; mais ses yeux ne s'attachent pas à ce placard, à ce panneau qui coulisse en silence, il n'y a que Steiner qui compte, ses mouvements dans lesquels elle croit enfin retrouver quelque chose de leur première rencontre, peut-être ses manières félines. Elle s'agrippe à ce semblant de familiarité.

Du coup elle se met à en chercher d'autres, et elle en découvre, bien entendu : son eau de toilette, pour commencer, dont elle reconnaît parfaitement les effluves de bergamote — comment se fait-il qu'elle s'en souvienne si bien ? Ensuite la blancheur et la finesse de sa peau, rasée de très près, comme l'autre soir aussi. Enfin cette façon qu'il a de promener son regard sur toutes choses, son œil blême, qui ne cille pas.

Steiner se retourne à présent vers Juliet. Que va-t-il penser d'elle ? Va-t-il seulement remarquer la robe de soie rouge qu'elle s'est choisie, les pierres dont elle l'a assortie, un bracelet et des boucles de jais ? Va-t-il apprécier, comme Dolhman naguère — elle ne les a plus portées depuis le temps de leur liaison — la façon dont leur eau noire fait chatoyer la soie ?

Il l'examine de pied en cap. Non, il vaut mieux qu'il ne voie rien. A la manière froide dont il la scrute, il va se moquer d'elle, c'est couru, il va lui lâcher que ce n'est pas là la tenue qu'on attend d'une conservatrice en chef dans l'exercice de ses fonctions. Et il aura raison.

Mais, une fois de plus, Steiner a tout vu, sa bouche s'amincit, il va parler, frapper — trop tard. Et, en effet, il cingle — ce n'est pas l'attaque que Juliet attendait, il en revient à son retard : « ...Une femme comme vous... Précise, organisée... Qu'est-ce qui a bien pu vous arriver ? Vous vous seriez perdue ? »

Juliet bredouille quelques mots à propos du chauffeur de taxi. A son habitude, Steiner n'écoute pas sa réponse, il enchaîne déjà : « C'est pourtant vous qui avez fixé l'heure de notre rendez-vous. C'est pourtant vous qui m'avez appelé. »

Comme tout à l'heure, il a appuyé chaque fois sur le *vous*. Cela devient de mauvais goût, il faut maintenant se défendre. Que diable, s'est-elle jamais laissé faire, elle, Juliet Osborne ? Il faudrait le remettre à sa place, lui rétorquer que c'est le monde à l'envers, que c'est fort de café, tout de même : bien sûr que c'est elle qui l'a appelé, mais c'était pure bonté d'âme, une faveur incroyable, qu'est-ce qu'il croit, le solliciteur, c'est lui, Steiner, lui et lui seul ; et si elle s'est déplacée, elle, la conservatrice en chef du département des manuscrits d'Orient, c'est uniquement parce qu'elle avait à faire dans le quartier, et des choses autrement plus importantes. Quant à l'heure du rendez-vous, c'est encore lui, Steiner, qui l'a fixée, sans lui demander son avis. Et elle est bien bonne d'avoir fermé les yeux sur les deux rencontres qu'il a annulées coup sur coup ! Une vraie fleur qu'elle lui a faite en venant jusqu'à lui, au fond de cette impasse, de cet immeuble sinistre...

Voilà ce qu'il faudrait lui lancer à la figure, d'un seul jet. Avant de le planter là.

Seulement, les mots ne lui viennent pas. Quant à la force, n'en parlons pas. Steiner le sait, qui n'attend pas de réponse, mais se retourne vers la console où il reprend son téléphone.

L'air anxieux, il scrute le cadran, on dirait qu'il attend un appel. Et voilà Juliet qui ne sait plus que faire d'elle-même devant cet inconnu qu'elle a vu — quoi ? —, dans sa vie, cinq minutes, et encore... Juliet gourde comme pas deux, et chez lui, par-dessus le marché, à son domicile ; si ça se trouve, à dix mètres de sa chambre, de son lit, pour appeler les choses par leur nom. Comme deux ronds de flan, il n'y a pas à dire, incapable de bouger ni de rien articuler, pas même un bégaiement.

Mais elle est piquante, aussi, l'idée de cette chambre proche ! A côté, il doit y avoir une salle de bains tout imprégnée de parfum à la bergamote, un rasoir abandonné sur le rebord du lavabo ; un peu plus loin, son bureau, une cuisine. Des armoires, des placards. De quoi tout savoir de lui, ou presque. C'est enfiévrant, vraiment, cette intimité à portée de regard ; tout comme le secret qui va jaillir du téléphone, pour peu qu'il se mette à sonner.

Presque aussitôt, l'appareil grésille, comme Juliet le redoutait et l'espérait. Comme elle l'espérait, surtout ; car, cette fois, entre la peur et le désir, Juliet n'a pas eu à choisir, tout s'est déroulé naturellement, le désir était le plus fort, c'était sa pente.

Elle l'ignorait, à l'époque. Steiner, lui, le savait.

Il a immédiatement porté l'appareil à son oreille. Ses muscles, à l'angle des mâchoires, ont formé une boule dure, olivâtre ; puis il a raccroché sans avoir parlé ; et il s'est senti obligé de commenter : « Personne au bout du fil. »

Pour une fois, il baissait les yeux, quelque chose de très lourd écrasait ses paupières ; lorsqu'il les releva enfin, ce fut pour soupirer : « Ça n'arrête pas. »

Pour autant, il n'avait pas lâché son téléphone ; dans son exaspération, il l'agitait de droite et de gauche, tel un tentacule ; et il a ajouté :

« Je suis pourtant sur liste rouge.
— Changez de numéro ! »

Juliet avait répliqué sur-le-champ par la première phrase qui lui était venue à l'esprit, une réponse sans relief, de celles qu'on fait toujours en pareil cas ; mais au moins n'avait-elle pas bégayé pour la dire, au moins n'avait-elle pas tremblé.

Steiner a hoché la tête, il s'est remis à considérer son cadran ; puis il a de nouveau soupiré : « Bien sûr. Mais en ce moment, cela m'ennuierait beaucoup. J'ai un projet en cours. Un projet tellement lourd... »

Il s'est interrompu. Brutalement, tout paraissait l'accabler, il s'était adossé à la console, ses épaules s'affaissaient, sa lèvre inférieure pendait, comme soudain vidée de sa gourmandise ; il y avait aussi ce sillon bistre le long de ses orbites, comme la coagulation, au fond de ce pli, de nuits blanches et de journées à s'échiner.

Là, il aurait fallu enchaîner dans la seconde sur une question, demander au culot : « Un projet, mais quel projet ? Comme c'est intéressant ! Expliquez-moi ça. » Et, à la vérité, Juliet aurait dû s'y risquer, elle aurait pu le faire, elle recouvrait peu à peu ses esprits, elle redevenait elle-même, la curieuse, la fouineuse Juliet. Seulement, il y a eu le bruit. Le premier bruit, s'entend, celui qui est revenu ensuite si souvent, ce qui fait que, pour le distinguer des autres, Juliet en parle toujours au singulier.

Cela se comprend, car il n'est pas facile à décrire ; et il est différent selon l'endroit où on se trouve, le salon, l'entrée, la cuisine, le couloir, la salle de bains. C'était d'ailleurs un mélange de bruits, plutôt qu'un bruit distinct : un lent bourdonnement que recouvraient parfois des cliquetis irréguliers, avec quelques froissements ou frôlements, c'était selon. Cela dépendait des jours, de l'endroit, du moment. Derrière le tout — mais il fallait être doué, comme Juliet, d'une ouïe très fine pour la capter —, une sorte de basse continue, tantôt un écoulement, tantôt un clapot, quelque chose en tout cas qui suggérait l'élément liquide.

Cela dit, cette première fois, Juliet ne s'est pas posé de questions. Elle a entendu le bruit, elle a dressé l'oreille, elle s'est dit : « C'est une machine », et elle n'a pas cherché plus loin. On peut même dire que, sur l'instant, ce bruit l'a rassurée. Car Steiner venait enfin de parler travail : il avait lâché ce mot : *projet* ; d'un seul coup, le tableau s'assemblait, tout se tenait, la carte de Steiner et sa kyrielle de titres, son visage fatigué, ces appels importuns, ce téléphone toujours à portée de main, cette machine, pour finir — mais laquelle ?

A quoi bon se creuser la tête ? L'autre jour, au téléphone, il avait bien parlé d'*installations*, pourquoi chercher midi à quatorze heures ? Il travaillait bel et bien ici...

A nouveau des images de laboratoire se sont imposées à Juliet, tout un attirail, à bien y penser, parfaitement incohérent ; mais d'une évidence, d'une force prodigieuses. Elle croyait déjà les voir, les microscopes de Steiner, ses feuilles de calculs, ses éprouvettes ; en même temps qu'elle se les représentait, elle se les commentait, se disait : voilà, cet homme est agacé que je sois en retard, et il a raison ; à sa place, je serais comme lui, il était sans doute penché au-dessus de sa paillasse depuis ce matin, en jean, peut-être en blouse, il s'est changé et rasé pour me recevoir, il a passé un costume, noué une cravate, il a déployé des efforts inhabituels ; et moi, je me paie le luxe d'être en retard...

Il y avait du vrai dans l'histoire qu'elle se racontait : Steiner s'était mis sur son trente et un, costume sombre et cravate de soie ; avec sa posture fatiguée, adossé à la console, le bras pendant, les yeux baissés sur la maquette du paquebot, il avait l'air un peu emprunté, si bien qu'histoire de briser la glace, de dire quelque chose — histoire aussi, il faut bien l'admettre, d'oublier le bruit qui s'obstinait —, Juliet s'est vue pointer l'index vers le navire et a lâché : « C'est une maquette ancienne ? »

Le métal du navire était patiné, écaillé ici et là ; la réponse allait de soi. Steiner releva aussitôt la tête et sourit : « C'est un souvenir de famille. J'y tiens beaucoup. »

Il s'était détendu, d'un seul coup. Le bruit venait de s'arrêter. Il ne parut pas s'en soucier, mais se mit à caresser l'étrave du navire, là où était inscrit son nom, *CIPANGO*, dans les mêmes caractères que sur l'affiche placardée au-dessus de la console, à ce détail près que, sur l'annonce, le nom du bâtiment était précédé d'une longue liste de ports.

Il y avait Le Caire, sur cette liste, et Colombo, Juliet l'a mille fois affirmé, même si sa mémoire défaille sur le reste ; elle assure aussi que l'affiche portait les noms de Port-Louis et Nagasaki. Sur le moment, elle avait senti qu'il y avait là un indice, une nouvelle piste, elle avait voulu tout enregistrer ; et Steiner s'en était aperçu — à moins qu'il n'ait su d'emblée comment jouer avec elle, comment la diriger là où il voulait l'emmener. En tout cas elle n'avait pas déchiffré l'affiche qu'il lui lança : « Vous voyez tout, vous... Et on dirait que ce que vous voyez vous intrigue énormément... »

Subitement ragaillardi, il s'est détaché de la console

et lui a désigné la pièce immense qui s'ouvrait à la droite de l'entrée, avec ses tableaux, ses tentures jaunes, ses miroirs, son grand canapé en L. Tandis que Juliet s'avançait, passant devant lui pour y pénétrer d'un pas incertain, ne sachant, à nouveau, plus trop quoi faire d'elle-même, Steiner s'est approché tout près d'elle et l'a regardée. De pied en cap, comme à son arrivée.

Cela n'a pris qu'une petite seconde, juste le temps pour lui de détecter l'unique et imperceptible défaut de sa mise, un pauvre fil égaré au-dessous d'un de ses seins, juste le temps d'avancer la main vers ce sein, vers le fil, et de le saisir, ce fil, comme un ver, entre le pouce et l'index, de l'exhiber, puis de le lâcher avec ce mot qui n'a plus cessé, depuis, de la hanter : « Vous voyez tout... sauf quand il s'agit de vous ! »

Comme Juliet ne répondait pas, continuant d'avancer en direction du canapé sur ce plancher dont les lattes grinçantes, à chaque pas, semblaient battre la mesure de son désarroi, Steiner se raidit et précisa : « Je vous surprends, je sais, ces lieux vous surprennent... Alors que c'est vous qui êtes bien surprenante d'être venue ici sans rien savoir de moi... »

A bien des égards, Steiner était une lame, même s'il lui arrivait de s'émouvoir, de s'attendrir. Mais il souffrait aussi d'un petit penchant pour le théâtre ; ce qui fait qu'au bout du compte, on ne savait plus ce qui était le plus vrai en lui, de sa faiblesse cachée ou de ses façons abruptes. A sa dernière réplique, Juliet l'avait parfaitement senti : il l'avait débitée sans une hésitation, comme s'il l'avait mille fois proférée, comme s'il connaissait d'avance son effet. Et il y eut la façon dont il la termina : « sans rien savoir de moi », en se redressant. Enfin, alors même que Juliet n'avait d'yeux que pour la pièce où elle s'aventurait, son petit jeu consistant à la suivre, à se placer dans un angle où elle était obligée de le voir, l'angle du canapé en L, l'un des seuls endroits qui fussent encore blondis par la lumière de l'hiver. Il l'avait fait exprès, vraiment ; elle eut l'impression, à cet instant, qu'il se déplaçait devant un pur décor.

Mais tout domicile est un décor, après tout, s'est-elle aussitôt objecté, c'est même le mot consacré. Un jeu de signes : au visiteur de le déchiffrer, de comprendre à quoi il rime. C'est donc ce qu'elle a fait. Ou plutôt ce qu'elle a tenté, car le lieu était assez dépouillé. De toute façon, ce n'est pas sur l'agencement de ce salon qu'elle a achoppé. C'est sur les objets.

A la vérité, quand elle relate cette première visite, Juliet décrit seulement les choses qui, d'une fois sur l'autre, n'ont jamais bougé : la grande table basse devant le canapé, par exemple, la commode bois des îles à droite de la cheminée, les reliures anciennes dans la bibliothèque, les deux portraits 1900 accrochés entre les fenêtres. Les petits objets, eux, ceux qui ont fait leur apparition les fois suivantes, ceux qui ont disparu aussi, l'étui à lunettes en galuchat, notamment, ou les journaux pliés à la grille des mots croisés, le coupe-papier en écaille, l'album à photos sur son lutrin, le recueil d'eaux-fortes, elle n'en parle pas. On dirait qu'elle n'a découvert leur existence qu'ensuite, quand ils sont devenus, comme les bruits, autant d'indices et d'acteurs de l'histoire ; et il faut bien reconnaître que ce sont eux qui l'ont fait avancer, cette histoire, qui l'ont menée jusqu'à son horrible terme.

Oui, assurément, dans le récit qu'elle livre de ce premier jour, Juliet s'en tient toujours à l'essentiel, à ce qui n'a pas changé. Comme à des balises qui l'aident à se retrouver dans ce qui lui est arrivé. Mieux encore, comme à des témoins. A des garants de la réalité de son histoire, mais aussi comme à des preuves de sa beauté, à côté du sordide qu'on découvrit en bout de course. La marque en était déjà là, pourtant, bel et bien là dès le premier jour : car eux aussi, ces objets qui ne bougèrent jamais, portaient presque tous des éraflures, de minuscules blessures. Comme des accessoires de théâtre en fin de tournée, justement.

On avait dû les emballer, les déménager souvent. Les uns étaient anciens, comme la grande table de laque disposée devant le canapé et la commode à droite de la cheminée ; d'autres pas du tout, tels le petit miroir circulaire et bombé, à la flamande, qui lui faisait face, ou la série de jades alignés sur cette même cheminée — ces derniers non seulement récents, mais de très mauvais goût. Quoi qu'il en soit, modernes ou pas, ils avaient tous l'air d'avoir vécu, ils portaient, comme Steiner lui-même, les stigmates de quelque chose qui n'était pas le bonheur, mais qui n'était pas le malheur non plus. L'empreinte d'un passé qui n'avait été qu'attente, celle d'un présent en forme de provisoire. Le signe de l'instable ; mieux encore : du passager.

Oui, voilà, du *passager* : c'est le mot, en ce qu'il évoque la mer, les voyages. Mais cette impression, sur le moment, resta très confuse. Sur ce premier jour, du reste, Juliet s'est toujours contentée de souligner qu'à l'instant où elle entra chez Steiner, elle eut l'impression de flotter ; qu'ensuite, lors de ses autres visites, cette sensation ne s'est jamais démentie. Pendant un certain temps, elle a cru que c'était l'emprise sur son esprit des objets maritimes. Jusqu'à ce qu'elle se soit aperçue qu'en définitive il n'y en avait guère, chez Steiner, hormis le paquebot et son affiche, dans l'entrée, et une mâchoire de requin accrochée au mur du salon, à gauche de la cheminée — assez longtemps, sans s'expliquer pourquoi, elle l'a appelée la *mâchoire du mérou*, c'était pourtant celle d'un squale. Elle ne découvrit jamais non plus un seul objet qui pût évoquer les recherches océanologiques dont Steiner finit par lui parler. Pas de cartes, pas de marines. Pas une seule boussole, pas même l'ombre d'un symbole en forme d'ancre ou de sextant.

Cependant, quelque chose dans cette pièce, sans qu'elle sût exactement quoi, la mit tout de suite sur la piste du voyage, des terres lointaines. La patine des meubles, peut-être, les essences exotiques de la commode et des guéridons supportant les lampes (avec de belles potiches chinoises en guise de pieds, vraisemblablement authentiques, celles-ci). Mais plus simplement encore l'effet créé par les deux miroirs placés face à face : le petit, le flamand, à côté de la bibliothèque, l'autre, le grand, celui au cadre doré, juste au-dessus de la cheminée. Ils se renvoyaient leur réponse à l'infini, jusqu'au vertige : à l'instant où on les découvrait, on s'y perdait.

Du coup, Juliet n'a pas levé les yeux, son regard s'est égaré dans ces lignes de fuite et elle n'a pas remarqué — pas davantage que, dans l'entrée, l'escalier métallique —, en surplomb de la pièce, la mezzanine.

Il est vrai que sous cet éclairage, on ne pouvait en distinguer que le balcon de fer forgé, le reste était dans le noir. De surcroît, entre ces murs tout en dérobades, au milieu de ces meubles et de ces objets disposés comme autant d'indices trompeurs, Steiner commençait à jouer assez mal sa pièce ; et avec son appuyé, son triomphal « être venue ici sans rien savoir de moi », il avait brutalement réveillé l'acidité de Juliet.

Si bien qu'au moment où il lui indiquait l'angle du canapé, d'où il s'apprêtait à l'évidence, se plaçant tout près d'elle, à instiller le trouble, à manœuvrer la mise en scène, elle a choisi de s'asseoir au beau milieu. Pur désir de le contrarier. Et c'est d'une seule traite, exactement comme lui, bien arrogante et bien glaciale, qu'elle lui a rétorqué : « Alors, éclairez-moi sur ce point une fois pour toutes, que nous puissions enfin passer à nos affaires ! »

Il a accusé le coup. Ce fut très bref. Presque aussitôt, il a déposé son téléphone sur une petite table, derrière lui, à côté d'une lampe et d'une photo encadrée. Puis il s'est assis en prenant soin de tirer sur les jambes de son pantalon afin d'en épargner le pli.

La lampe était éteinte, la pénombre grandissante de la pièce noyait les contours de ses traits ; cependant, Juliet les distinguait encore assez pour constater qu'il conservait son sang-froid.

« Eh bien, allons-y ! a-t-il enchaîné en la fixant dans le blanc des yeux. Pour commencer, je suis parfaitement désargenté. »

A son tour, Juliet perdit ses moyens. « Pour une fois, raconte-t-elle, pas à cause de sa façon de me regarder. C'était le mot qu'il avait eu, *désargenté*. Tellement désuet ! Presque précieux. Des années que je ne l'avais pas entendu. Ce mot-là a eu aussi un autre effet, exactement contraire, et Steiner ne s'y attendait certainement pas : j'ai retrouvé d'un seul coup tous mes réflexes. Je me suis dit : très bien, il veut discuter le bout de gras, on y va, je suis prête, on va voir ce qu'on va voir. Et j'ai même pensé : désargenté, je t'en fiche, on n'est pas sur la paille quand on habite un appartement pareil, il veut jouer au malin, ce Steiner, me fourguer son manuscrit au prix fort, c'est lamentable, toute cette comédie pour en arriver là... »

Et elle n'a pu s'empêcher de lui lâcher la phrase qui la démangeait depuis qu'elle était chez lui. Elle a désigné les murs, les boiseries, le plafond (c'est seulement là qu'elle a aperçu la mezzanine) et elle a sifflé : « Vous n'avez vraiment pas l'air d'un crève-la faim ! »

Il a souri, très largement souri. De quoi se moquait-il : de sa subite acrimonie, de sa pupille agrandie au moment où elle avait découvert le gouffre d'ombre qui béait à mi-plafond ? Quoi qu'il en soit, une fois de plus, Steiner ne s'est pas départi de son flegme : « Je ne tiens pas à vous imposer le détail de mes difficultés pécuniaires. » Et, comme s'il avait voulu à toutes fins ramener son regard ailleurs, il s'est vivement retourné vers la petite table et a allumé la lampe.

Sur l'entour des miroirs, sur les meubles, la lumière a aussitôt éveillé des reflets d'ambre, un chatoiement chaleureux et tendre, surtout au plus près de l'abat-jour, là où trônait la photo encadrée de bois roux : à ce cliché noir et blanc — celui d'une grosse bâtisse coloniale, pour autant que Juliet pût en juger — elle donnait même quelque chose de gentiment rassurant.

Steiner, lui, ne perdait rien de sa superbe. Il a repris sa pose et a ajouté : « J'espère que vous aurez l'élégance de me croire sur parole. »

Pour bien marquer qu'il n'attendait pas de réplique, il a une seconde fois sèchement défripé le pli de son pantalon.

« Je vous crois, a riposté Juliet. Vous aussi, vous me croirez sur parole, j'espère, quand je vous aurai dit que la Bibliothèque ne dispose que de moyens très limités. Dans la mesure où il est désormais avéré que plusieurs copies existent de ce manuscrit, dans la mesure aussi où, vous ne l'ignorez pas, nous bénéficions, lors des ventes publiques, d'un droit de préemption et que... »

C'était le préambule d'usage, elle l'avait rodé depuis des années sur des dizaines de *clients*, elle le récitait sans une hésitation, de la voix la plus neutre possible, s'abandonnant aux phrases convenues, à leur flux automatique. Et lui, pour une fois, ne l'interrompait pas, il ne disait rien. Il l'écoutait.

Mais, tandis qu'elle parlait, l'expression de Steiner se faisait de plus en plus ennuyée — celle d'un homme empêtré dans un malentendu intolérable, qui ne sait plus comment s'en sortir. Juliet n'avait pas conclu sa péroraison qu'il se récria :

« Mais qui vous parle de vendre ce manuscrit ?

— Ecoutez, cela fait vingt ans que je négocie des pièces rares pour le compte de la Bibliothèque. Je suis rompue à tous les manèges. Cette pièce n'est pas d'une importance capitale pour nos collections et...

— Vous vous êtes pourtant déplacée jusqu'ici ! »

Toujours la même façon de frapper, aveugle, imperturbable. Rien ne le désarmait, il reprenait sa stratégie sans rien y changer — était-ce d'ailleurs calcul ou pur acharnement ? Cette manœuvre-là, Juliet la connaissait aussi bien que les autres. La seule réponse : trancher dans le vif. Elle ramena donc son sac vers elle comme si elle s'apprêtait à partir. Puis elle toussota légèrement pour assurer sa voix et jeta :

« Je vais être franche avec vous...

— Vraiment ? » coupa encore Steiner.

Elle feignit d'ignorer, toussa de nouveau, mais n'arriva qu'à bafouiller : « Il est... il est hors de question que... »

Sa voix s'étrangla. Il reprit derechef l'offensive :

« Décidément, il vous trouble, ce parchemin ! Ce n'est pourtant qu'une vieille paperasse. Vous êtes vraiment...

— Passionnée, oui. Et les paperasses, comme vous dites, c'est mon métier. »

Elle avait tout de même trouvé la force de lui rendre la monnaie de sa pièce, de l'interrompre elle aussi, et sur le même ton désinvolte. Maintenant, il ne restait plus qu'à s'en tenir à ce registre. Voir une fois pour toutes ce que cet oiseau avait dans le ventre, décamper. Une affaire qui pouvait s'expédier en cinq minutes. Ensuite... Ensuite, elle verrait. Elle parlerait à Dolhman. Puis réfléchirait. Elle aviserait.

Elle n'eut le temps de rien. Dans la seconde, Steiner la paralysa d'une foudroyante contre-attaque : « C'est surtout que l'autre jour, vous vous êtes fait doubler ! »

Normalement (*normalement*, c'est toujours le mot qu'emploie Juliet Osborne pour désigner la vie avant Steiner, la femme qu'elle était avant de le rencontrer et qu'ensuite elle n'a plus été) elle serait partie à cet instant, elle était vraiment à bout de nerfs et — pourquoi le cacher ? —, à bout d'humiliation. Jamais elle n'avait vécu des moments pareils. Jamais elle ne s'était retrouvée devant un *client* si arrogant, si adroit. Si expert, surtout, à découvrir sa faille. Elle aimait jouer, elle gagnait la plupart du temps, et voici qu'en l'espace de dix petites minutes elle était allée d'échec en échec. Qu'elle avait tout perdu.

Pourtant, elle n'avait commis aucune faute, hormis celle de se rendre chez Steiner. Et c'est bien à cela que tenait l'absolu de sa défaite : dès l'instant où elle avait franchi le seuil de sa porte, obstiné, méthodique, il n'avait plus cessé de creuser la faille. Il en avait extrait une énergie phénoménale et l'avait retournée contre elle.

Suffit, il fallait s'enfuir. Et sans retour ! Passer à autre chose. Détaler, ne jamais revenir. Tout effacer, tout oublier. Dormir.

Rejetant vivement ses cheveux en arrière, comme chaque fois qu'elle avait pris une décision, fût-ce la plus banale, Juliet s'est levée. Elle se croyait calme et l'était sans doute, au moins en surface, comme lorsqu'on sait qu'il n'y a plus rien à dire sinon : « Brisons là, nous perdons notre temps. » Seulement voilà : Juliet ne pensait pas qu'elle avait perdu son temps. Elle n'était pas prête non plus à en rester là. Elle le croyait, bien sûr, mais ne le pensait pas. Et, pour comble, elle se trahit.

Par un seul geste, en apparence anodin, qui n'engageait à rien : au moment où elle se retournait pour sortir, elle a levé les yeux vers la mezzanine. Et tout aussi furtivement — quoi, un rien de temps — elle a eu non pas la sensation, pour une fois, mais la conviction d'y voir une silhouette s'y agiter dans l'ombre.

Une apparition, en somme. L'inavouable, le ridicule ! D'autant plus que la vision s'est dissipée dans la seconde. Quelques instants plus tard, le téléphone a sonné ; pas l'appareil que Steiner avait posé derrière lui sur la petite table, mais un autre, plus lointain, qui ne grésillait pas, celui-là, il ululait — cela venait d'en haut.

Puis il y a eu l'écho assourdi d'une voix, d'homme ou de femme, Juliet n'aurait su le dire, elle se rappelle seulement que la voix était rauque et qu'elle a enchaîné une série de phrases, on aurait cru un répondeur — oui, c'était bien cela, le son gelé d'une bande magnétique, suivi d'une brève tonalité. Puis le silence est retombé.

Un absolu silence. Alors elle a eu terriblement froid, un de ces froids intérieurs qui viennent de très loin, un froid sans frisson. Pas de frayeur, non, absolument pas, cela n'avait rien à voir avec la peur. Mais un gel profond. Comme si l'hiver, d'un coup, lui avait frigorifié l'âme.

Steiner n'a pas bougé du canapé, il ne souriait plus, il était sans expression, figé lui aussi, il se contentait de la regarder.

Combien de temps cela a duré, Juliet ne sait plus, elle a honte, plus que des autres, de ce souvenir-là. Elle se rappelle seulement qu'il lui a dit : « Je vous ai blessée. Excusez-moi. »

Le mot l'a brusquement ranimée. Elle s'est détendue, elle a bravement repris :

« La question n'est pas là. Je pense que nous ne pouvons pas faire affaire, voilà tout.

— Et pourquoi diable ?

— Je préfère renoncer.

— Pourtant...

— Ce document est d'une importance secondaire. »

Steiner ne répondit pas. Elle crut bon de préciser : « Il peut séduire un particulier, je le reconnais. En revanche, pour la Bibliothèque... »

Il ne la laissa pas finir ; ce fut alors la seconde salve, encore plus fulgurante : « Mais j'y pense... Si vous l'aviez raté *exprès* ? »

A cet instant, Juliet Osborne n'est plus qu'une petite chose cassée. C'est en tout cas ainsi qu'elle se décrit : écrasée, minuscule, au milieu de cette pièce, sous la bouche d'ombre de la mezzanine. Sans ressort, grotesque. Cependant, elle est debout et lui assis ; plus que jamais, c'est le monde à l'envers. Steiner se tient toujours aussi impeccablement à l'angle du canapé en L, sous la lampe, jambes croisées, comme s'il s'apprêtait à lui lâcher : tu ne sortiras pas, ma fille, tu ne peux pas.

Et c'est vrai. Elle n'a plus de voix, plus de force, plus rien. Pas une pensée, pas même le courage de penser : comment sait-il, qui lui a dit ? Il recommence à l'examiner comme si elle était nue et elle se laisse regarder.

Quand elle en a assez de voir courir sur son visage et son corps l'œil de Steiner qui ne cille jamais, tout ce qu'elle trouve à lui répliquer est un mot misérable, sur un ton misérable : « Ecoutez... »

Il se lève, lui désigne la place qu'elle a quittée dans le canapé, mais il ne triomphe pas, cette fois, il se contente de soupirer : « Allez, rasseyez-vous. Vous êtes fatiguée. »

Comme il est humain, d'un seul coup ! Ses paupières se sont enfin baissées, en même temps ses traits s'adoucissent, comme sa voix, comme tous ses gestes. Il est beau. Et il reprend sur le ton de la confidence : « Vous me trouvez odieux, je sais. Mais comprenez-moi... Vient un moment où il faut l'être, pour que tout soit clair. Il faut briser les conventions, les défenses. Dire ce qui est. Ensuite, on peut parler. Parler de la vérité. »

Il a marqué une légère pause, il a relevé les yeux, des yeux embrumés, ceux d'un homme qui s'apprête à assener des évidences cruelles mais ne s'y résout pas.

Puis il a repris plus lentement et plus bas : « ... Et la vérité, laissez-moi vous la dire, c'est que vous avez besoin de repos. De réconfort, surtout. D'apaisement. »

Juliet s'entend acquiescer sur le même registre, à mi-voix. Comme d'instinct, ses cordes vocales se sont mises à l'unisson des siennes. Déjà elle n'est plus qu'approbation.

« Vous apprendrez à me connaître, l'écoute-t-elle docilement poursuivre. Quand vous saurez qui je suis... Et pardonnez-moi si je vous ai blessée, il le fallait. Maintenant, nous pouvons parler. Nous parler vraiment, vous comprenez ? Allez, venez... »

Il lui désigne à nouveau le canapé. Juliet se voit se rasseoir, pas au centre, cette fois, mais plus près de l'angle qu'il a quitté. Car elle précède désormais ses paroles, les conseils dont il continue de l'entourer : « ...Tellement de défense autour de vous... Tellement de remparts, de herses... Un vrai château fort ! Il faut vous laisser aller un peu, vous reposer... »

Et il allume une à une les lampes de la pièce, car à présent la nuit est complètement tombée. Puis il se rassied à la même place, dans l'angle du L, toujours en prenant soin du pli de son pantalon. « Je suis médecin, ajoute-t-il. C'est mon métier. Vous êtes à bout de nerfs. »

Il n'est plus que bienveillance. Elle lui rend son sourire. Elle va mieux, elle détend sa nuque contre la toile du canapé. Tout serait parfait sans ce gros glaçon dans sa tête, dont il ne faut pas lui parler, non, jamais, surtout pas. Mais déjà Steiner poursuit : « Vous avez froid. »

C'est inouï, il voit tout. Elle hoche la tête, sourit à nouveau. Il répète : « Je suis médecin... Vous, vous décryptez les calligrammes, moi, je déchiffre les corps. Vous êtes très fatiguée. Vous dormez mal. Vous êtes préoccupée... Surmenée, sans doute. En tout cas, perfectionniste. Oui, c'est cela, perfectionniste. Jamais contente. Et puis il y a votre âge... »

Là, le sourire de Juliet s'éteint. Steiner semble perplexe, il réfléchit puis enchaîne : « Vous avez quoi, vous ? Une petite quarantaine... Un cap un peu difficile chez les femmes. »

Sur le mot *femme* sa voix s'est faite clinique. Mais ce n'est pas ce qui arrête Juliet, car elle s'est remise, exactement comme au soir de leur rencontre à la Bibliothèque, à spéculer sur l'âge de Steiner : il est encore dans la trentaine, lui, elle en est sûre, il est plus jeune qu'elle, qu'est-ce qu'il peut avoir ? Trente-sept ans, trente-huit à tout casser...

Ridicule, vraiment, elle n'a jamais été aussi ridicule. Elle se reprend à serrer son sac : « Ecoutez... » A présent l'œil de Steiner est opaque. Opaque mais sans dureté. Elle se risque à poursuivre :

« Je ne suis venue que pour ce manuscrit. J'ai pris sur mon temps et...

— Allons, ne relevez pas le pont-levis. Choisissez d'être simple, une fois pour toutes. Vous verrez, ça vous reposera. Dites les choses comme elles sont. »

Comme c'est bon, cette voix douce, cette pensée qui épouse les siennes une à une. Et comme Juliet se sent en effet fatiguée, comme cet homme a raison, elle n'a plus la force de rien. Steiner peut dire tout ce qu'il veut, maintenant, elle ne se cabrera pas. Pourquoi d'ailleurs se révolter, tout ce qu'il dit est si juste : « Ne vous crispez pas... N'ayez pas peur de vous-même ni de votre âge. Soyez vraie... On est toujours beau, vous savez, quand on est dans la vérité. On est toujours jeune. Et la vérité, c'est que vous n'êtes pas venue me voir seulement pour ce parchemin. »

Il marque un petit silence, le temps pour elle de soupirer — un souffle las qui à lui seul dit oui, continuez, allez où vous voulez.

Il continue donc : « ... Vous ne savez plus très bien où vous en êtes, vous vous demandez où vous allez. Et chez une perfectionniste comme vous... Une femme qui se pose tellement de questions... Toujours sur le qui-vive !... Allez, arrêtez de réfléchir, de calculer. Ecoutez-vous davantage. Oubliez votre tête, cessez de penser ! Ouvrez le château fort... Laissez-vous aller... »

Désormais, tout en lui n'était plus qu'humanité, mansuétude ; et il fallait voir aussi comme il s'était mis à caresser le cadre de la photo, sous la lampe, avec lenteur, gourmandise, comme si le bois était une peau vivante et chaude.

« ... Des retranchements secrets, bien sûr, nous en avons tous. Moi le premier. Notre passé, nos souffrances... Mais il y a pire à vivre, vous savez. Tellement pire ! Tenez, l'exil... Vous savez ce que c'est, l'exil ? »

Ce fut son tour de soupirer. Il avait l'air très triste, à ce moment-là, comme brusquement rejoint par quelque vieille douleur. Mais il secoua presque aussitôt les épaules :

« Allez, je vous raconterai ça une autre fois. Parlons plutôt de vous. »

Et il avança les mains vers le cou de Juliet pour rajuster son collier. Elle avait dû le triturer sans s'en apercevoir, le fil s'était entortillé, les perles de jais se chevauchaient. Pour la toucher, les doigts de Steiner se raidirent, devinrent sans charme, seulement rapides, précis.

Il est peut-être chirurgien, pensa-t-elle. Mais à quoi bon chercher, à quoi bon gamberger ? Depuis le début, elle avait fait fausse route. Et, à force de spéculer, elle avait perdu la partie. Elle ne le regrettait pas. Après tout, ça n'était pas plus mal. Cet homme avait le don de simplifier la vie. Avec lui, au moins, les choses se faisaient toutes seules. Comme en dehors d'elle. Un vrai repos, il avait raison. Pas exactement le plaisir de se laisser faire, non, c'était à la fois plus compliqué et beaucoup plus agréable. Tout se passait comme s'il y avait désormais deux femmes en elle, une qui obéissait et l'autre qui la regardait faire. Voilà pourquoi sa présence devenait si délicieuse. Si troublante. S'il n'y avait eu ce froid...

A nouveau, Steiner lut en elle. Il laissa retomber le collier. « Je vais faire du thé. J'ai l'impression que vous êtes gelée. »

Il se leva. Juliet le regarda s'éloigner dans le petit miroir convexe qui lui faisait face. Quand il eut disparu dans le couloir sans fin qui s'enroulait autour de l'appartement, il ne resta devant elle que son propre visage, bouffi par la courbure du verre ; et, derrière lui, toute rétrécie et déformée aussi, l'étrave du paquebot.

Alors elle a de nouveau pensé à la mer, elle a recommencé à se sentir flotter. Et, par une association d'idées aussi fulgurante qu'inexplicable, elle s'est posé la même question que dans l'entrée de l'immeuble : et s'il y avait une femme ici ?

Une femme ou des femmes ? Ou, plus pénible encore à imaginer, un homme, un autre homme ? Comment savoir ? Pas de signe. En tout cas, rien qu'elle pût déchiffrer. Au propre comme au figuré, cet appartement *ne lui disait rien*.

Le regard de Juliet parcourt à nouveau la pièce. Les téléphones à présent se taisent. Maintenant que Steiner a allumé toutes les lampes, la mezzanine s'est abîmée dans le noir. A quoi bon chercher ? se répète-t-elle. Il faut écouter Steiner, se laisser aller, se laisser vivre, comme il a dit tout à l'heure. Cessez donc de calculer, madame Osborne, arrêtez de gamberger, ça fatigue, faites le point une fois pour toutes, regardez les choses comme elles sont, regardez-vous bien en face, madame la conservatrice, soyez vraie, vous vous ennuyez avec vos calligrammes, vous ne savez plus quoi faire de vous-même, vous avez les cheveux qui blanchissent, quarante-deux ans sonnés — et vous avez froid !

Steiner n'a pas dit tout à fait les choses ainsi mais cela revient au même. Il a raison, cent fois raison. Et il va bien finir un jour par tout lui révéler de ses propres secrets, il l'a promis. Et puis, elle-même est très forte pour savoir ce que les gens ont dans le ventre, elle a un don, on le lui a toujours dit, elle finit toujours par tout apprendre. Si Steiner ne lui parle pas, elle reconstituera le puzzle quoi qu'il advienne, tout finira bien par s'emboîter, même si, pour l'instant, les pièces sont en désordre, même si elle ne voit pas le rapport, par exemple, entre ces griffures, sur les meubles, et les deux portraits de femmes, entre les fenêtres, la vieille et la jeune, dans leurs robes 1900. Et ce fagot si bizarrement entassé dans la cheminée, du petit bois comme on n'en trouve qu'à la campagne, noué d'un ruban rouge et artistement mêlé de morceaux de partitions — pas une idée d'homme, celle-là, trop sophistiquée, trop soignée : la main d'une femme, c'est évident.

Juliet aura le fin mot de l'histoire, elle se le jure. Elle saura tout : du projet dont Steiner lui a parlé en arrivant, aux études qu'il a faites, à l'endroit où il s'est procuré son manuscrit du *Cha-King*, et comment il a entendu parler de la vente. Même pour les *bruits*, elle comprendra. Il lui expliquera tout. Il commencera un jour par la photo encadrée, cette belle maison blanche avec sa calèche et ses palmiers. Et elle saura y faire, ce jour-là, elle écoutera sans rien dire, puis, mine de rien, de fil en aiguille, elle le conduira là où elle voudra, il ne la verra pas venir, elle lui montrera, tiens, cette mâchoire de requin, là, en face d'elle, sur le mur, cette gueule béante, vorace, prête à l'engloutir, comme...

Oh non ! ne pas lever les yeux, surtout pas... Les fermer, tout de suite ! Dormir, chasser ce froid qui tombe de là-haut, de ce gouffre noir vers lequel il ne faut plus jamais jeter un regard — la mezzanine.

Le temps qu'il prépare le thé, peut-être a-t-elle somnolé. Car pour la suite immédiate des événements, les récits de Juliet sont confus. On dirait qu'elle ne veut pas admettre son aveuglement. Pour s'y retrouver, mieux vaut se fier au procès-verbal établi par la police lors de son premier interrogatoire, après la découverte dans la valise de Steiner du document qui prouvait ses liens avec lui.

Cela dit, au moment de ces déclarations, Juliet avait déjà compris une partie du jeu pervers qui l'avait amenée à être impliquée dans cette sinistre affaire. Elle était sur ses gardes : elle ignorait ce que Dolhman, de son côté, pouvait être amené à révéler. Mais il faut bien comprendre que si elle montre aussi volontiers la copie de ce premier procès-verbal, c'est parce qu'elle s'y est donné le beau rôle — enfin, ce qu'elle considère comme étant le beau rôle : celui d'une fonctionnaire modèle égarée bien malgré elle dans un sordide fait divers.

On doit donc lire ce rapport en faisant la part des choses. Du reste elle y mentionne, et cela saute aux yeux, des éléments dont elle n'a eu connaissance que bien après sa visite du 18 décembre, elle évoque des détails qu'elle n'a remarqués que des semaines plus tard, lorsqu'elle est devenue plus familière des lieux et de la personne de Steiner. Enfin, il y a le style administratif. Il est probable que Juliet, qui en connaissait parfaitement — et pour cause ! — les innombrables finesses et conventions, a su moduler ses déclarations de façon à camoufler l'étendue de son désarroi. Elle a joué la froideur, le détachement. En d'autres termes, la sécheresse de ce texte ne rend absolument pas compte du choc qu'elle venait de subir ni de l'emprise que Steiner continuait d'exercer sur elle — une fascination qui a perduré des semaines, des mois après le drame.

Voici donc ce que Juliet y déclare :

« Lors de notre première rencontre, nous avons pris le thé ensemble et M. Steiner m'a fait très bonne impression. Il m'a parlé de son travail sans que j'aie à lui poser de questions. Il m'a confirmé qu'il était neurologue et m'a précisé qu'il se consacrait à la recherche dans un laboratoire de biologie marine. Le programme qu'il dirigeait, m'a-t-il dit, concernait les propriétés pharmacologiques des algues. M. Steiner semblait habité par son sujet. Dès qu'il en parlait, il n'était plus le même homme. Il était très brillant, très pédagogue, il avait le talent de donner l'impression qu'on pénétrait au cœur de son univers de chercheur. Mais il savait parfaitement où il allait : au terme de son exposé, il m'a raconté qu'au cours de ses recherches il avait remarqué des analogies entre les propriétés de certaines algues et les vertus des feuilles de thé durant leur décomposition. Cela le passionnait au plus haut point, me confia-t-il, car sa famille avait longtemps possédé une plantation. Je lui ai demandé où. Il m'a répondu que c'était à l'île Maurice ; il a ajouté qu'il ne possédait plus aucun bien là-bas. Sa famille avait été ruinée en 1968, au moment de l'indépendance de l'île. »

« Lors de cette première visite chez lui, reprend un plus loin le procès-verbal, M. Steiner a beaucoup insisté sur ses difficultés financières. Elles semblaient au centre de ses préoccupations. Je puis citer l'exemple suivant : juste après m'avoir parlé de sa famille, il m'a dit qu'il recherchait les traductions en anglais ou français des plus anciens textes chinois sur le thé. Il pensait qu'ils renfermaient, sous forme cryptée ou symbolique, des renseignements sur certaines de ses propriétés médicamenteuses qui n'avaient pas encore été explorées par la chimie moderne. J'ai immédiatement répondu à M. Steiner que ces textes n'avaient pas été traduits, sauf sous forme de très courts extraits, et qu'ils étaient à la seule portée des spécialistes, d'autant que les symboles de la médecine chinoise sont assez hermétiques. Il a paru accablé. Je lui ai alors proposé mes services, spontanément, de mon plein gré, à titre purement amical, et je lui ai demandé la liste des textes qui l'intéressaient. Il m'a répondu qu'il l'avait laissée à son laboratoire. Je n'avais aucune raison de me méfier, je connaissais la raison sociale de la compagnie pour laquelle il m'avait affirmé travailler, c'est un nom que j'avais souvent lu sur des emballages de médicaments et il est du reste bien connu. Il n'y a qu'un point sur lequel j'ai éprouvé de la réserve ce jour-là. Je ne me souviens plus si c'était au début ou à la fin de notre conversation, mais je suis certaine d'avoir demandé à M. Steiner pourquoi il n'exerçait pas la médecine. Au risque de paraître indiscrète, je lui ai même remontré qu'une petite clientèle privée pourrait améliorer son ordinaire dans la mauvaise passe qu'il prétendait traverser. Je crois aussi lui avoir fait remarquer que la configuration de son appartement s'y prêtait. Il m'a répondu avec humeur que la recherche était pour lui un sacerdoce et que, dût-il y perdre ce qui lui restait de fortune, il n'exercerait jamais. »

Les fonctionnaires de police qui ont interrogé Juliet Osborne n'ont certainement pas dû manquer d'insister sur la question des revenus de Steiner, car, un peu plus loin dans le procès-verbal, on relève aussi cette déclaration :

« M. Steiner m'avait laissé entendre qu'il avait installé ses laboratoires au 9, villa d'Albray. Je m'y étais donc rendue sans méfiance, croyant me retrouver dans un immeuble de bureaux. A force de l'entendre évoquer la ruine de sa famille et ses préoccupations financières, j'ai fini par me demander pourquoi il s'obstinait à vivre dans un appartement aussi vaste. Mais je n'ai relevé cette contradiction que des semaines plus tard. Chaque fois que j'ai rendu visite à M. Steiner, il semblait accablé de préoccupations professionnelles et le téléphone sonnait très souvent. Il était d'ailleurs très difficile à joindre. En vérité, il était impossible de se faire une idée de la manière dont il vivait. Même si je n'ai jamais eu de preuves formelles qu'il travaillait dans cet appartement, M. Steiner ne donnait pas non plus l'impression d'y passer ses journées. »

Enfin la police n'a pas manqué de questionner Juliet sur l'éventuelle présence dans l'appartement d'une tierce personne. Elle s'est exprimée avec une grande prudence :

« Lors de cette première visite, je n'ai rien remarqué, se contente-t-elle de répondre, sauf peut-être au début et à la fin de notre entretien, quand un bruit insolite m'a fait dresser l'oreille, un ronronnement bizarre, accompagné de froissements ou de glissements, quelque chose d'assez indéfinissable. J'en ai été très surprise et M. Steiner s'en est certainement aperçu, au moins la seconde fois, car je me souviens qu'il m'a dit à cet instant-là : "Ne vous inquiétez pas, c'est le personnel." Ma stupeur a redoublé : j'étais persuadée en effet que c'était M. Steiner qui avait préparé le thé, dans la mesure où il m'avait laissée seule pendant dix bonnes minutes au salon. Mais il y avait surtout les confidences qu'il venait de me faire à propos de ses problèmes d'argent. Il s'est donc senti obligé d'ajouter : "Vous savez, lorsqu'on a connu un certain train de vie, on a beaucoup de mal à y renoncer. La pauvreté, comme l'amour, est un phénomène très relatif." C'est une phrase qui m'a marquée, parce qu'elle est tout à fait caractéristique de la façon de parler de M. Steiner. Je me rends compte maintenant qu'elle peut tout expliquer. »

En somme, dans ce premier procès-verbal, Juliet Osborne tient, comme c'est naturel, à se présenter comme une victime qui, pour avoir été vaincue, n'en a pas moins âprement combattu. Ainsi, elle raconte qu'au moment où Steiner est revenu de la cuisine au salon pour prendre dans un placard le service à thé, elle a parfaitement remarqué, sur l'étagère supérieure, trois gros paquets-cadeaux. « Je ne me serais jamais permis de lui en parler, observe-t-elle, si ce n'était lui, comme pour les bruits, les coups de téléphone ou d'autres sujets embarrassants, qui avait choisi de prendre les devants. Il m'a dit en riant : "Oui, le père Noël est déjà passé ! On m'a expédié ces cadeaux de mon île pour que je les ouvre aux douze coups de minuit. On avait tellement peur qu'ils arrivent en retard..." Comme n'importe qui à ma place, je fus naturellement curieuse de savoir qui était ce *on*, et j'ai demandé : "Il vous reste beaucoup de famille, là-bas ?" Il a répondu très tristement : "De la famille éloignée. Et très peu." Je n'ai pas insisté. Il s'était tellement assombri que j'ai eu la conviction qu'il allait passer Noël seul face à ses microscopes et à ses feuilles de calcul. Mais je ne le connaissais pas encore assez pour l'inviter. »

Un peu plus avant dans le procès-verbal, Juliet Osborne se justifie encore :

« M. Steiner avait réponse à tout. Ce soir-là, par exemple, quand le téléphone s'est remis à sonner dans la mezzanine, M. Steiner a bien vu, comme pour les cadeaux, que j'étais troublée. Il a encore pris les devants et m'a aussitôt expliqué qu'il possédait deux lignes : celle d'en bas, avec son poste mobile, était une ligne professionnelle ; l'autre, dans la partie supérieure du duplex, était consacrée à ses affaires privées. Il avait une telle rapidité de réaction, une façon si élégante de présenter les choses que ce n'est qu'une fois sortie de chez lui que j'ai compris la vraie raison de mon trouble : lorsque le téléphone de la mezzanine avait retenti pour la seconde fois, le répondeur ne s'était pas mis en marche. La sonnerie s'était interrompue presque aussitôt. Donc, à moins que le correspondant eût renoncé à son appel au bout d'une simple sonnerie, quelqu'un avait nécessairement décroché. »

Ce premier procès-verbal ne contient aucun autre élément intéressant. Bien entendu, Juliet y a passé sous silence l'histoire du manuscrit ; surtout, elle s'est bien gardée de relater ce qui s'est passé juste après la sonnerie du téléphone, quand, profitant de la confusion que traversait enfin Steiner, elle résolut de se jeter à l'eau et lui demanda son manuscrit.

Elle l'entend encore lui répondre de sa voix la plus lasse, elle le revoit consulter sa montre d'un air effaré comme si quelqu'un, ailleurs, l'attendait depuis des heures : « Mais je ne l'ai pas, madame Osborne... Depuis que vous êtes entrée, je me tue à vous le faire comprendre... Je l'ai vendu ! »

La réplique de Juliet tient alors du réflexe, elle s'entend lui lancer comme en rêve : « A qui ? Vous l'avez vendu à qui ? »

Il se rembrunit, baisse la tête, tel un enfant pris en faute, et ne répond pas. Elle s'obstine :

« Quand ?

— Pas plus tard qu'hier.

— Vous ne pouviez pas attendre ? Vous m'avez fait venir et...

— J'ai cherché à vous joindre. Vous n'étiez pas là. »

Elle se souvient en effet que la veille, pour être sûre que Steiner ne décommande pas le rendez-vous à la dernière minute, elle n'a pas répondu au téléphone. C'est donc elle qui est en faute. Une fois de plus, il a retourné la situation. Elle s'entête pourtant, par pure mécanique, à dévider ses questions :

« On vous en a donné combien ?

— Beaucoup plus cher qu'à la vente.

— C'est-à-dire ?

— Beaucoup plus.

— Par quel miracle, voulez-vous me l'expliquer ? »

Là, enfin, Steiner se redresse :

« Je sais négocier, madame Osborne.

— Je n'en doute, pas. Donc, combien ?

— J'ai besoin d'argent, je vous l'ai déjà dit.

— Vous m'avez laissée venir ici, vous m'avez fait venir jusqu'ici pour rien, si ce n'est pour me dire que...

— Vous avez eu raison de venir. De mon strict point de vue.

— Comment cela ?... »

Juliet s'arrête net, quelque chose d'inconnu la glace à nouveau : impossible, une fois de plus, d'aller plus loin. Toujours aussi prompt, Steiner reprend instantanément l'avantage : « Laissez-moi au moins attendre quelque chose de vous. Pas grand-chose. Ces traductions, j'en ai besoin, vraiment besoin. »

Elle n'argumente même pas, c'est plus fort qu'elle, elle se tait. Car il faut qu'elle se taise si elle veut savoir la suite. Or cette suite, elle la veut ! Même si ce que dit Steiner n'est pas du tout ce qu'elle attend : « ... C'est vous qui me l'avez proposé. Vous, je crois que vous êtes capable de comprendre ce que je cherche. Vous devinez les êtres, les choses. Vous savez écouter. Vous savez comprendre. C'est rare. Extrêmement rare ! »

Puis il désigne les meubles, les tableaux, les miroirs autour de lui, la cheminée au fagot si artistement noué. Et il ajoute : « Toute ma vie à rebâtir, vous comprenez... Mon passé à reconquérir... Je me trouve maintenant si près du but... »

Une ardeur subite passe dans sa voix, un frémissement, comme une juvénilité. Cependant, Juliet a un ultime réflexe de conservatrice en chef — à la vérité, il signe aussi sa défaite :

« Le manuscrit... J'aurais tellement aimé savoir si c'était un faux ! Vous ne voulez pas me dire qui vous l'a acheté ?...

— On m'en a donné le double du prix du vôtre. »

Il a bien appuyé sur *vôtre*. Puis il s'est corrigé — ou a fait semblant : « Enfin, le double du prix du document que vous avez raté... Je suppose donc qu'il est authentique. Et puis, quelle importance ? Dans n'importe quel faux, il y a du vrai ! »

Juliet a alors convenu, très stupidement : « C'est vrai. » Steiner a éclaté de rire, un rire clair, qui sonnait bien. A nouveau il triomphait. Mais gentiment, cette fois, en ami.

Pour autant, il n'avait pas oublié l'heure et recommençait à lorgner sa montre. La retraite était maintenant facile. Mieux encore : obligatoire. Le moment ou jamais. A l'instant précis où elle aurait voulu rester.

Elle s'est sentie obligée de rire, comme lui, puis elle s'est levée. Il l'a aussitôt imitée. Il grillait, c'était flagrant, de passer à autre chose. Mais au moment où elle se dirigeait vers le vestibule, elle a été saisie d'un ultime scrupule et lui a demandé : « Au fait, ce manuscrit, d'où le teniez-vous ? »

Il a pris un air lointain, il a eu un geste las vers les deux portraits, entre les fenêtres : « Un bien de famille, comme le reste. Je vous ai déjà dit qu'autrefois, quand nous étions là-bas... » Il s'est arrêté comme à regret, il avait l'air partagé entre l'impatience et le besoin de se confier. Puis il a désigné la photo, sous la lampe : « Un jour, je vous raconterai tout ça. Pas maintenant, je n'ai pas le temps. Et puis, c'est trop tôt. »

C'était aussi cela, Steiner : la science du soupir, l'art de la confidence, il faut en tenir compte. Les aveux modulés, les promesses suggérées, sans compter la forme poétique qu'il sut toujours imprimer à sa tristesse, à l'exil perpétuel où il paraissait vivre. Ce soir-là, en une seule phrase, il en livra à Juliet une expression achevée : « Je vis dans la douleur d'une maison perdue. »

Quelque chose de très fort est passé dans ces mots, tout un monde — un monde où elle n'était pas, où elle ne serait jamais. Et c'était en même temps une invite à y entrer, à le conquérir.

Mais ils sonnaient aussi comme une conclusion : c'en était fait, il n'y avait plus rien à dire, tout était fini, il fallait partir.

Elle est donc partie.

Juliet ne se souvient plus très bien comment ils se sont quittés, elle revoit seulement Steiner faisant coulisser le panneau de l'entrée et lui tendant son manteau. Il ne dit rien, elle non plus, même pas : « Je vous rappellerai. » Entre eux vient aussi de s'installer une évidence. Mais cette évidence, c'est tout aussi clair, Steiner en est seul maître. Alors elle ne dit rien. Elle ne peut pas.

Est-ce qu'elle a jeté un dernier coup d'œil à la photo, toujours prisonnière du halo ambré de la lampe, près de l'endroit où il s'était assis ? Sans doute ; car c'est la dernière image qui lui reste de l'appartement, pour ce premier soir : comme grossis par une loupe, les personnages flous devant la calèche, les palmiers, la villa à colonnes ; et les griffures sur le cadre de bois. Tout ce qui faisait que Steiner avait l'air de traîner mille vies après soi, mille existences inconnues, indéchiffrables, où elle n'avait pas eu sa place, des dynasties, des deuils, des mariages, des naissances, des héritages, des fêtes, des tombes, des greniers, des parfums, de la chaleur, des océans, des plages, des fortunes de mer ; et surtout de l'argent, des monceaux d'argent. Jusqu'à cet échouage, là, sous cette lampe à l'abat-jour jaunâtre. Jusqu'à cette solitude.

Car, sur le seuil, c'est le désarroi qu'elle lit dans le dernier geste de Steiner — cela, en revanche, elle se le rappelle fort bien : elle revoit, elle revit en toute netteté l'instant où il l'a saluée, non pas en lui serrant la main, mais les deux mains, yeux baissés, comme s'il se concentrait avant un incommensurable effort ; et sans un mot.

Elle s'est laissé faire ; les paumes de Steiner étaient maintenant si chaudes, si douces. Elle n'a pas bougé jusqu'à la seconde, venue trop vite, où Steiner les a lâchées. Et là, ainsi que lui, elle s'est raidie. Il ne fallait rien dire, rien faire. Ou faire exactement comme lui : se fermer, ne rien montrer. Se sauver.

La suite est dans le noir, un noir total, jusqu'à ce qu'elle se retrouve dehors.

Ce soir-là, Juliet a-t-elle croisé Blazeck ? Elle ne sait pas. De la nuit qui commence à la porte du 9 il ne lui reste rien, hormis, au creux de ses paumes, un peu de la chaleur de Steiner. Sitôt après, le froid l'attaque.

Le verrou automatique cliquette derrière elle, le couvent sonne la demie de six heures. Donc, près de deux heures passées chez cet homme, si longues et si courtes. Le vent a forci, la sarabande des feuilles s'affole sur le pavé glacé. Sur la gauche, saisie dans le gel blême d'un lampadaire au néon, la villa arts déco se fait décor de théâtre. Le mur aveugle happe à nouveau Juliet.

Non, c'est dans l'autre sens... Elle fait demi-tour d'un pas de somnambule, se dirige vers la rue. Vers le tumulte, le train de la vie ordinaire. Et c'est là, en franchissant le porche de la villa d'Albray, qu'elle s'avise qu'elle ne connaît toujours pas le prénom de Steiner.

Personne à nommer toute seule et pour elle seule, rien donc à murmurer en rêve. Comment faire ?

La réponse vient quelques heures plus tard, à une heure avancée de la nuit, dans une phrase qui lui monte aux lèvres au plus beau de son insomnie. Elle l'a notée immédiatement, une fois n'est pas coutume, car Juliet n'aime pas écrire, surtout pas sur elle-même. Mais voilà : Steiner avait tout chamboulé. C'est donc la première des confidences que Juliet

Osborne ait jamais jetées sur le papier — une de ces feuilles volantes sur lesquelles a fini par tomber Dolhman, ce qui n'a pas été pour rien dans le déclenchement de l'affaire.

Formule bien sibylline, pourtant, mots assemblés en forme d'énigme, à la mesure de l'homme qu'elle venait d'approcher. Ils lui rendirent le sommeil sitôt écrits. Quoi d'étonnant, après tout ? A bien y réfléchir, toute la suite s'y trouvait : « Entre cet homme et moi, il s'est passé quelque chose ; parce qu'il n'y a rien eu et qu'il y a tout eu. »

C'est le soir de Noël que Juliet a renoué la liaison qu'elle avait eue douze ans plus tôt avec Lucien Dolhman. Il n'y comptait plus, il a été pris de court — enfin, dans l'instant. Tout a été du fait de Juliet. Mais elle non plus ne s'y attendait pas.

L'occasion fit le larron, comme souvent en pareil cas. Ils étaient invités l'un et l'autre à la campagne chez un ami commun et avaient projeté de s'y rendre ensemble. Quand Dolhman est venu chercher Juliet, elle lui a demandé de l'aider à porter les cadeaux qu'elle avait achetés ; lorsqu'elle a ouvert l'armoire où elle les avait rangés, ç'a été plus fort qu'elle : au moment de les prendre, elle n'a pas pu. Elle s'est retournée vers Dolhman et s'est écroulée dans ses bras.

Une autre aurait sangloté, une autre se serait sur-le-champ excusée ou reprise, aurait trouvé dans l'effusion, la confidence vraie ou fausse, une manière d'esquive. Rien de tel pour Juliet. Elle est allée jusqu'au bout. D'autant plus qu'elle savait bien que, là où elle l'emmenait, Dolhman ne demandait qu'à suivre. A la seconde même où sa joue a touché son épaule, elle a su qu'elle allait faire l'amour avec lui. Tout de suite.

Elle se vit le faire, au demeurant, davantage qu'elle ne le fit. Comme lors de sa visite chez Steiner, une femme en elle observa l'autre avec une jubilation profonde, violente. Dès que tout fut fini, elle s'endormit.

Dolhman aussi.

Donc, en apparence, l'éclipse leur avait réussi. En apparence seulement. Car, dans ce qui venait d'arriver, autant que du plaisir, il y avait eu du silence ; de ce silence où chacun trouve midi à sa porte. Lui, Dolhman, avait cru enfin tenir Juliet à sa merci. Et Juliet, face à lui, familier à tout prendre, si intime malgré le passage des années — une chair dont en somme elle avait fait le tour —, s'empara de lui pour en faire ce qu'elle voulait : un simulacre de Steiner.

En toute conscience. Elle savait très exactement ce qui lui arrivait et même pourquoi cela l'avait prise devant les cadeaux de Noël, et quels autres paquets, revenant alors à sa mémoire, rutilants et enrubannés comme ceux-là, lui avaient brusquement rendu les siens insupportables. Elle savait très bien qui elle poursuivait en s'emparant de Dolhman.

S'emparer est le mot, il rend parfaitement compte du geste qu'elle eut, même si, ensuite, elle laissa Dolhman mener l'affaire à sa guise. Ce qui n'empêcha rien : quoi qu'il fît, celui-ci était destiné à être son pantin. Et, dans le fond, où était le mal ? Il n'en savait rien, tout se passait dans la tête de Juliet, et cela la revigorait de façon inouïe de se figurer Dolhman comme il n'était pas et comme il n'avait jamais été, de rêver que sa cadence fût celle de Steiner, tout comme ses façons, sa manière, le grain de sa peau, son odeur et le reste. Tout bénéfice, au bout du compte : les choses en prirent du piquant, évitèrent l'écueil des retrouvailles sans surprise. Pour Dolhman, ce fut la joie de ce qu'il prit pour une revanche. Pour elle, une petite griserie qui n'engageait à rien et qui, un temps, l'aida à vivre. Le feu sans la brûlure, le plaisir sans la peine. Une jouissance en lignes de fuite.

Parce qu'il faut bien parler tout de même du sommeil qui suivit, bref, sans fond, abîme abrupt comme le noir plaisir qu'elle venait de prendre, et finalement déchiré par un cauchemar dont elle ne put s'échapper que dans un hurlement, elle se réveilla sans savoir où elle était, ou plutôt se croyant ailleurs, chez Steiner, évidemment, toujours chez lui. Avec lui, sous lui.

De tout son rêve il n'avait cessé d'être là, penché à la rambarde de la mezzanine, ombre immense pesant sur elle et pourtant sans consistance, sans épaisseur, sans bouche non plus, sans nez, borgne, avec en lieu et place d'iris, dans l'orbite droite, l'œil bombé du miroir flamand où, tandis que les téléphones sonnaient, cornaient, tintaient, carillonnaient dans une cacophonie d'enfer, s'enroulaient à perte de vue les enfilades de pièces autour du couloir. Puis l'appartement se dédoublait, une autre série de salles apparaissait, mais sans perspective. Une immense lumière les baignait, qui révélait des murs pisseux. L'entrée de ces pièces inconnues était défendue par une barrière invisible.

Et devant cette vérité refusée sitôt que révélée, Juliet se vit apparaître au fond de l'orbite-miroir, plus interdite que jamais, sa tasse de thé froid à la main, tâchant vaille que vaille d'y effacer la trace de son rouge à lèvres et plus enflée à chaque seconde dans le bombé du verre, grotesque, pauvre, sans forces, abandonnée, honteuse au point de se réveiller en hurlant — elle était nue.

III

La date à laquelle se renoue l'histoire de Juliet et de Steiner est facile à retenir, c'est le 5 janvier. Rien d'étonnant : chaque début d'année, c'est toujours ainsi, après quelques jours où le temps paraît s'engluer dans un marécage d'heures vides, le voilà qui s'emballe, pareil à ces indolents prostrés au fond de leurs draps et qui, après avoir reculé tant et plus le moment d'affronter la journée, se lèvent d'un bond, surexcités, houspillant la terre entière, aspirés à nouveau par le tourbillon du tumulte.

Le réveil de la Poste est pour beaucoup dans ce curieux phénomène. En enflant subitement les arrivages de courrier, il exagère l'illusion d'un avenir gorgé de promesses, d'un retour au commencement de toutes choses. Il y a aussi le téléphone, en ces heures d'espoir vague : incessants coups de fil de relations, d'amis perdus de vue cherchant à resserrer, comme tout le monde, les amarres du temps.

Cependant, le matin où elle a reçu le colis, Juliet ne l'a pas remarqué tout de suite : au moment où Pirlotte l'a déposé sur son bureau, le téléphone venait de sonner, elle avait tout juste reconnu au bout du fil la voix de son amie Inès. Des mois qu'elle ne l'avait pas entendue — depuis le jour où elles avaient parlé des maisons en plein Paris, des passages.

Elle est gaie, pour une fois, Inès, de cette gaieté que l'usage invite à qualifier de contagieuse. Et ce n'est pas tout à fait faux : rien qu'à entendre sa voix ensoleillée, Juliet a l'impression que l'air s'allège autour d'elle, que la poussière se dissipe sur les rayonnages, elle croit sentir moins de raideur dans le drapé des statues par-delà le zinc et l'ardoise des toits, moins de solennité ;

et, jetant un regard derrière le double vitrage de la lucarne, elle se demande si le ciel pris depuis près d'un mois sous le glaçage d'un bleu fixe ne commencerait pas lui aussi à dégeler.

Cela doit tenir uniquement à la voix d'Inès, à son vibrato inhabituel, car Juliet ne trouve aucun intérêt à ce que son amie lui annonce. Son histoire ressemble pourtant beaucoup à la sienne, Inès l'a commencée en fanfare, elle a attaqué sur un triomphal : « J'ai rencontré un homme. » Quelques phrases plus loin, elle ajoute : « Je crois que cette année, ma vie va changer... »

Juliet l'écoute à peine. Ce qui la rend distraite, c'est qu'Inès entretient un certain flou dans son récit ; d'habitude, elle est plus prolixe sur ses amants ; on dirait qu'elle le couve, celui-là, il y a comme de l'appréhension au fond de sa gaieté. Au point que Juliet finit par dresser l'oreille quand Inès lui lâche enfin que l'homme en question lui a proposé de l'aider dans ses prospections immobilières et qu'ils vont bientôt s'associer : « C'est un homme si pondéré, conclut-elle. J'ai confiance. »

Voici donc Inès amoureuse. Eprise d'un homme qu'elle voit sans doute tous les jours, à qui elle ne va pas tarder à offrir, si ce n'est déjà fait, son espoir et ses peurs, partager l'illusion que la vie est ronde, mariée à l'infini. A cette seconde, Juliet l'envie. Une jalousie bien animale, chaude et noire. Pour un peu, elle lui raccrocherait au nez. Ne serait-ce que pour libérer la ligne, au cas où Steiner viendrait à appeler.

Car, depuis sa visite villa d'Albray, il ne lui a pas donné de ses nouvelles, celui-là : rien, pas un mot, pas un coup de fil, pas même une carte de vœux. Juliet s'est fait une raison, comme on dit : elle a trouvé une explication rassurante, une bonne petite cause sur mesure pour justifier l'injustifiable. Elle se dit que si le nom de Steiner persiste à lui flotter dans la tête, jour et nuit, au moment où elle s'endort et quand elle se réveille, c'est qu'il est aisé à retenir, ce nom-là, facile à prononcer. Et qu'il sonne bien.

C'est donc pour ce seul nom que chaque matin, avant de se rendre à la Bibliothèque, Juliet se met sur son trente et un. Pour lui qu'elle se vernit soigneusement les ongles, qu'elle guette les pas dans le couloir, scrute l'œil de Pirlotte, sursaute au premier murmure qui monte de la vieille bouche de chauffage. Pour les sept majuscules soulignées qui barrent le mince dossier qu'elle a placé devant elle, sur son bureau : la liste qu'elle a préparée dès le lendemain de Noël. Elle était en vacances et la Bibliothèque était fermée, n'empêche, elle est venue ici, elle avait son passe ; en un après-midi, elle a répertorié tous les manuscrits chinois traitant des vertus médicinales du thé. Rien que pour un nom. Tout au plus pour le souvenir d'un appartement.

Au bout du fil, le silence de Juliet doit embarrasser Inès, laquelle se sent tenue de s'épancher davantage et reprend : « Il est efficace, tu sais, cet homme. Un peu jeune, mais tellement efficace ! » La voici d'un coup en veine de confidences : grâce à l'inconnu, elle est sur le point de vendre un superbe hôtel particulier de la rive gauche. Et sa voix s'éclaire à nouveau : « Ça va me payer mon divorce ! »

Juliet ne sait que répondre, elle n'a absolument rien à lui dire. Mais elle se force à parler, car son silence devient dangereux, l'instant menace où Inès va s'interrompre et lui demander, au nom de l'étrange loi de compensation qui régit souvent entre femmes les vieilles amitiés : « Et toi, Juliet, qu'est-ce que tu me racontes ? Tu as l'air toute chose, qu'est-ce qui ne va pas ? Allez, arrête tes cachotteries, décide-toi, allez, dis-moi... » Juliet n'y coupera pas, il faudra répondre, expliquer. Donner des raisons à ce qui n'en a pas : Dolhman revenu dans sa vie, Dolhman qui passe à présent une nuit sur deux chez elle, qui rêve tout haut d'un grand voyage *en amoureux* (c'est son mot et ce n'est pas le pire), Dolhman qui parle de s'acheter un nouvel appartement, plus grand ; il ne dit pas encore qu'ils pourraient y vivre ensemble, mais Juliet le voit venir, lui aussi, elle voit pointer le moment où il va lâcher, comme Inès : « Allez, décide-toi... »

Or il n'y a qu'un seul endroit où elle voudrait se trouver, Juliet, depuis trois semaines, un seul lieu où elle voudrait vivre matin et soir, nuit et jour, maintenant et toujours : c'est villa d'Albray, numéro 9, troisième étage sans ascenseur. Il y a là-bas quelque chose qui l'appelle, à quoi elle ne peut pas, ne veut pas résister. Quelque chose qui tient à un paquebot, à une affiche, à des miroirs, à des tableaux, à un couloir qui s'enroule, à une mezzanine. Quelque chose qui ne peut se raconter. Et qui n'a rien à voir avec le reste, les histoires d'Inès et les rêves de Dolhman, ni même avec son manuscrit ou la Bibliothèque. Quelque chose d'unique, de bien à elle, sans rapport avec le tout-venant, le courant de la vie.

Où cependant, ne serait-ce que pour se protéger, il faut bien se replonger.

Voilà donc Juliet qui s'entend demander à Inès, alors même qu'elle sait déjà qu'elle n'écoutera pas la réponse : « A propos, ton divorce... il en est où ? »

Contre toute attente, sa réplique la piège. Inès commence à lui raconter une seconde histoire à l'intérieur de la sienne, un embryon de tragédie, cette fois, sous le couvert de la banalité : « Mon avocate est malade, j'ai dû en changer. Dépression nerveuse, figure-toi. Un chagrin d'amour. Une femme de notre âge, tu te rends compte ! Folle d'amour comme à vingt ans. Je ne sais pas ce qui lui a pris. Une femme si compétente. Elle menait son cabinet de main de maître. Une fille exceptionnelle. C'est elle qui m'avait présenté mon futur associé. »

Nous y revoilà, se dit Juliet, Inès est vraiment amoureuse. Elle réprime un soupir : encore la vie qui court, la vie qui ne l'intéresse plus. Elle se met à inspecter son courrier tandis qu'Inès continue d'égrener ses phrases : « Un chagrin d'amour à quarante-cinq ans, tu te rends compte ! Clinique, cure de sommeil... Elle n'est pas sortie de l'auberge. Jamais je n'aurais cru. Mon futur associé non plus. »

Mais elle n'a plus que cet homme à la bouche ! s'exaspère Juliet en soulevant ses lettres une à une. Quand va-t-elle se décider à lui donner un nom, à ce type, quand va-t-elle me cracher le morceau, l'appeler mon amant, mon jules, ce qu'elle veut, mais qu'elle me vide son sac une fois pour toutes, qu'on sache où on en est, où on va !...

Sous le coup de l'agacement (peut-être aussi pour éviter d'en arriver à la pénible pensée qu'elle aussi, Mme la conservatrice en chef, il lui arrive d'ignorer ce qu'elle fait, où elle en est, où elle va, s'agissant par exemple de certain manuscrit ou de certain occupant du 9, villa d'Albray), Juliet décide d'en revenir au début de leur conversation et jette une question : « Ton associé... Il divorçait, lui aussi ? »

Elle y a mis de l'aigreur. Inès l'a senti, sa voix s'éraille brusquement : « Il est célibataire. Il n'a jamais été marié. Enfin... »

Il y eut alors un silence ; et Inès, subitement très froide, changea de sujet.

Est-il vraiment sûr qu'Inès l'ait prononcé, cet *enfin* ? Qu'il y ait eu ce blanc, cette voix soudain noyée ? Juliet l'a mille fois juré. Mais, certains jours, tout de même, elle en a douté, elle a prétendu qu'elle s'était trompée : c'était une idée qu'elle s'était faite après coup, une de ces reconstructions comme il en vient souvent à la fin d'une histoire, quand on veut à tout prix se persuader qu'on avait compris avant de comprendre, qu'on savait sans savoir. Ce dont Juliet est rigoureusement certaine, en revanche — sûre à en mettre sa main au feu, à donner sa tête à couper —, c'est qu'en entendant se casser la voix d'Inès, elle a aussitôt pensé : « Elle joue son va-tout, cette fois. » Elle se souvient également qu'au même instant elle a eu l'intuition — un vague éclair dans le brouillard, rien qu'un signe mort-né — qu'Inès n'avait pas le beau rôle face à l'homme dont elle venait de parler.

Elle a même failli lui dire : « Méfie-toi ! » Et si elle ne l'a pas fait, la raison en est simple : c'est à ce moment-là qu'elle a vu le colis.

Pas le colis, d'ailleurs, l'écriture. Littéralement, celle-ci lui a sauté aux yeux avec ses caractères bâtons, ses jambages hauts et noirs, raides, tracés d'une encre qui avait dégorgé dans les fibres du papier kraft.

Elle a tout de suite su que c'était Steiner. Elle a vu surgir du fond de sa mémoire, en surimpression, par-dessus celui du colis, un autre rectangle infiniment plus petit : le cadre de l'interphone du 9, villa d'Albray, avec la carte imprimée et tronquée :

Professeur R.C. Stein

En ses lieu et place, froidement libellé en lettres bâtons, voici son nom à elle, *OSBORNE*. On l'a fait précéder d'un cérémonieux *MADAME* dans la même graphie, mais sans son titre ni son prénom.

C'est à ce dernier détail que Juliet a deviné qui lui a adressé ce colis. Alors, d'un seul coup, tout s'est gelé en elle : son bras, sa main gauche qui tenait le téléphone, la droite qui commençait à griffer l'emballage ; et autour d'elle aussi le monde est devenu gourd, le soleil par-delà la lucarne, à nouveau transi dans un azur figé, les statues au-dessus du zinc et des ardoises du toit, glacées comme à l'aube dans leur drapé de pierre.

Le papier kraft vole par-dessus le bureau, la pile de courrier s'écroule sur le sol, Juliet ne la ramasse pas — à quoi bon ? —, le plancher tangue sous ses pieds, c'est le chaos qui commence, tout est d'ailleurs brusquement de guingois dans cette pièce, l'écran de l'ordinateur, les rayonnages poudreux, on croirait le carré d'un navire sur le point de sombrer. Mais le ventre pansu de la Bibliothèque peut aller à vau-l'eau, Juliet, elle, tiendra, le vertige ne la vaincra pas, ni le froid, elle s'accroche, elle s'acharne, ses ongles s'attaquent à l'emballage du paquet, après le papier kraft un doublage de plastique à bulles, déchiqueté lui aussi au prix d'un ongle cassé, mais tant pis, allez, voici un papier-cadeau, bien entendu le même que celui qui habillait les paquets dans le placard de Steiner, il s'envole à son tour, va rejoindre le chaos universel — qu'importe le chaos ! A son oreille nasillent encore les vagues échos du monde, Inès qui revient, c'est plus fort qu'elle, à ses affaires immobilières, et plus irrésistiblement encore à son associé : « Il est plus jeune que moi, évidemment, mais si charmant, un peu vieille France, tu vois, mais tellement compétent... », un autre ongle s'écaille sur du ruban adhésif, un ultime papier s'envole, lentement, gracieusement, celui-là, c'est du papier de soie, et voici enfin l'objet, celui qu'elle désirait mais qu'elle n'osait attendre : le cadre de l'autre soir, la photo où se trouvent embaumés, dans la lumière blême d'un après-midi au tropique, la calèche, les palmiers, la véranda de la maison perdue.

Maison perdue : voici qu'elle pense comme Steiner,

bientôt elle parlera comme lui. Déjà elle retourne le cadre de bois roux, en quête des mots dont elle se berce en secret depuis trois semaines. Elle ne se demande même pas si le cliché qu'elle tient à la main est bien celui qu'éclairait la lampe chinoise, elle n'a même pas l'idée de chercher sur le bois du cadre ce qui ce jour-là a arrêté son regard aigu, les griffes de l'exil, les blessures du passé. Sa mémoire est éteinte, son œil ne veut rien voir. C'est autre chose qu'elle attend. Des mots. Au moins un signe.

Il est là. Elle espérait une lettre, ce n'est qu'une carte, une petite carte de vœux collée au dos du cadre, sobre, toute simple, à l'anglaise, un « *happy new year* » dessiné en lettres dorées à l'intérieur d'une couronne de houx. Mais il est suivi d'un numéro de téléphone, et ses chiffres sont tracés de la même écriture que le nom de la destinataire sur l'emballage du colis. Juste après ce numéro, trois points de suspension. Epais, soigneusement espacés. En somme, trois fois rien.

Ce sont pourtant ces trois points qui mettent instantanément en branle, dans l'esprit de Juliet, un mécanisme irrésistible. Et c'est peu de dire désormais qu'elle n'écoute plus les sons que le vieil appareil continue de débiter au creux de son oreille : la mécanique qui vient de se déclencher se déroule dans une région trop lointaine d'elle-même, et qui n'entend pas, ne voit pas. Plus d'Inès, plus de bureau, de dossiers, de livres, de couloir à guetter, de bouche de chauffage par laquelle espionner, plus de Pirlotte, plus de Bibliothèque, plus de grand midi, ni d'hiver, ni d'été, de jour ni de nuit ; si le monde s'obstine encore à tourner, c'est pour réaliser un unique désir, *via* un vieux téléphone : répondre à l'appel de trois points tracés à l'encre noire au dos d'un encadrement — et cette envie exclusive, la voici comblée à la seconde par un ultime et froid automatisme : raccrocher, redécrocher, aligner huit chiffres, sésame immédiat, au tour de Juliet d'avoir la voix qui s'ensoleille, on a répondu, c'est Steiner, il lui parle, il est seul, il est là, pour elle seule, au fond de l'appartement.

Ils ont donc parlé et elle l'a revu. Très vite : deux jours plus tard. Chez lui. Puis une autre fois. Et plusieurs autres ensuite, jusqu'au printemps. A intervalles variables — c'était aussi cela, leur histoire : que leurs rencontres ne fussent pas régulières. Et il ne s'est rien passé. Enfin, rien de ce qu'on appelle quelque chose.

Il s'est donc passé infiniment plus.

La phrase est d'ailleurs de Dolhman, au mot près. On peut le croire : pour parler de Juliet, il était on ne peut mieux placé ; et quand il a voulu prouver ce qu'il avançait, il a produit un raisonnement imparable, quoique à première vue assez paradoxal : « S'il s'était passé quelque chose, a-t-il démontré, Juliet ne m'aurait rien dit. Or elle m'a parlé. Elle m'a tout raconté : Steiner, l'appartement, la mezzanine ; elle m'a relaté un à un les incidents qui n'ont pas manqué de se produire à chacune de ses visites. Elle m'a confié toutes ses interrogations, tous ses doutes, elle a réussi à m'entraîner à l'intérieur de sa curiosité. Oui, j'en suis sûr, vraiment, chaque fois qu'elle est allée là-bas, je l'ai su. Je peux dresser la liste de tout ce qui l'intriguait, de tout ce qui lui a mis la puce à l'oreille. L'histoire des mots croisés, par exemple, ou celle des journaux déposés sur le paillasson ; et l'affaire des caves, évidemment, surtout l'affaire des caves. Je m'en souviens très bien, de cette histoire-là, c'était le 27 février. Elle m'a tout raconté, j'en ai l'absolue conviction, du plus flagrant au plus insignifiant, jusqu'aux bruits, jusqu'aux soupçons qu'elle a nourris au bout de deux ou trois visites sur la maladie de Steiner. Elle enregistrait tout et me le racontait ensuite, même des choses apparemment dénuées d'importance, comme les initiales *RB* entrelacées sur la théière ou l'apparition des housses blanches sur le canapé en L. Je me demande si ce n'était pas une façon de se prouver que ce qu'elle vivait était bien vrai ; une façon de se remémorer, aussi, de poser des jalons. Peut-être pressentait-elle un danger, même si elle n'en disait rien. Et elle en avait, des choses à me raconter, chaque fois qu'elle revenait de là-bas ! Elle voyait tout, notait tout, le fagot qui n'était plus noué de la même façon dans la cheminée, les livres qui apparaissaient dans la bibliothèque et ne s'y trouvaient pas la fois d'avant. Elle me disait tout, vraiment. Jusqu'à ses recherches à la Bibliothèque sur le paquebot *Cipango*. Alors que rien ne l'y obligeait. Il n'y avait pas de promesses entre nous. Aucun serment... »

Il conclut en soupirant : « Les femmes sont ainsi : quand il ne se passe rien — entendons par là rien de ce qu'elles espèrent, rien de ce qu'elles attendent au plus secret d'elles-mêmes —, dans ces cas-là, on peut en être sûr, elle sont intarissables. C'est quand il arrive quelque chose qu'elles se taisent ; je veux dire quand il arrive quelque chose qui va compter, qui va tout chambouler. Dans ces moments-là, bouche cousue ! Elles ne parlent qu'après ; et encore, il faut voir ce qu'elles lâchent... Mais sur le coup, elles ne disent rien. »

On a tout lieu de croire Dolhman, il connaissait les femmes. Ou plutôt, ce qui est différent, il s'y connaissait en femmes. Il n'était pas pour autant ce qu'on appelle un Don Juan, c'était plus subtil. Le mot qui le définit le mieux, c'est *amateur*. Les femmes, pour lui, étaient un genre de sport. Mieux encore, un exercice de style. Il y mettait beaucoup de tête et d'organisation ; de l'élégance, par-dessus le marché ; c'était un vrai collectionneur, toujours à la recherche de la pièce rare, de l'objet manquant. Il était en somme amateur de femmes comme d'autres le sont de tableaux ou de vieilles voitures. Il avait commencé jeune, il ne s'était jamais arrêté à un genre précis ni même à un âge donné. Selon l'expression consacrée, il n'avait pas de *type*. Il préférait explorer, observer, goûter, s'arrêter, savourer, comparer, puis recommencer. Mais, avec

Juliet, pour la première fois de sa vie (il imputait ce phénomène à son âge, cinquante-cinq ans affichés, vraisemblablement quatre ou cinq de plus), il avait désormais envie de s'arrêter. Ce qui le confronta manifestement à d'énormes difficultés.

Il s'en est justifié, le moment venu, très calmement, avec les mots choisis qu'emploient volontiers, lorsqu'ils parlent d'eux-mêmes, les hommes de sa classe et de sa génération : une langue qui commence à se perdre, raffinée, un brin romanesque — Dolhman était également grand amateur de livres. D'après lui, Juliet était une de ces femmes que les hommes préfèrent à quarante ans plutôt qu'à vingt-cinq : « En se défaisant, leur beauté les rend fragiles, expliquait-il avec son habituelle afféterie. Il y a en elles quelque chose qui s'éteint et qui les fait souffrir, ce qui les rend extrêmement attirantes, en tout cas pour qui sait les regarder. Avec ses petites rides en étoile autour de la bouche et des yeux, ses cheveux blanchissants mais qu'elle n'avait pas le cœur de teindre, ses hanches un peu épaissies, ce qui la désespérait et qui, moi, me comblait, Juliet cessait enfin d'être une énigme... »

Sous le coup de la nostalgie, Dolhman paraphrasa inconsciemment un poème de Verlaine, comme d'autres fois il citait Proust sans s'en apercevoir. Mais cet épanchement ne dura pas. Sa nature profonde reprit vite le dessus, son tempérament de marchand, de négociant pragmatique, familier des chiffres, rompu à l'utilisation stratégique du silence. Le grand Dolhman, en somme, aussi bon chasseur de talents que fin limier des successions et des ventes publiques.

Et, par-dessus tout, sa capacité d'engranger n'importe quoi dans sa mémoire phénoménale. Non seulement il a tenu le compte des visites de Juliet chez Steiner, mais il s'est rappelé leur date avec une précision de greffier alors qu'il n'avait pas pris la moindre note. A des mois de distance, sur une simple question, il a été capable de citer dans la seconde le jour de tel incident, et même de reconstituer la manière dont Juliet le lui avait raconté, avec le ton, les mots exacts qu'elle avait employés. Ce qui l'a transformé bien malgré lui en témoin à charge.

On doit toutefois le lui reconnaître : c'est lui qui a fourni l'explication la plus vraisemblable de l'extravagante conduite de Juliet, lui qui a le mieux compris pourquoi une femme pouvait être amenée à se rendre au domicile d'un homme qui n'était pas son amant et ne manifestait, de visite en visite, aucune intention déclarée de le devenir : « Je ne sais pas comment ça s'est passé au juste, a-t-il raconté, j'ignore ce qu'ils ont pu se dire au téléphone, quand ils ont repris contact, début janvier. Non plus qu'ensuite. Tout cela se passait toujours en dehors de moi, Steiner appelait Juliet à la Bibliothèque et quand elle l'a relancé, à supposer qu'elle l'ait fait, ce ne fut jamais en ma présence. Ce dont j'ai la conviction, en revanche, c'est que leur petit jeu reposait sur une sorte d'hypocrisie mutuelle. Un silence voulu qui les unissait peut-être davantage qu'une banale coucherie. Je m'explique : Juliet avait saisi le prétexte de ses traductions du chinois pour retourner voir Steiner. C'est lui, bien sûr, qui avait tendu l'hameçon en lui envoyant la photo représentant la plantation de l'île Maurice. Quand elle l'appela, elle lui parla des textes sur le thé. Il joua le jeu, il se présenta exactement comme la fois précédente : un chercheur passionné, démuni autant que désintéressé, en mal de documents rares. Mais dès qu'elle retourna chez lui, Juliet commença à douter qu'il fût vraiment celui qu'il prétendait être. Et cela la fascina. Et plus elle se rendit chez lui, plus elle douta. Et plus il l'envoûta. Steiner n'eut aucun effort à fournir, la machine tournait toute seule. Tout ce à quoi il devait veiller, c'était aux pièges tendus par la réalité elle-même. Traquer et éliminer l'insignifiant. Seulement il n'y avait rien, aux yeux de Juliet, qui fût tout à fait anodin. Steiner n'avait pas saisi que Juliet venait d'un monde de signes, qu'elle y vivait depuis toujours, que la vie était devenue pour elle une longue série d'idéogrammes à déchiffrer... C'est là que le bât a blessé pour Steiner. A croire que le destin s'en est mêlé. Ou que les choses en étaient arrivées pour lui à un tel point que la machine, un jour ou l'autre, devait fatalement se gripper. »

Dolhman a précisé peu après de quelle façon la *machine*, pour reprendre son expression, a commencé à s'enrayer : « Un soir, je me suis risqué à me moquer de Juliet, je lui ai parlé sur le ton d'un inspecteur de police, je lui ai remontré que son enquête piétinait, que plus elle voyait Steiner, moins elle en savait sur lui, enfin, qu'au train où allaient les choses elle allait être obligée d'inventer de faux textes sur les vertus du thé pour se trouver des raisons de retourner chez lui. Elle a pincé les lèvres, elle a souri, mais en se forçant, je l'ai bien vu, et elle n'a rien répondu. La fois suivante — c'était juste après sa quatrième visite, le 27 février ; ce jour-là, je ne suis pas près de l'oublier, elle venait de me raconter l'histoire des caves... —, j'en ai eu soudain assez de son petit manège. J'étais fatigué de jouer les confidents amusés, les miss Marple d'opérette ! J'ai perdu patience, je l'ai coupée au beau milieu d'une de ses sempiternelles dissertations sur les *bruits* qu'elle prétendait entendre chez Steiner et sur ce qu'il pouvait bien cacher à l'étage supérieur de son duplex, et j'ai fini par lui lancer, non sans vulgarité, je le reconnais bien volontiers : "Mais tu n'as qu'à y monter, à la fin, dans cette foutue mezzanine ! Qu'est-ce que tu attends ? Arrange-toi pour l'envoyer à l'autre bout de l'appartement et grimpe là-haut ! Qu'est-ce qui te fait peur, au juste ? Que ton Steiner te rejoue *Psychose* ? Qu'en arrivant là-haut, tu tombes sur la momie de sa mère ?"

« Juliet venait de me parler de l'affaire des caves, poursuit Dolhman, c'est ce qui, par simple association d'idées, m'avait remis en tête le scénario d'Hitchcock. J'aurais pu en rester là, j'avais tout dit. Mais j'étais si excédé que j'ai enfoncé le clou, ajoutant quelque chose comme : "Prends ton courage à deux mains, allez, vas-y, montes-y une fois pour toutes, dans cette mezzanine, qu'est-ce que tu redoutes ? L'idée de trouver là-haut une fille en petite tenue ? A moins que ce ne soit un type à poil ?" Et j'ai éclaté de rire. Pas Juliet. Je l'avais blessée, terriblement blessée. Elle a pris une mine bizarre, elle a pincé les lèvres, comme la fois précédente, mais elle n'a pas souri ce soir-là, ses mains, son menton se sont mis à frémir, cela n'a pas duré longtemps, une minute à peine, mais c'était très impressionnant, elle tremblait comme une feuille. Je ne l'avais jamais vue dans un état pareil ; elle frissonnait de partout comme si elle était gelée. Elle a tout de même fini par se reprendre et se calmer. Cependant elle s'est fermée, comme elle seule savait le faire : avec le sourire, l'air de rien. Enjouée, délicieuse, faisant tout ce qu'elle avait à faire, impeccable, désespérément parfaite. Et je crois bien qu'elle ne m'aurait plus jamais reparlé de la villa d'Albray s'il n'y avait eu, lors de sa cinquième visite, début mars, le 3 exactement, l'histoire de la panne d'électricité. »

Contrairement à ce qu'assure Dolhman, ce n'est pas la panne d'électricité qui a ébranlé Juliet. Cet incident-là n'a fait que renforcer l'effet du précédent, l'*affaire des caves*, pour reprendre son expression, qui s'était déroulée exactement une semaine auparavant et l'avait déjà beaucoup troublée. Donc, si le soir de la panne constitue un tournant dans l'histoire de Juliet, c'est uniquement parce qu'elle a enfin cessé, ce jour-là, de se complaire dans le remâchage forcené de ses espoirs et de ses spéculations.

Le *jour des caves*, pour reprendre la formule chère à Dolhman, Juliet en était à sa quatrième visite chez Steiner (du moins si l'on fait abstraction de la soirée de décembre où elle pénétra pour la première fois chez lui). Jusque-là, donc entre le 7 janvier, jour du rendez-vous qui suivit l'envoi de la photo encadrée, et le 27 février, date à laquelle Dolhman situe l'*affaire des caves*, Juliet Osborne se pose beaucoup de questions. Elle réussit néanmoins à esquiver deux d'entre elles — les plus embarrassantes : ce que lui veut Steiner et ce qu'elle attend de lui. Elle y parvient de façon relativement simple : dans l'appartement — enfin, dans ce qu'elle en voit, car même si elle se montre beaucoup plus attentive qu'en décembre, le plus clair des pièces lui demeure inconnu —, elle relève systématiquement tous les détails qui ne s'accordent pas avec le peu que Steiner lui a confié de sa personne et de sa vie. Puis elle les examine sous tous les angles, les interprète des heures durant. Surtout la nuit : elle a de plus en plus de mal à dormir. Des insomnies qui ne débouchent sur rien, si ce n'est sur l'envie de revenir chez lui.

Mais, à chaque visite villa d'Albray, Juliet a désormais bonne conscience, car elle s'est ouverte de ses doutes à Dolhman. En d'autres termes et pour parler crûment, elle l'a mis dans le bain. Ainsi, elle n'a aucun mal à se persuader qu'elle ne retourne là-bas qu'à seule fin de dresser le catalogue des indices qui, à la longue, pourraient révéler un autre Steiner derrière celui qui se contente de la recevoir gentiment pendant une petite heure autour d'une sorte de cérémonie du thé, de lui poser quelques questions qui semblent de pure forme sur la Bibliothèque et sa passion pour la Chine ; enfin, entre divers appels téléphoniques qui lui donnent soudain une expression anxieuse et l'éloignent dans les profondeurs de l'appartement, le bras prolongé par son appareil mobile — il ne s'en sépare jamais, on dirait une prothèse — Steiner lâche quelques mots brefs sur l'austérité de ses recherches, la rigueur de sa vie solitaire, la perte d'un paradis d'enfance qui le laisserait inconsolé.

Mais envers elle, Juliet, toujours pas le moindre mot, le moindre geste — en tout cas rien de ce qu'entre homme et femme on entend par *mot* et *geste*. Seulement, de loin en loin, des phrases sibyllines. Elle les enregistre au souffle près, elle va jusqu'à en tenir le compte : au moins une par visite, a-t-elle noté, et ces mots-là tombent immanquablement à l'instant où ils vont se quitter. Elle se souvient tout particulièrement du soir où, sur le ton de la conversation mondaine, Steiner lui a demandé quelle était la qualité primordiale qui, selon elle, définissait une bonne conservatrice. « Avoir de bons yeux ! » répliqua-t-elle aussitôt avec une sorte d'insolence, sans comprendre ce qui la prenait. Steiner accusa le coup. Cependant, au lieu de la provoquer à son tour, de surenchérir par une de ces questions condescendantes dont il avait le secret et auxquelles elle n'arrivait à répondre qu'en bafouillant (comme la fois précédente, lorsqu'il lui avait demandé : « Mais pourquoi diable avez-vous choisi le chinois ? Quel sacerdoce, cette Bibliothèque ! Avez-vous eu seulement le temps de vivre, vous êtes-vous mariée ? Et les enfants, avez-vous seulement trouvé le temps d'avoir des enfants ?... »), il se mit à la dévisager, mais sans la sécheresse minérale qui lui était habituelle, avec un regard voilé ; et il reprit en hochant la tête : « Je voudrais voir le monde avec vos yeux. »

Ce fut tout. Il se leva avec lenteur, ses gestes semblaient soudain entravés. Elle le suivit. Comme à l'ordinaire, sans que les choses fussent dites, la visite était finie. Il n'y eut rien d'autre. Simplement, au moment où ils se serrèrent la main sur le seuil, il baissa les yeux. Elle aussi. Pour Juliet, c'était de peur qu'il ne vît l'exaltation où l'avait jetée ce qu'il venait de dire. Et elle sortit.

C'est qu'avec une seule de ces phrases-là elle avait son content, Juliet, des jours et des nuits à pouvoir l'attendre, son Steiner ! Attendre quoi, en définitive ? Un simple coup de fil, quelques mots d'un semi-inconnu à propos de recherches qui, il faut bien l'avouer, lui semblaient de plus en plus filandreuses. Un homme qui pouvait ne la rappeler que trois semaines plus tard, comme deux jours après l'avoir vue, n'importe quand, soir ou matin, il n'y avait pas de règle, il n'y avait que cette assurance, dès qu'elle entendait sa voix : pouvoir retourner villa d'Albray. Continuer, comme disait Dolhman, son *petit jeu*.

Dolhman qui, bien entendu, ignorait tout de ces bouts de phrase-là, mais à quoi bon lui en parler puisqu'elle ignorait elle-même ce qu'elle allait chercher là-bas ? Puisqu'elle ne faisait pas de mal, puisqu'elle se bornait à l'imaginer, le mal, à en rêver. Puisque c'était seulement pour se distraire, tuer le temps. Se chercher des raisons de vivre en trouvant à se faire peur. Et là-bas, des raisons d'avoir peur, elle en découvrait à chaque fois...

Par exemple, dès le 7 janvier (sa première visite après Noël, sans doute celle dont Juliet attendit le plus, à cause du cadeau que Steiner venait de lui faire : la photo de la maison coloniale), il y eut ce magazine qu'elle découvrit sur son palier, au beau milieu du paillasson, juste avant de sonner. Les scènes obscures et vagues qu'elle s'était projetées en esprit pendant les nuits qui avaient précédé, l'idée de pénétrer à nouveau chez lui l'aveuglaient tant qu'elle n'accorda au journal qu'un regard distrait : seulement le temps de voir l'adresse imprimée sur la bande — c'était bien le 9, villa d'Albray — et de remarquer qu'il s'agissait d'un magazine populaire. Comment Steiner, le raffiné Steiner, pouvait-il avoir le goût d'une lecture aussi triviale ? Mais déjà la porte s'ouvrait, ils étaient face à face. Steiner remarqua immédiatement le journal ; pourtant, elle ne l'avait pas ramassé. D'un mouvement félin, véloce, un vrai geste de prestidigitateur, il s'en empara avant de l'avoir saluée, sourit — « Encore une erreur... » —, puis il la fit entrer.

Sortant de l'immeuble, trois quarts d'heure plus tard, Juliet ne manqua pas de vérifier, sur la liste de l'interphone, qu'il n'y avait toujours que deux occupants au 9, villa d'Albray. Les persiennes de l'appartement du premier demeuraient closes : les lieux, de toute évidence, étaient vides ; rien n'avait bougé à cet étage-là : toujours la même porte brune striée des marques d'un déménagement et frappée de l'ovale plus pâle laissé par la plaque de l'ancien propriétaire.

Juliet se mit à raisonner — le frisson qu'elle éprouvait à ces visites tenait aussi à cela, à ses déductions, à ses calculs sans fin : si erreur il y avait eu dans la distribution du courrier, elle ne pouvait provenir que du gardien, ce boiteux qu'elle croisait chaque fois qu'elle entrait ou sortait de chez Steiner, dans l'entrée, dans l'escalier, dans le passage ou sous le porche, à croire qu'il était payé pour espionner les allées et venues du 9. Mais comment imaginer une confusion chez un homme dont les mouvements, comme ceux de Steiner, semblaient si précisément calculés, jusque dans sa manière de claudiquer ?

La réalité, décidément, cherchait à entrer dans le *petit jeu*. La fois suivante, comme Steiner s'apprêtait à sortir, selon un rituel qui semblait intangible, le service à thé du placard, à gauche de la bibliothèque, une avalanche de paperasses se répandit sur le plancher, un monceau de courrier, prospectus, journaux entassés en désordre. Rien qu'à la façon dont ils s'écroulèrent sitôt la porte ouverte, il fut évident pour Juliet qu'ils avaient été fourrés en catastrophe quelques minutes, peut-être quelques secondes avant son arrivée. Et pour comble, comme porté par une force irrésistible, un de ces magazines vint s'échouer à ses pieds, ouvert sur une grille de jeux entièrement remplie au stylo-bille : l'écriture vigoureuse d'un virtuose des mots croisés.

Là encore, Steiner fit disparaître l'objet en un rien de temps — toujours la même façon impalpable de se mouvoir, de déplacer les choses. Cette fois, sans commentaires. Et le plus beau de l'histoire, c'est que Juliet lui sut gré de cette désinvolture : pas d'explications, donc pas de mensonge, seulement l'incertitude. Un bon cocon de doutes où elle pouvait continuer en toute quiétude à grossir sa pelote de rêves. Jusqu'au prochain incident.

Elle n'en a pas retrouvé la date, Dolhman a pallié sa défaillance : d'après lui, cela s'est passé le 21 février, juste avant l'affaire des caves. En revanche, elle se souvient parfaitement des circonstances, et pour cause : Steiner ne l'avait pas rappelée pendant trois semaines, si bien que, histoire de frapper un coup décisif, elle lui avait apporté ce jour-là un texte qu'elle avait soigneusement gardé en réserve, un document capital pour les recherches qu'il prétendait poursuivre, le traité du japonais Eisai sur la santé par le thé.

Elle en avait même trouvé à la Bibliothèque une très jolie édition bilingue sur vélin, avec de magnifiques calligrammes modernes en regard du texte français. Contrevenant au règlement, elle l'avait secrètement photocopiée, puis, au dernier moment, elle n'avait pu s'empêcher d'emprunter l'original afin que Steiner pût — du moins l'espérait-elle — en apprécier l'élégance. Par une ironie encore plus féroce que la fois précédente, c'est ce jour-là, à l'instant même où il l'introduisait dans le salon et où elle s'apprêtait à sortir de son sac la précieuse édition, qu'elle remarqua dans la propre bibliothèque de Steiner deux reliures modernes, clinquantes, vulgaires, qui juraient avec les peaux des volumes anciens entre lesquels on les avait fourrées — il n'y avait pas d'autre mot : une fois de plus, il était criant qu'elles venaient d'être rangées en catastrophe, coincées qu'elles se trouvaient dans l'angle gauche de la quatrième étagère, exactement à hauteur des épaules de Steiner. Or il fallait être bien naïf pour imaginer qu'une femme telle que Juliet, habituée à vivre au milieu des livres, n'allait pas s'en apercevoir au premier regard, dès que son œil, dans un mouvement quasi réflexe, allait se mettre à parcourir les rayonnages.

Et, de fait, les titres, après les reliures, lui sautèrent aux yeux : il s'agissait de deux guides pratiques comme il s'en vend chaque année au seuil du printemps, le premier consacré au jardinage, le second à une méthode d'amaigrissement. Comme d'habitude, Steiner vit qu'elle avait vu. A nouveau, il choisit de ne rien dire. Elle prit le même parti.

Car, pour une fois, il la traitait en reine, Steiner : sur la table basse, devant la cheminée, le thé était déjà prêt, un vrai thé à l'anglaise, avec des scones, des sandwiches au concombre et même deux tartes à la banane, faites maison, à l'évidence — « une recette de là-bas », commenta-t-il avec le geste qu'il esquissait en direction de la lampe chinoise chaque fois qu'il parlait de son île (le halo de cette lampe éclairait désormais une autre photo encadrée, celle d'un jardin exotique sans calèche ni femmes à crinoline, mais avec encore assez de palmiers pour rêver).

Juliet fut alors persuadée que Steiner avait un domestique. Une femme, décida-t-elle, une métisse, une vieille femme de là-bas, une nounou, un de ces serviteurs qu'on garde jusqu'à la mort, à qui on passe tout, même le désordre —, ces piles de journaux camouflées au dernier moment, par exemple —, une servante lasse et fidèle, seulement employée ici à évoquer les ombres d'un paradis ancien.

L'île, se dit alors Juliet, l'île, bien entendu ! Pourquoi chercher midi à quatorze heures ? Tout s'explique par l'île, tout est simple, ce mystère, Steiner l'a déjà dissipé avec son cadeau de la photo, il est de ces hommes qui parlent sans parler, un homme comme on n'en fait plus, un homme d'un autre monde. Voici, après la maison dans son cadre, un nouveau sésame pour y entrer.

Tout en buvant à petites gorgées son thé à la vanille (« Il vient de là-bas », avait également murmuré Steiner en le versant dans sa tasse), Juliet chercha à se l'imaginer, cette vieille domestique, et elle n'y eut aucune peine, elle la voyait déjà traînant son pas fatigué à travers la mezzanine ou au long des couloirs de l'appartement. Une métisse docile, un peu épaisse, sans doute malade, peut-être à demi infirme. Voilà pourquoi il ne la montrait pas, Steiner : c'était son secret, sa part d'enfance, il ne fallait pas y toucher, les choses se feraient toutes seules. Avec le temps, avec le reste. Car le reste aussi viendrait, il suffisait d'attendre. Juliet saurait y faire, se montrer patiente, elle finirait bien par y arriver.

Donc le monde fut rond, ce soir-là, chez Steiner, rond et clos comme un bateau, comme l'île — du moins l'idée qu'elle se faisait de l'île : paisible, sans saisons. D'autant plus qu'il n'y eut pas de bruits, pas un seul.

Là encore, tout se tient, se répétait-elle, Steiner a chapitré sa domestique : en même temps qu'il lui commandait les scones et le thé à la vanille, il a dû lui dire : aujourd'hui, s'il vous plaît, silence, c'est un grand jour, tout doit être parfait ; pas un bruit, pour une fois, je vous prie, un silence absolu.

Rien ne bougeait donc au fond de l'appartement, rien dans la mezzanine d'où était pourtant tombé la dernière fois, au moins à deux reprises, le grésillement d'un transistor ; rien non plus au bout du couloir à droite du vestibule, là où se trouvait sans doute la cuisine — en tout cas, c'était de là qu'un soir, au moment de partir, Juliet avait entendu siffler un nouveau bruit que, pour une fois, à cause de l'odeur de céleri qui le précédait, elle avait formellement identifié : le chuintement affolé d'un autocuiseur. Non, ce jour-là, ce fut vraiment le pur silence, villa d'Albray, et le monde entier conspira à ce recueillement : pas un coup de téléphone, ni en bas ni en haut, pas de répondeur, tout s'était arrêté, jusqu'aux furtifs glissements qu'elle avait entendus lors de ses deux précédentes visites ; seulement, sur le coup de sept heures, le carillon du couvent et quelques cris d'enfants amplifiés par la cage d'escalier. Les premiers instants sereins qu'elle eût jamais partagés avec Steiner, un moment parfait : il lisait en face d'elle la traduction d'Eisai, levait le nez de temps à autre, buvait une gorgée de thé, reposait sa tasse sur la table, l'interrogeait à propos de l'auteur, de l'époque — des sujets sur lesquels elle n'avait aucune peine à briller. Il l'écoutait sans l'interrompre, avec une attention extrême ; il alla même jusqu'à griffonner des notes sur un petit bloc.

Aussi Juliet parvint-elle encore à s'aveugler lorsque Steiner repartit à la cuisine chercher un supplément de lait ; s'abandonnant alors contre le dos du fauteuil, ses mains retombées entre les coussins y rencontrèrent un étui en cuir qui s'y était égaré. Il contenait des lunettes, de ces verres qu'on appelle *demi-lunes*, qu'affectionnent certains presbytes ; cerclés d'un mince liseré de plastique rose, ils ne pesaient rien entre les doigts. Une monture pour femme.

Le 27 février, en revanche, le *jour des caves,* il n'y eut pas de fuite possible. Une fois de plus, c'était Steiner qui avait fixé le rendez-vous. A dix-neuf heures, cette fois. Elle y vit un encouragement, elle se dit qu'il l'inviterait à dîner. Elle accepta.

Il faut dire que Steiner, une fois n'est pas coutume, rappela dès le lendemain, à la première heure. Le texte d'Eisai l'avait passionné, assura-t-il d'une voix précipitée, il avait passé la nuit à le lire, le relire, mais il avait besoin d'éclaircissements, il avait mille questions à lui poser. Il voulait la revoir très vite, pouvait-elle venir le soir même ?

Juliet lui répondit, comme prise en faute, qu'elle partait dans l'après-midi pour un congrès en Finlande. Il y eut un long silence au bout du fil ; puis, très sèchement, Steiner lui proposa de remettre leur rendez-vous au 27 : lui-même devait s'en aller sous quarante-huit heures — il ne précisa pas où. A son retour, il serait très pris : une conférence à préparer, des réunions avec des collègues américains. Il n'avait d'autre date à lui proposer que le 27 à dix-neuf heures. Tout juste s'il n'ajouta pas : c'est à prendre ou à laisser.

C'est en tout cas ainsi que Juliet l'entendit, car elle n'osa pas répondre que le 27 février était précisément le jour où elle rentrait d'Helsinki ; même si son avion atterrissait à l'heure, même si elle trouvait un taxi sitôt débarquée, elle arriverait chez Steiner essoufflée, exténuée, mal à l'aise, elle n'aurait pas le temps de passer chez elle se changer.

Elle avait pourtant accepté dans la seconde, sans discuter. Elle s'était juré qu'elle y arriverait ; et elle y arriva.

Elle s'était changée dans l'avion, recoiffée, remaquillée dans le taxi ; et elle réussit à passer le porche de la villa d'Albray comme toutes les autres fois, poudrée de frais, parfumée. Elle n'avait omis qu'un détail : le décalage horaire entre Paris et la Finlande. Elle arriva donc devant la porte du 9 avec une heure d'avance. Il faisait nuit, elle était impatiente, absorbée : elle ne s'en aperçut pas.

Elle n'eut pas à appeler Steiner par l'interphone : une fois encore, le gardien se trouva sur son chemin et ouvrit la porte au moment où elle s'apprêtait à appuyer sur la commande. Elle n'en fut pas autrement étonnée : la chose s'était déjà produite au moins à deux reprises ; et Dolhman, quand elle le lui avait rapporté, lui avait suggéré, entre autres hypothèses, que le gardien boiteux pouvait fort bien loger chez Steiner, que c'était peut-être un parent. Il est vrai que les deux hommes avaient quelque chose de commun : même taille, même œil rapace, même dégaine efflanquée, même visage de pierre fermé à l'émotion. Seule note insolite, ce soir-là : Blazeck esquissa une mimique goguenarde dès qu'il reconnut Juliet ; puis il s'effaça ostensiblement devant elle, sans lui rendre son salut, pour une fois.

Et son œil narquois réveilla un trouble écho dans la mémoire de Juliet. Venant non pas de Steiner, curieusement, mais de Dolhman, plus précisément le ricanement que celui-ci avait eu la semaine précédente lorsqu'elle lui avait parlé de sa découverte des lunettes : « Ton Steiner vit donc aux crochets d'une rombière ! » Ce n'est pas l'expression *ton Steiner* qui l'avait heurtée, mais le mot *rombière*. Elle avait aussitôt opposé à Dolhman : « C'est une domestique, j'en suis sûre, une vieille nounou qu'il a ramenée de là-bas ! » Dolhman ne s'était pas laissé faire : « Une vieille bonne qui prendrait ses aises pour faire ses mots croisés sur son canapé de salon et qui rangerait ensuite ses lunettes dans un étui en cuir de galuchat ? Car tu m'as bien dit qu'il était en galuchat, cet étui. Sais-tu seulement combien coûte le galuchat ? » Dolhman se montrant de plus en plus acerbe, Juliet avait bredouillé :

« Il était usé, cet étui, tout élimé, et puis là-bas, dans leur île...
— Le plus vraisemblable, c'est que ce soit sa mère », avait-il décrété d'un ton définitif.

Sans réfléchir, comme si elle s'était mise à penser tout haut, Juliet avait répliqué :

« Qu'est-ce que ça change ?
— Qu'est-ce que ça change à quoi ? » avait surenchéri Dolhman.

Et c'est là que son regard s'était aiguisé, l'accablant de la même ironie insupportable que le gardien boiteux. Elle n'avait su que répondre, elle avait détourné les yeux, elle était même sortie de la pièce ; ils n'avaient plus reparlé de Steiner depuis ce jour-là.

Bien sûr, il y avait eu son voyage. Elle-même, Juliet — était-ce l'éloignement, le dépaysement ? —, avait cru qu'elle commençait à oublier Steiner ; et le jour, c'est vrai, elle ne pensait plus du tout à lui. Mais c'était faire peu de cas des rêves qui venaient s'incruster chaque nuit au cœur de son sommeil : des petites scènes fixes et bien étranges, natures mortes gelées sous la lumière aveuglante du songe, sans suite, sans signification apparente, les calligrammes d'une langue inconnue. Elle les identifiait sans pouvoir les traduire, ils étaient pourtant inlassablement les mêmes d'une nuit à la suivante, c'était tout ce à quoi s'était accroché son regard villa d'Albray, les aspérités du décor de Steiner, pourrait-on dire, les signes de tout ce qui sonnait faux dans sa personne et dans sa vie — les reliures modernes au milieu des anciennes, la grille de mots croisés venue s'échouer à ses pieds ou les lunettes demi-lunes ; mais aussi des choses plus anodines, des détails qu'elle n'était même pas sûre d'avoir signalés à Dolhman, les initiales *RB* entrelacées sur la théière, par exemple, le changement des housses, lors de sa seconde visite, sur le canapé en L, ou encore le fagot dans la cheminée, dont elle avait bien remarqué, juste après Noël, qu'il n'était plus noué de la même façon ; manifestement, on l'avait défait, on avait fait du feu, il en restait des traces, des cendres continuaient de blanchir les chenets ; sans compter cette lettre qu'elle avait vue traîner sur la table basse lors de leur dernière rencontre, une enveloppe adressée à Steiner, laissée là bien en évidence, pour une fois, exprès pour qu'on la voie, pour qu'elle, Juliet, ne puisse pas ne pas la voir, avec le nom de l'expéditeur clairement libellé au-dessus de son adresse — une expéditrice, pour appeler les choses par leur nom, une certaine Marina Pankoff. Encore une femme.

Elles étaient revenues chaque nuit, ces séquences immobiles, sans ordre déchiffrable, hiéroglyphes d'une vérité indéfiniment dérobée, chacune bien enclose dans son cartouche de songe. Au sortir d'un de ces rêves, sans s'expliquer pourquoi, Juliet s'était réveillée convaincue que leur clef se trouvait dans le prénom de Steiner, ces initiales *R.C.* dont, pas plus que pour le chiffre gravé sur la théière, elle ne s'était encore hasardée à lui demander l'explication. Elle s'était juré qu'en ce soir du 27 février elle lui poserait la question. Rien que pour voir, se disait-elle, rien qu'un essai, une expérience. Afin de tâter le terrain, d'évaluer jusqu'où elle pouvait s'amuser à se faire peur. Histoire de continuer le *petit jeu*.

Voici donc Juliet, une fois de plus, dans l'entrée du 9. Elle n'est jamais venue aussi tard, c'est la première fois qu'elle arrive chez Steiner à la nuit close. Mais elle avance vers l'escalier avec la même assurance qu'elle a remonté l'impasse.

La lumière est allumée ; c'est le gardien, sans doute, qui a actionné la minuterie. Juliet se dirige vers la droite, du côté des marches ; elle ne pense à rien, si ce n'est à la façon dont elle va s'y prendre pour demander son prénom à Steiner ; et elle s'abandonne à l'appel de l'escalier.

Elle se trouve à mi-hauteur du premier palier, celui de l'appartement vide, quand elle se retrouve dans le noir, un noir complet. Machinalement, elle lève les yeux vers le plafond, vers l'oculus du dernier étage : les autres fois, quand le même incident s'est produit, son jour si gris, si maigre fût-il, lui a toujours permis d'apprécier la hauteur des degrés, la distance du prochain palier. Mais lui aussi, la nuit l'a englouti ; et elle sait qu'au niveau de l'appartement vide le bouton de la minuterie ne fonctionne pas. Il ne lui reste plus qu'à redescendre à tâtons jusqu'à la commande centrale. Elle sait comment faire, elle est persuadée de connaître les lieux par cœur, elle les a si souvent revisités en esprit : le bouton se trouve dans l'entrée, à droite de la petite porte grise, dans le mur au pan coupé.

Comme elle se retourne, le vestibule s'illumine. Encore le gardien, se dit-elle. Là, elle est franchement contrariée, elle ne se sent pas la force d'affronter une seconde fois l'œil narquois du boiteux. Elle hésite, se fige, se met à calculer : peut-être va-t-il seulement inspecter le jardin, la ceinture alourdie comme d'habitude par son trousseau de clefs ? Il ne faudrait pas que lui soit venue l'envie de la suivre. Peut-être est-ce le plan qu'il mijote depuis qu'il l'a croisée ; il va attendre que l'obscurité revienne, ce qui ne saurait tarder ; et alors, tenter Dieu sait quoi...

Rien qu'à l'idée de le frôler dans le noir, Juliet se sent glacée. Elle ne sait plus que faire, elle est paralysée. D'autant plus qu'elle ne voit pas apparaître Blazeck, qu'elle n'entend rien : pas un bruit au rez-de-chaussée, dans l'appartement des Girard (bien entendu, s'avise-t-elle alors, ce sont les vacances d'hiver, le passage lui-même était désert quand elle s'y est engagée). Pas un seul écho montant du vestibule, aucun de ces cliquetis de clefs qui annoncent le boiteux, où qu'il aille, avec le raclement sur le sol de sa jambe bancale.

Juliet se penche légèrement par-dessus la rampe ; c'est à cet instant qu'elle s'aperçoit que la porte grise vient de s'entrebâiller.

Un énorme sac-poubelle est coincé entre la porte et le mur au pan coupé. Qu'y a-t-il au fond de ce sac ? Et ce placard derrière la porte, qu'est-ce donc que ce placard ? Elle serait incapable de le dire : d'où elle est postée, elle ne distingue qu'un angle de paroi, du même gris sale que la petite porte.

Elle entend au moins ce qui s'y passe, dans ce placard : on s'y agite, on fouaille, on farfouille, quelque chose glisse sur le sol, sans doute un autre sac-poubelle ; puis deux mains gantées de caoutchouc apparaissent entre la porte et le réduit.

Comme elles s'affairent, ces mains gantées, comme elles sont nerveuses, elles s'emparent du sac, et le tirent, et le poussent, qu'est-ce qu'il doit être lourd, ce sac, quel effort, d'ailleurs on souffle au fond du placard, on y halète, on y sue aussi, c'est sûr, en tout cas on jure d'une voix étouffée mais mauvaise, celle d'un homme qui en veut à la terre entière, au demeurant le voici, l'homme, transpirant en effet, suant et soufflant, il porte un jean usé et une vieille chemise écossaise ouverte sur un torse blême, il peste à nouveau, inspecte l'entrée d'un regard aussi sévère qu'inquiet, mais un clin d'œil suffit à le rassurer, c'est un rapide, celui-là, il a l'habitude d'apprécier les situations en un rien de temps, il n'y en a qu'un seul autre sur terre à lui ressembler, à toujours tout voir avant tout le monde — Steiner, évidemment, qui d'autre que Steiner ?

Il rentre aussitôt dans le placard. Un ultime effort, le sac-poubelle disparaît, la porte se referme. Une clef, de l'intérieur, tourne sèchement dans la serrure. Il doit rester encore quelques secondes de lumière. Juliet en profite pour se ruer dans l'entrée. Elle ne demande pas son reste, elle sort. Elle court, elle ne sait plus ce qu'elle fait. Elle s'enfuit.

C'est juste avant de passer le porche, apercevant par-dessus le mur, tel un astre fixe, le cadran lumineux du couvent, qu'elle a enfin compris sa méprise. Cinquante-cinq minutes d'avance : elle avait le temps de s'attabler au café le plus proche, d'y recouvrer ses esprits, de remettre de l'ordre dans ses idées, de téléphoner à Dolhman — pourquoi pas ? —, afin de prendre son avis, puis de revenir ici à sept heures pile, fraîche et rose, pimpante, l'air de rien.

Pour son *petit jeu*, après tout, elle la tenait, sa contre-épreuve, et bien meilleure que toutes celles qu'elle avait pu imaginer.

Elle s'y est refusée. Elle est immédiatement rentrée chez elle. Si elle n'avait pas réussi à joindre Dolhman, elle se serait aussitôt couchée. En avalant un somnifère, de peur de rêver.

On doit l'admettre, c'est Dolhman qui a eu l'idée des caves. L'évidence s'en imposait, tout y était : un local fermé à clef, des sacs-poubelles, la façon même dont Juliet lui avait décrit Steiner, ses mains gantées de caoutchouc, son débraillé, son œil aux aguets, sa pomme d'Adam affolée, son visage couvert de sueur et mal rasé. Tout y était, vraiment. Jusqu'à la fuite de Juliet.

Lui, Dolhman, cet incident ne l'a pas effrayé, bien au contraire, il l'a prodigieusement amusé : il entrait enfin dans le *petit jeu*. Avec le meilleur rôle — du moins le crut-il, sur le coup —, celui du chevalier blanc. Il est accouru chez Juliet dès son appel, réjoui, tout émoustillé. Il aurait pu passer la nuit à la questionner, à enchaîner les hypothèses, les déductions, ce fut sa première soirée distrayante depuis des mois. Il est allé jusqu'à dessiner, d'après ses indications, un plan de l'entrée du 9 ; et c'est ainsi qu'il s'est persuadé que la petite porte dans le mur au pan coupé cachait l'entrée d'un cellier.

Puis il en a convaincu Juliet. Sans aucune peine. C'était ce qu'elle attendait de lui depuis qu'elle l'avait repris pour amant : qu'il lui apporte, par ses commentaires et ses conjectures, un surcroît de frissons. Et donc de raisons de retourner là-bas, même si, d'entrée de jeu, elle lui avait déclaré qu'elle n'y mettrait plus les pieds. Ce qui, bien sûr, n'avait pu que réjouir Dolhman.

Sa stratégie à lui tenait désormais en une phrase : il n'y avait pas de mystère Steiner. Cette affaire, d'après lui, avait nécessairement une explication simple. Il se faisait fort de la découvrir pour mieux tenir Juliet. Il esquiva donc soigneusement la question du contenu des sacs-poubelles. D'abord parce qu'il n'avait aucune idée là-dessus. Ensuite et surtout parce qu'il jugeait cette matière — selon lui, un simple point de détail — particulièrement néfaste pour Juliet et ses *imaginations*, comme il disait.

Mais elle n'arrêtait pas d'y revenir, aux sacs-poubelles, elle l'interrompait sans cesse dans ses raisonnements, insistait : « Qu'est-ce qu'il pouvait bien cacher là-dedans, Steiner ? Ils étaient lourds, ces sacs, tellement lourds ! Il tirait, il poussait... Si tu l'avais vu, il n'en pouvait plus... » A chaque fois, Dolhman paraissait plus exaspéré. Il soupirait, tentait d'en revenir au seul aspect de la question qui lui semblait digne d'intérêt (avec le recul, on ne peut que saluer la qualité de son intuition, dont il donna ce soir-là une éblouissante illustration) : le plan de l'entrée du 9. Il voulait tout savoir : pouvait-on pénétrer dans l'immeuble par le jardin ? Existait-il une porte pour y accéder dans la rue parallèle à la villa d'Albray ? Les appentis à colombage, dans la cour, étaient-ils fermés à clef ? Que contenaient-ils ? Qui en avait l'usage ? Les persiennes de l'appartement du premier qui donnaient sur le jardin étaient-elles tirées comme celles qu'on voyait depuis l'impasse ? Toutes questions auxquelles Juliet était bien en peine de répondre. « Tu affirmes que les lieux sont vides, lui serinait alors Dolhman, mais, à la vérité, tu n'en sais rien. Pourquoi n'y aurait-il pas un escalier sur l'autre façade, pas nécessairement quelque chose de monumental, mais un escalier de service, par exemple, je ne sais pas, moi, un escalier de secours ? Et pourquoi écarter d'emblée l'idée que le premier et le deuxième étage communiquent par un escalier intérieur ou extérieur ? Tu n'en sais rien, après tout, tu n'as pas cherché, tu ne connais pas l'appartement de Steiner... »

C'était vrai, Juliet n'avait pas cherché. Mais comment avouer à Dolhman qu'elle n'était pas allée là-bas en enquêteuse, plutôt en quêteuse, en mendiante même, plus bas encore, en mendigote ! Elle se sentait si démunie depuis quelques mois, si pauvre, si privée de tout — on aurait dit que la petite fille qu'elle avait été s'était remise à pleurer au plus profond d'elle-même. Pourquoi, elle ne savait pas, elle ne voulait pas le savoir, simplement il y avait une richesse, là-bas, elle en était certaine, un trésor secret, comme dans les livres qu'elle lisait quand elle était enfant. Et impossible de s'en passer : ce secret était unique, c'était le sien plus encore que celui de Steiner. Cela ne s'expliquait pas.

Surtout pas à Dolhman, qui raisonnait en flic, qui ne comprenait rien. La villa d'Albray, Steiner, c'était son affaire à elle, Juliet. Rien qu'à elle.

S'il continue, se dit-elle alors, il va finir par aller rôder dans l'impasse. Peut-être va-t-il même espionner Steiner, l'aborder, lui parler. Pis encore, entrer chez lui. Il est fichu de le faire. De tout gâcher.

Juliet lui a donc jeté pour la seconde fois de la soirée : « Le mieux est de couper court avec ce type. Je romps les ponts et on n'en parle plus. »

En disant *type*, elle avait pris le ton d'une actrice qui ne croit plus à son personnage. Sa voix avait fléchi, elle n'était pas parvenue à se reprendre.

Dolhman ne répondit pas.

Juliet fut désarçonnée mais elle réussit à poursuivre : « C'est facile. Je ne le prends plus au téléphone quand il appelle, je préviens Pirlotte. Après tout, si c'est vraiment... »

Elle perdait ses moyens. Dolhman se taisait toujours. C'était une tactique, elle le voyait bien. Elle s'entêta cependant : « Oui, tu comprends, quand je l'ai vu, là, devant la porte, traînant ses poubelles, Steiner, si c'est vraiment... »

Sa voix se cassa. C'est ce qu'attendait Dolhman : Juliet ne pouvait plus dire son texte, elle était vaincue. Mais aussi à deux doigts des larmes. De l'aveu. Et, à compter de cet instant, il comprit qu'il n'avait plus envie de jouer.

Plus exactement, il s'est dit qu'il ne lui restait plus qu'une seule carte, un coup féroce, implacable, ne laissant aucun retour possible à la tendresse — à moins d'hypocrisie. En somme, un genre de déclaration de guerre. Larvée, mais de guerre quand même.

Dolhman lui a donc lancé de but en blanc : « Oui, je te comprends. Si tu as bien vu, si vraiment Steiner vide lui-même ses poubelles... Passe encore ce qu'il y a dedans, que ce soit un double de ton cher manuscrit ou une femme découpée à la tronçonneuse, voire les deux à la fois. Mais les vider soi-même, non, il est vraiment impossible. D'un banal ! D'un trivial... »

Il avait frappé exactement comme il fallait, là où il fallait. Une première fois, Juliet s'est fermée, elle se souvient fort bien de quelle façon : elle lui servait du café ; sous le choc de ce qu'il venait de lui dire, elle a failli lâcher sa tasse. Quelques gouttes se sont renversées sur son plateau de laque, trois fois rien ; mais elle s'est mise à les essuyer avec un soin démesuré, on aurait cru qu'à cause de ces minuscules petites taches la terre allait s'arrêter de tourner.

Cela, Dolhman l'a supporté encore moins que le reste, il a fallu qu'il se remette à frapper : « Tu te passionnes vraiment pour un drôle de loustic ! »

Juliet n'a pas changé de tactique ; simplement, comme elle n'avait plus de taches sur lesquelles s'acharner, elle a replacé les tasses l'une en face de l'autre, bien symétriques, au millimètre près ; et enchaîné d'un ton neutre :

« De toute façon, il est malade.

— C'est sûr. Pour dire ce qu'il dit et faire ce qu'il fait ! »

Dolhman montait les enchères, ses lèvres s'amincissaient de ce qui ressemblait à de la rage. Il y avait aussi sa façon de pencher le torse en avant — un escrimeur qui met en garde.

Juliet n'avait rien vu. Ou décidé de ne rien voir. Elle répondit de la même voix posée :

« Je ne veux pas dire qu'il est fou. Je crois qu'il est vraiment malade.

— Ah bon ? Explique-moi la différence. Ton diagnostic ? »

Du sucre s'était échappé d'une soucoupe, elle en saisit un morceau, le lécha d'un bout de langue désinvolte, puis, sans faire l'effort d'une transition, comme si elle continuait de penser tout haut, elle repartit :

« Il était si pâle, si fatigué. Et puis sa respiration, quand il tirait le sac... Rien d'une respiration normale... Je suis certaine que...

— On peut être fou et respirer mal, coupa Dolhman. Ça n'est pas interdit. Ça se voit même souvent. Et ça ne change strictement rien à cette histoire de caves.

— Steiner, de toute façon...

— De toute façon quoi ? Qu'est-ce que tu vas encore chercher ? »

Dolhman n'a pas ajouté « pour le défendre », mais c'était tout comme. Alors ce fut Juliet qui, cette fois, mit en garde avant de lui lancer :

« De toute façon, le secret de cette histoire, ce n'est pas Steiner.

— Allons bon ! »

Il ironisait. Dans ces moments-là, il était particulièrement désagréable. Elle réussit pourtant à poursuivre :

« C'est la mezzanine. »

« *Mezzanine*, qu'est-ce que je n'avais pas dit là ! raconte Juliet. Je ne sais pas ce qu'il lui a fait, ce mot, mais lui, Dolhman, qui était le calme même, la pondération incarnée, il a repoussé le plateau d'un coup sec, du café a giclé sur la table et la moquette et, au lieu de s'excuser, il s'est mis à me débiter des horreurs — enfin, des horreurs façon Dolhman, raisonnées, articulées, des horreurs bien propres, en somme. Je ne sais d'ailleurs plus quoi, si ce n'est qu'à un moment il a comparé Steiner au héros d'un film, j'ai oublié lequel, l'histoire d'un fou qui gardait dans ses caves la momie de sa mère. Le reste, tout le reste, je l'ai oublié, c'était trop bas, trop misérable, indigne de Dolhman. Il ne cherchait qu'une chose : m'abaisser, m'humilier. A sa façon à lui, bien sûr, rationnelle, caustique, sans l'ombre d'une grossièreté, mais j'aurais préféré qu'il m'en balance, des injures, au moins on aurait su où on allait ! Mais non, rien que des démonstrations, des affirmations, du mépris, et pas moyen de placer un mot, j'étais condamnée d'avance. A la fin, je ne l'écoutais même plus. Sauf quand, à bout de raisonnements, il m'a mise au défi. Il a repoussé une seconde fois le plateau et m'a jeté : "Je suis sûr que tu n'es même pas fichue d'y monter, dans cette mezzanine !" Je n'ai pas pris la peine d'argumenter, de lui expliquer que c'était stupide, que l'escalier qui y menait était incroyablement bruyant à cause de sa structure métallique : chaque fois que Steiner l'avait emprunté, le bruit de ses pas sur les marches avait retenti dans tout l'appartement. Ce bruit-là, plus que les autres, je l'avais encore dans la tête. C'était arrivé au moins deux fois depuis que je me rendais là-bas ; et, avec le recul, je pense que Steiner avait fait exprès de monter là-haut, il avait bien remarqué que cette partie de l'appartement m'intriguait plus que le reste ; en prenant le prétexte d'aller y chercher des dossiers, peut-être avait-il voulu détourner mes soupçons ou me décourager de fouiner de ce côté quand il avait le dos tourné.

« Voilà tout ce que j'aurais pu opposer ce soir-là à Dolhman. J'aurais pu me défendre, oui. Attendre qu'il ait fini et ergoter, moi aussi. Mais j'étais exténuée. Le voyage. La hâte avec laquelle je m'étais rendue villa d'Albray. Et la peur, surtout la peur. La frousse phénoménale qui s'était emparée de moi dans l'escalier du 9. Et puis, je crois que je recommençais à me lasser de Dolhman. Il m'ennuyait, il m'avait toujours ennuyée. J'ai préféré lui laisser croire qu'il avait gagné. Pour récupérer. Donc je n'ai pas discuté. Je me suis contentée d'essuyer le café renversé, bien posément, bien soigneusement, comme d'habitude, j'ai fait comme si de rien n'était, comme si son torrent de mots glissait. Sauf qu'il ne glissait pas du tout.

« Parce que, à la réflexion, tout est clair : c'est à cause de Dolhman que j'ai revu Steiner. Sans son défi, jamais je ne serais retournée villa d'Albray. »

Là, Juliet trompe son monde. Ou elle se trompe, ce qui revient au même. De toute façon, elle exagère. Au matin du 28 février, son état d'esprit n'a pas foncièrement changé : elle retournera villa d'Albray à la première occasion. En dépit, à cause de sa peur. Plus que jamais. Comme toutes les autres fois, il n'y faut qu'un mot, un seul mot de Steiner ; peut-être même moins, désormais, sa voix : rien que sa voix au fond du téléphone, cette façon qu'il a, depuis quelques semaines, de lui souffler *bonjour* sans se présenter, mi-brutal, mi-caressant. Elle le sait bien, elle n'y résistera pas.

Mais à quoi bon revenir là-dessus ? Il vaut mieux s'en tenir aux faits. Ils sont manifestes, irréfutables : Juliet est retournée chez Steiner et ça s'est fait tout seul, sans états d'âme ou presque, tambour battant, pas plus tard que le 3 mars. Blazeck, Dolhman, les Girard, tout le monde s'accorde sur la date, jusqu'à Juliet. Il ne manque sur ce point que le témoignage de Steiner.

Sur cette visite-là, aucun indice, pas de trace écrite, aucun enregistrement, pas un moyen de recoupement. En l'occurrence, peu importe ; la scène est facile à reconstituer : on en connaît l'heure, le prétexte, les circonstances, tous les détails concordent. Et ceux-ci abondent, puisqu'on sait jusqu'au temps qu'il faisait ce 3 mars, quelle tempête s'est levée brusquement dans l'après-midi, si imprévue, si violente qu'elle est restée dans les annales.

Cela dit, on ne les aurait pas, ces précisions, on pourrait s'en passer : pour une fois, dans l'histoire de Juliet, les détails jouent un rôle secondaire ; ce qui la trahit se trouve ailleurs, dans un simple calcul arithmétique qui a sauté aux yeux de Dolhman : entre le *soir des caves*, ce moment où elle lui jura, sans qu'il lui ait rien demandé, de ne jamais retourner villa d'Albray, et le 3 mars, date à laquelle elle se rendit de nouveau chez Steiner, il s'est écoulé moins de trois jours. Donc l'affaire ne traîna pas. Et pour cause : dès le lendemain de sa fuite, Steiner l'appela.

Juliet espérait ce coup de fil, c'est tout aussi flagrant : non seulement elle ne donna à Pirlotte aucune consigne pour y faire barrage, mais elle fut présente à son bureau dès la première heure. A sa décharge, il convient de préciser qu'elle n'avait pas fermé l'œil de la nuit ; mais comme il lui fallait s'inventer une raison d'être là, rivée devant son téléphone dès potron-minet, elle s'était découvert un ultime scrupule : vérifier qu'elle avait dressé l'inventaire complet des traités jamais écrits en Chine sur les vertus du thé.

Au bout d'une heure, elle jeta l'éponge ; même en écumant les index, répertoires, notices et appendices du moindre de ses catalogues, il fallait s'y résoudre : pas un document sur le sujet ne lui avait échappé. En dehors de récents ouvrages de vulgarisation qu'elle ne pouvait décemment proposer à Steiner (ils s'appuyaient tous, c'était prévisible, sur les textes originaux dont elle lui avait déjà fourni la traduction), la Bibliothèque n'avait plus rien sur la question.

Ce réservoir de livres qu'elle s'était figuré jusque-là, gonflé sous son bureau, tel un gigantesque abdomen, une panse indéfiniment féconde, toujours plus grosse de merveilles, Juliet se le représenta brusquement de façon rigoureusement inverse : une coque vide, un ventre stérile. Et, à cette seule idée, sans davantage se l'expliquer, tout comme le soir où Steiner avait poussé la porte de son bureau, la fatigue la cloua sur place. Elle se vit usée, racornie avant l'âge. Vieille, pour tout dire.

Et comme le téléphone, en face d'elle, semblait entré en agonie, comme son grésillement, à mesure que s'avançait la matinée, ne lui annonçait plus que Pirlotte et le crachotement de ses petits tracas — la clef d'un placard qui s'était égarée, un rendez-vous à convenir avec un *client*, la photocopieuse en panne, le retard d'un autre employé —; comme Juliet, à chacun de ses appels, croyait sentir le vide, depuis le plancher, gagner tout son bureau — cet amas de fiches autour d'elle, un désert de papier ; ces reliures, ces dossiers, une congestion de néant ; plus de sens dans cette cathédrale de mots, hormis le signe que son existence, poussière entre les poussières, allait à son tour s'y perdre : et il y eut bientôt jusqu'au ciel, au-dessus de la lucarne, pour lui parler de solitude et de mort ; bref, comme c'était insoutenable d'être ici au lieu de là-bas, à la Bibliothèque plutôt que chez Steiner, Juliet, comme chaque fois qu'elle s'apprêtait à traduire un texte, s'empara d'une feuille de brouillon.

Et se mit à écrire. Mais sans lever le nez : en face d'elle, pas de manuscrit, pas un livre, pas la moindre photocopie, pas de dictionnaire non plus ni de répertoire d'idéogrammes, pas l'ombre d'un carnet de notes, non, rien, rien que cette feuille qu'elle noircissait sans s'arrêter. Elle se laissait aller, elle écrivait comme ça venait, ce qui lui venait.

Ce n'était ni une lettre, ni une confession. Tout simplement, comme le lui avait prédit Dolhman, une fausse traduction. Ce document qui lui manquait, ce prétexte pour retrouver Steiner, Juliet le fabriquait de bout en bout.

Si bien qu'elle ne comprit rien à ce qui lui arrivait quand, soulevant mécaniquement le combiné du téléphone qui venait déjà d'émettre deux sonneries sans qu'elle eût bougé, l'écouteur vibra d'un brutal — d'un *trivial*, comme aurait dit Dolhman : « Vous m'avez posé un lapin ! »

Lui, Steiner, enfin ! Sa voix. Steiner qui l'appelle si vite, si tôt — quelle heure déjà ? dix heures à peine. Steiner si proche. Peu importe ce qu'il dit. Sa voix, seulement sa voix. Lui !

Comme s'il s'agissait désormais d'un accessoire inutile, Juliet repousse les quelques feuilles sur lesquelles, une demi-minute plus tôt, elle s'acharnait à tromper le temps. Car le temps n'est plus son ennemi, le monde recommence à tourner, de nouveau il a un axe, un sens, un centre, un cœur, un cœur battant — il est là-bas, ce cœur, là-bas d'où vient la voix, villa d'Albray, là-bas d'où vient la vie. Tout à l'heure si loin ; si près maintenant.

Armé sans doute de son téléphone mobile, Steiner doit avoir à faire en haut de son repaire car Juliet perçoit dans l'écouteur une série de claquements. Ils sont très secs, très nets, avec un écho métallique. Elle les reconnaît sur-le-champ : les pas de Steiner dans l'escalier de la mezzanine.

Il sait qu'elle l'a reconnu, il continue à se taire ; ce bruit identifiable entre tous, c'est sa manière de signer son appel, de dire à Juliet : vous n'avez pas voulu me voir hier, vous avez eu peur, n'est-ce pas, vous avez pris vos cliques et vos claques, mais vous n'y couperez pas, je suis toujours là, avec ce bruit inimitable dans l'appartement à secrets, avec ce mystère unique au monde qui vous chamboule comme jamais rien à ce jour ne vous a chamboulée.

Il dure, il s'éternise, ce silence martelé par les talons de Steiner, à lui seul, c'est une invite : dans l'oreille de Juliet se met à vibrer tout un monde, elle a déjà la tête lourde d'embruns, de vieilles calèches, de palmiers, de meubles en bois des îles, de mers violines comme sur l'affiche placardée dans l'entrée de l'appartement, des océans déchirés par l'étrave hardie du paquebot *Cipango*. Bref, elle est prête à enfiler son manteau, à courir là-bas toutes affaires cessantes. Car il faut qu'elle y aille, c'est capital, elle doit pénétrer ce continent inconnu, en percer le secret, le faire sien, en devenir enfin gardienne et souveraine. C'est ainsi, cela ne souffre ni discussion ni explications, rien à dire — surtout pas à Dolhman ! Elle lui en touchera un mot, bien sûr, mais plus tard. Après.

Après quoi au juste, puisque son désir, à cet instant, est d'aller là-bas et ne plus en revenir ? Juliet l'ignore et ne s'y attarde pas, elle veut aller là-bas, c'est tout. Il ne lui manquait qu'un signe de Steiner, et ce signe, le voici : il parle.

Il n'a toujours pas dit son nom et ne le dira pas, il n'y aura pas de bonjour, pas de politesses, pas de préambule. Et alors ? se dit Juliet. C'est la marque que leur lien, désormais, va de soi. Unique, comme Steiner, unique et magnifique. Et il le restera quoi qu'il fasse, quoi qu'il dise, même s'il répète comme maintenant, mais beaucoup plus rudement : « Vous m'avez posé un lapin ! »

Juliet n'a pas le cœur d'inventer une excuse, elle se contente de balbutier : « Mon avion, le brouillard... » Elle est déjà villa d'Albray, devant lui, privée de forces. Nue peut-être, comme dans son rêve.

Le bruit métallique reprend. Plus lent : Steiner doit approcher de la mezzanine. Y a-t-il quelqu'un là-haut ? On dirait qu'il parade devant un public, il ironise : « Le brouillard ? Du retard ?... Vous auriez pu me prévenir. Vous auriez dû m'appeler. Une femme comme vous, toujours à l'heure... J'ai cru que votre avion s'était écrasé ! » Juliet hasarde : « Je n'ai pas pu. » Mais Steiner ne s'en laisse pas conter, il doit se douter de quelque chose : « Du retard, mais combien de retard, toute une nuit ? Qu'est-ce qui s'est passé, vous venez d'arriver à votre bureau, vous débarquez de l'aéroport ? » Et, comme s'il lui répugnait de la voir s'empêtrer dans ses mensonges, il enchaîne : « Vous pouvez m'appeler n'importe quand, vous savez. Même la nuit. Je dors très peu. Et puis, pour vous, je suis toujours là. Oui, sachez-le, toujours. N'importe quand, vous pouvez m'appeler n'importe quand. »

A ces mots, Juliet se redresse. Steiner vit donc seul. Seul et sans attaches. Pas de femme, pas de maîtresse. Serait-ce une déclaration ?

Mais Steiner poursuit déjà : « Tout de même, vous auriez pu me prévenir. Vous savez bien que j'ai un répondeur. »

La voix a recouvré sa sécheresse, il y passe même comme du mépris. C'en est trop, il faut raccrocher ! Mais le combiné pèse du plomb dans la main de Juliet. Elle ne parvient qu'à répéter : « Je suis rentrée si tard... » Et lui de s'acharner : « Et ce matin ? Vous ne pouviez pas m'appeler ce matin ? Rien que pour m'expliquer. Pour me rassurer... »

On dirait Dolhman, maintenant, Dolhman quand il devient jaloux ! Si elle le laisse faire, il va renchérir, lui demander des comptes. De quel droit ?

Une réplique acide lui traverse l'esprit — mais seulement l'esprit : en ses lieu et place, c'est une plainte qui lui monte aux lèvres, une sorte de lamento embarrassé qu'elle articule d'une voix de gamine : « Ce matin, oh, ce matin... Une semaine loin de mon bureau, si vous saviez tout le travail qui s'accumule... Le courrier, les appels... Sans compter les catalogues d'exposition à terminer et... »

Steiner ne la laisse pas finir. Il s'est radouci, sa voix se voile. C'est sûr, l'aveu est proche :

« Je me suis fait beaucoup de souci pour vous, vous savez.

— Je suis désolée.
— Vraiment ?
— Je vous assure que... »

Encore une fois, il l'interrompt : « Si je vous demande... Si je vous demandais de revenir... vous accepteriez ? »

Juliet ne répond pas. Il faut pourtant dire *oui*, *oui* tout de suite !

Elle reste muette. Ce n'est pas qu'elle ne veut pas — comme elle l'a attendu, ce moment, comme elle en a rêvé ! — mais elle ne peut pas. Cela tient à trois fois rien, elle ne sait même pas quoi, peut-être à la façon dont Steiner, détachant bien les syllabes, a dit *accepteriez*. Comme s'il lui signifiait qu'en venant chez lui, cette fois, elle se devait de bien peser les risques. On dirait vraiment qu'il en sait long sur elle. Par exemple, qu'elle l'a vu surgir des caves tout dépenaillé et pestant contre ses deux sacs-poubelles. Or cet homme-là, ce Steiner d'hier, brutal et banal, s'il l'avait prise sur le fait, sans doute lui aurait-il jeté la même phrase que maintenant, avec la même hauteur, la même ironie : « Vous avez perdu votre langue ? »

Est-ce le mot *langue* ? Juliet sent redoubler son désarroi — quelle est donc cette petite fille qui se réveille encore en elle et qui voudrait pleurer ? Mais avec sa vivacité habituelle, Steiner comprend son erreur, il se replie déjà sur une autre tactique, voici qu'il passe à la supplique — quelle virtuosité, décidément, dans le changement de registre !

« Ecoutez, venez. Je vous en prie... Faites-moi cette joie, je veux vous revoir. Je vous en prie, venez...

— Tout de suite ? » s'entend souffler Juliet.

D'un seul coup, c'est lui qui choisit le parti du silence. Encore quelques vibrations métalliques — il s'était sans doute posté dans l'escalier pour lui parler, maintenant il redescend, où va-t-il ? Dans le salon, certainement, sous la lampe aux photos, oui, c'est sûrement là, dans son petit coin à lui, sous la lumière ambrée, à côté de la maison coloniale encadrée de bois des îles, là où il aime à parler et parfois à se confier ; et voilà en effet qu'il commence à se livrer : « Je vous ai attendue, vous savez, tellement attendue. Jusqu'à minuit et plus. J'étais très inquiet. Vous n'imaginez pas... »

Puis sa voix se casse. Lui non plus ne peut plus parler. Il faut l'aider, se dit Juliet. Or l'aider, c'est se mettre à l'unisson de ce qu'il a dit, être elle aussi sincère, ne rien cacher. Qu'est-ce que ça coûte, après tout ? Il suffit de commencer.

Et elle commence, chuchotant : « Vous savez, hier, je n'étais pas du tout dans mon assiette... »

A cette seconde, Juliet a été à deux doigts de tout lâcher à Steiner : comment elle s'est laissé piéger par le décalage horaire, comment elle a été prise de panique devant les sacs-poubelles, les idées morbides qui l'ont alors saisie, puis sa fuite, sa fuite éperdue, tout, absolument tout ; et peut-être le plus dangereux, sa discussion avec Dolhman. Oui, elle a bien failli, à ce moment-là, lui parler de Dolhman. Ce qui, bien sûr, aurait tout changé à la suite des événements.

Mais Steiner n'a pas entendu sa réponse. Pas seulement parce que ce n'était qu'un souffle, un simple chuchotis étouffé par le téléphone. Simplement parce qu'il n'avait pas envie de l'entendre. Il n'avait qu'une idée en tête, à cet instant-là, celle qui l'obnubilait depuis le début de leur conversation : abattre sa carte maîtresse. Ayant jugé que l'affaire était mûre, il a enchaîné avec une sorte de rigueur mécanique : « Vraiment, vous m'en avez donné, du souci... Evidemment, maintenant que vous me dites que votre avion s'est perdu dans le brouillard... Seulement sur le coup... Rendez-vous compte que j'ai été jusqu'à interroger le gardien de l'impasse, vous savez, le boiteux, là, Blazeck, ce drôle de type qui est toujours fourré dans mon escalier... Et vous savez ce qu'il m'a dit ? »

Là, il a marqué une pause, sans doute parce qu'il récitait son texte par cœur — car, on l'a su ensuite, Steiner détestait improviser. Ce qu'il cherchait à ménager, avec ce silence, c'était une touche de naturel ; après ce blanc, il a d'ailleurs paru beaucoup plus dégagé, enchaînant sans heurt :

« .... Blazeck a prétendu qu'il vous avait vue pénétrer dans mon immeuble ! Il ne se souvenait pas très bien de l'heure, mais il a été formel, il vous avait vue dans l'entrée. Alors moi, vous comprenez... D'autant plus que vous êtes la ponctualité même. Jamais en avance, jamais en retard... Du coup, j'ai tout imaginé : la maladie, l'accident, n'importe quoi. Il se passe tellement de choses dans Paris... Une femme seule, en plus ! Et l'impasse qui est si mal éclairée. Tous mes visiteurs, tous mes amis s'en plaignent, j'ai tout essayé, mais rien à faire pour améliorer les choses. Forcément, c'est une voie privée. Bien entendu, jamais de rondes de police. Il y a pourtant eu une agression, il paraît, il y a deux ou trois mois de ça. En pleine nuit, contre une femme, justement. Ça arrive partout, maintenant. Tellement de drogués, de petits malfrats. Sans compter les fous...

— Je viens, coupa Juliet. Je viens quand vous voulez. »

Donc, le 3 mars, Juliet retourne encore chez Steiner. Le rituel, on dirait, est devenu immuable. C'est lui qui a fixé le jour et l'heure. « On prendra le thé, a-t-il lancé d'un ton enjoué dès qu'elle a décidé de venir. Pour une fois, c'est moi qui vous montrerai des documents, vous verrez, des papiers étonnants... » Puis il a raccroché et l'a laissée froidement à ces deux jours à tuer.

C'était bien là Steiner, cette brutalité soudaine, et Juliet a parfaitement senti qu'il avait une idée derrière la tête. Elle a pensé d'emblée au rouleau de calligrammes. L'avait-il finalement en sa possession ? Allait-il enfin le lui montrer, lui faire une offre ? Non, a-t-elle jugé presque aussitôt : nous sommes maintenant dans une autre histoire. Une histoire où il n'y a ni manuscrits, ni salle des ventes, ni vrai, ni faux, pas d'enchères, pas de mensonges, rien, surtout pas d'argent, encore moins de *petit jeu*. Rien qu'un homme et une femme qui cherchent à s'approcher, à se toucher. A s'aimer, sans doute. Oui, c'est cela, à s'aimer. Et qui n'ont pas encore osé.

Voilà donc ce qui l'amenait villa d'Albray en ce 3 mars, au bout de deux jours à griller sur place, voilà ce qui lui donnait l'œil et le cheveu brillants, le pas si pressé. Et tout fut facile pour commencer, rien à signaler au dehors, rien hormis le temps qu'il faisait, un ciel gros de vent et de pluie où le jeune soleil de mars continuait vaillamment ses percées en laissant tomber sur les immeubles de longues coulées d'or gris.

Juliet se souvient encore de cette lumière rare ; elle se rappelle qu'elle vit dans cette beauté un signe, un bon signe. Elle s'en fut donc sonner au 9 en toute confiance. La confiance du pantin pour le marionnettiste.

A deux reprises, cependant, son appréhension se réveilla. La première fois, au moment d'appuyer sur la commande de l'interphone. Mais on lui répondit sur-le-champ — Steiner, la même voix que l'autre matin, chaude et vibrante. Elle entra, jeta aussitôt un coup d'œil à la petite porte dans le mur au pan coupé. Il faisait très clair, ce jour-là, dans le hall du 9 : la même lumière que dans l'impasse, qui réveillait les plus infimes reliefs ; si bien que, du bouton de la minuterie jusqu'au portail à vitraux, au fond, qui donnait sur le jardin, tout paraissait soudain banal, anodin. La porte des caves semblait elle-même parfaitement verrouillée.

Mais, à l'instant où Juliet s'engage dans l'escalier, un énorme fracas l'arrête : deux jeunes enfants blonds déboulent du jardin en hurlant, poursuivis par une femme tout aussi glapissante. Quand celle-ci découvre Juliet, ses piaulements s'étranglent. Ce n'est pas ce qu'on appelle une belle femme, mais elle a une certaine allure, en dépit de ses cheveux coupés au carré, sévèrement enrégimentés sous un serre-tête de velours noir. Elle est blonde, elle aussi ; elle doit avoir une trentaine d'années. Elle porte un jean délavé dans les règles de l'art, mais elle a cru bon de l'assortir à un chemisier de bel organdi blanc, sans doute pour tempérer ce semblant de laisser-aller.

La femme appuie sur le bouton de la minuterie avec le geste aveugle d'une familière des lieux. C'est vraisemblablement la mère des deux marmots braillards, cette Mme Girard dont le patronyme s'étale en lettres bâtons au sommet du tableau de l'interphone. Juliet la dévisage. L'autre lui adresse en réponse un regard surpris ; il y passe aussi du soupçon ; et, pour finir, au moment où l'entrée s'illumine, quelque chose qui ressemble à un franc mépris.

Impossible de ne pas faire le rapprochement : Mme Girard lui a lancé le même œil que Blazeck, trois jours plus tôt. Mais Dieu merci, pour une fois, il n'est pas là, Blazeck, avec sa face de carême, son trousseau de clefs qui pendouille et son œil qui traîne. Juliet passe son chemin. Tout va bien.

D'un bond ou presque — comme tout va vite à présent ! —, la voici sur la marche d'où elle a découvert Steiner empêtré dans ses deux sacs-poubelles. Enfin, l'homme qu'elle a pris pour lui.

Elle ne se retourne pas. Car tout est limpide, désormais, sa religion est faite, elle a son idée sur la question et n'en démordra plus : l'homme des caves n'est pas, ne peut pas être Steiner. Il lui a suffi de raisonner froidement, comme elle l'a fait (du moins le croit-elle) pendant les deux jours qui ont suivi son appel à la Bibliothèque, pour se rendre à l'évidence : l'autre soir, elle a eu tout bonnement la berlue. La réalité est simple, toute bête, il n'y a pas une once de mystère dans cette histoire.

Pour autant, Juliet n'a pas soufflé mot à Dolhman de sa nouvelle hypothèse. D'abord parce que, à ses yeux, ce n'en est pas une. Elle y croit dur comme fer. Et puis, à quoi bon ranimer un débat qui les agace tous deux et n'avance à rien ? Après, elle verra après.

Après : le seul mot qu'elle ait en tête depuis l'autre matin. *Après*, c'est-à-dire *jamais*, car elle ne s'imagine pas d'avenir au-delà de ce 3 mars. Aujourd'hui, l'éternité commence. Sauf qu'à un moment ou à un autre de ladite éternité il faudra bien tout avouer à Dolhman. Mais on verra, on verra *après*, ce sera toujours assez tôt quand il sera trop tard. Quand elle sera montée dans la mezzanine. Quand elle aura parlé à Steiner. Quand Steiner lui aura répondu. Quand ils se seront tout dit. Quand les choses — enfin ! — seront claires. Quand...

Mais ne pas penser à cet *après*, le temps va basculer, il faut se contenter de le savoir et se laisser aller. Faire le vide, oublier. Gravir au plus vite l'escalier en s'abandonnant à cette évidence : l'homme des caves est un parent de Steiner. Un parent qui vit au fond de l'appartement et lui sert de factotum. Pas son jumeau, bien sûr, ce serait trop gros, ni même son frère, Steiner lui en aurait déjà parlé. Mais un cousin, un parent pauvre, oui, nécessairement pauvre. Et ressemblant à Steiner comme deux gouttes d'eau — tous ces mariages consanguins dans les îles... C'est clair comme le jour, mais on va toujours au plus compliqué ! En ce cas d'espèce, par exemple : le cousin de Steiner — car c'est certain, c'est un cousin — est malade. Du cœur ou de la poitrine, ou les deux à la fois, peu importe. Or Steiner est médecin. Il est donc logique qu'il l'ait pris sous son aile. Il y faut bien du courage, d'ailleurs, car ce cousin est un peu demeuré, sans raffinement, il fallait voir comme il jurait, l'autre soir — parfaitement *trivial*, aurait dit Dolhman. Mais, en échange de quelques menus services, Steiner ferme les yeux sur cette grossièreté. Il le protège. Il est d'autant plus indulgent que son cousin est plus âgé que lui. C'est lui qui porte des lunettes de presbyte, celles qu'elle a prises, l'autre jour, pour une monture de femme. Là encore, elle a eu la berlue. Bien sûr que ce sont les siennes, au cousin ! Et si Steiner ne parle pas de lui, c'est par pudeur. Trop de souffrance dans cette histoire, trop de passé qui pèse. D'où ses accès de dureté. Une défense, en fait. Il faut le comprendre, Steiner : l'exil, la ruine de sa famille. Mais, dans le fond, c'est un être délicat, attentionné. Aimant, peut-être. Il suffit de voir comme il s'est fait du mouron, l'autre soir. Et elle, sale froussarde, sale petite égoïste, qui n'a pensé qu'à elle et ne l'a pas rappelé...

Après tout, tant mieux, conclut Juliet en repoussant pour la centième fois ses mèches rebelles. La peur a mis de l'ordre dans les esprits. On sait maintenant où on va.

Et l'escalier, comme les autres fois, se met à s'envoler sous ses pas. Elle finit par s'essouffler, mais allez, du nerf, ce n'est pas le moment de flancher, la lumière baisse, des rafales commencent à cravacher l'oculus qui domine les dernières marches, depuis le ciel s'écroule une ultime cascade d'or gris, elle vient mourir contre la porte de Steiner, là où l'attend l'autre côté des choses : l'œil du miroir flamand, la maison des îles, le thé à la vanille, le paquebot *Cipango*, l'escalier métallique, la mezzanine, la vie vibrant comme un navire sous le vent...

La liberté ! La porte va s'ouvrir, le temps se retourner comme un gant. Le reste est maintenant derrière, en bas, dans l'escalier, dans l'impasse, dans la rue, dans la ville, fini, on n'en parle plus : plus de Dolhman, plus de Pirlotte, plus de Blazeck, plus de téléphone ni de manuscrits, plus de vague à l'âme ni de Bibliothèque, jamais, jamais plus, plus de journées à tuer, seulement elle et Steiner, la tempête et l'envers du monde, rien qu'elle et rien que lui, lui qui l'attend.

Elle s'est trompée, Juliet, Blazeck l'a vue, ce jour-là comme les autres jours. Il se trouvait près de la serre, au fond du jardin où il était occupé avec Marie-Véronique Girard à vérifier la serrure nouvellement installée sur la porte qui donne dans la rue parallèle à la villa d'Albray.

La scène a été fugitive. Ils ont été dérangés par une chamaillerie des gamins ; Marie-Véronique Girard, à bout de nerfs comme toujours en fin de journée, s'est ruée à leur poursuite et Blazeck n'a fait qu'apercevoir Juliet au moment où elle croisait l'occupante du rez-de-chaussée. Mais il avait assez bonne vue pour reconnaître la visiteuse et s'amuser de sa rencontre avec la digne Mme Girard. Il se souvient d'ailleurs fort bien de l'œil arrondi de cette dernière lorsqu'elle vit Juliet se diriger vers l'escalier ; et il décrit avec beaucoup de verve — un humour féroce, rendu encore plus pittoresque par son accent rugueux d'Europe orientale — la façon dont Marie-Véronique Girard pinça les lèvres quand il devint évident que l'inconnue montait chez Steiner.

Blazeck a noté la date de l'incident. Elle coïncide avec celle qu'a donnée Dolhman. La plupart du temps, du reste, les observations de Blazeck recoupent les siennes, il n'y a que la formulation qui change. Alors que Dolhman analyse, dissèque, détaille, joue sur les mots, bref, tourne des heures autour du pot, Blazeck, lui, question d'origine ou de milieu, n'y va pas par quatre chemins. Il est souvent brutal et ne craint pas non plus les remarques graveleuses. Elles n'en sont pas moins très précises. Si bien qu'on est fondé à penser que ce qui se passait au troisième étage du 9 l'intriguait depuis un bon bout de temps et qu'il a été sur le qui-vive dès la première visite de Juliet. Et comme celle-ci a spontanément signalé qu'elle a croisé Blazeck à peu près chaque fois qu'elle est venue chez Steiner, la conclusion s'impose : depuis le début, il l'espionnait.

Rien n'était plus facile. Officiellement en charge de la distribution du courrier et de l'évacuation des poubelles villa d'Albray, appointé au noir pour veiller à la sécurité du 9 par Jacques-André Girard — lequel possédait une superbe collection de tableaux et s'était persuadé que la terre entière en voulait à sa fortune depuis que son épouse s'était fait dépouiller de son sac à l'entrée de l'impasse, une nuit qu'elle rentrait seule —, Blazeck pouvait aller traîner autour du repaire de Steiner aussi souvent qu'il le souhaitait. Il avait sans doute déjà remarqué que ces visites obéissaient — et pour cause — à un rituel bien déterminé : toujours en semaine, l'après-midi, plutôt en fin de journée, jamais le samedi ni le dimanche. Il avait donc tout loisir d'organiser son guet.

Blazeck répugne à l'avouer, mais il ne le nie pas non plus ; et ses déclarations, dans leur rudesse même, démontrent qu'il se fit très vite de Juliet une idée fort juste : « Celle-là (même quand il apprit son nom, Blazeck répugna toujours à l'employer et se contenta d'un "celle-là" qui était le signe de son admiration, mais aussi, curieusement, une marque de mépris, sans doute due à l'issue du drame), celle-là, oui, belle femme, mais elle était spéciale. Pas comme les autres, celle-là ; elle avait l'air de savoir où elle allait. Jamais les yeux dans ses poches, pas le genre qu'on aime à avoir comme patronne, pire que la mère Girard ; elle voyait tout, enfin presque. Bien fichue, ça oui, très bien fringuée, mais avec quelque chose en plus, elle se distinguait vraiment, elle avait, ah, quelque chose, je vois bien quoi mais le mot... Je ne le trouve pas, le mot... »

Comme Dolhman, comme Marie-Véronique Girard, lui aussi, Blazeck, quand il parle de Juliet, bute sur ce *quelque chose* qu'il n'arrive pas à définir. C'est pourtant dans ses confidences qu'on trouve la description la plus approchante de ce que fut Juliet Osborne à cette époque de sa vie ; ses déclarations permettent donc de comprendre le trouble qu'éprouva Steiner quand il la rencontra.

Pour ce qui est de la fidélité du portrait, Blazeck parvient même à surpasser Dolhman, qui pourtant connaissait Juliet depuis presque vingt ans. Mais Dolhman avait eu le temps de s'accoutumer au charme de Juliet. Certes, il ne pouvait plus se passer d'elle mais elle était devenue pour lui ce que les Britanniques appellent une *vieille flamme*, il l'aimait passionnément, autant qu'au premier jour, mais sans plus sentir, sans plus savoir pourquoi. En revanche, quiconque rencontrait Juliet pour la première fois ne pouvait qu'être frappé par sa singularité ; on n'arrivait pas davantage à la définir, on se heurtait toujours à un *comment dire ;* et, dans une bouche populaire un peu rude comme celle de Blazeck ou de Pirlotte, on finissait immanquablement par entendre la même épithète : *spéciale*.

Seulement Blazeck allait plus loin, ajoutant : « Spéciale, oui, ça, pour être spéciale... Rien comme les autres, très bien attifée, c'est sûr, mais pas vraiment dans le vent : à part, tout à fait à part. Et puis, toujours quelque chose qui clochait, un bas filé, des mèches de travers, convenable et pas convenable du tout ; plein d'étoiles au fond des yeux quand elle poussait la porte du 9 ou qu'elle prenait l'escalier, mais pas comme les autres, celle-là, vous comprenez, son œil n'avait pas la même façon de *friser*, il y avait toujours une drôle de lumière qui brillait par-derrière ; un peu fofolle, cette fille, allumée, comme on dit maintenant, mais aussi très maligne, sacrément maligne. Vraiment à part, je vous dis, sous ses airs bien élevés. Et toujours en forme, vous l'auriez vue cavaler dans l'impasse, certains jours, ou grimper l'escalier. Le feu aux fesses, on aurait dit. Elle ne devait même pas le savoir. En tout cas, je ne lui aurais jamais donné son âge. Alors, futée comme elle avait l'air, je n'ai jamais compris pourquoi elle allait perdre son temps au troisième... Elle devait s'embêter. Ou elle était curieuse. Comme toutes les femmes. Mais elle l'était beaucoup plus, celle-là, sûr, beaucoup plus. Je vous dis : toujours à espionner, jamais les yeux dans ses poches. Une vraie fouine. »

Hormis ces dernières phrases — hommage involontaire du vice à la vertu, mais Blazeck ne s'y livra qu'une seule fois —, le reste de ses tirades est invariablement de la même eau. Il reprend son antienne à perte de vue sans y apporter d'autre élément probant ; et il la ponctue inlassablement du même soupir, un proverbe de son pays : « Toujours la même histoire, quoi, depuis que le monde est monde. Comme on dit chez moi : *quand passe la femme, le diable se prosterne ; elle est née trois jours avant lui...* »

D'après Juliet, l'élément le plus marquant, ce soir-là, hormis la tempête et la panne qui s'ensuivit, ce fut le cahier que Steiner, comme promis, voulut lui montrer. Manifestement, il avait organisé sa mise en scène : l'objet était placé bien en évidence sur la table basse, au cœur du cercle d'ambre que prodiguait la lampe. En pénétrant dans le salon, on ne voyait que lui.

Le thé était déjà prêt — sans façons, cette fois : pas de tartes ni de scones, tout juste quelques effluves de vanille. Steiner s'empressa de le servir. Juliet n'avait pas sa tasse en main qu'il s'approcha et s'empara du cahier.

A proprement parler, ce n'était qu'une liasse de papier machine d'une soixantaine de feuillets. Elle ne comportait pas de couverture et était assemblée de la façon la plus sommaire : deux pinces de métal grêlées d'un léger picot de rouille. Le texte était dactylographié. Un carbone avait laissé des traînées violettes au verso du papier. Environ toutes les cinq pages, on avait intercalé des feuilles beaucoup plus épaisses, du genre Canson, où étaient collés des clichés en noir et blanc, vraisemblablement des agrandissements, tirés sur un support brillant. Leur grain était assez flou. Tous étaient numérotés et assortis de légendes manuscrites. Celles-ci étaient rédigées en allemand, comme le texte.

Il était malaisé de se faire une idée de la teneur de ce manuscrit, Steiner tournait les pages trop vite et ne s'arrêtait qu'aux feuilles où étaient collées les photos. L'allemand de Juliet, de surcroît, était plutôt lacunaire. Elle en savait cependant assez pour estimer qu'il pouvait s'agir, ainsi qu'il le lui assurait, d'un recueil de souvenirs familiaux ; et que le narrateur —

ce *Ich* qui revenait au moins dix fois par page — était une femme.

Sa mère, précisa-t-il. Il ajouta que c'était elle qui avait légendé les clichés. Le texte n'était certainement pas un original, car il ne comportait aucune rature et la frappe en était parfaite. Il avait dû être confié à quelque dactylographe professionnel. Les caractères de la machine, parfois baveux, souvent décalés, semblaient ceux d'une vieille Remington des années quarante. Les clichés, en revanche, étaient plus récents : sur l'un d'eux, on remarquait un transistor. On relevait aussi, sur une autre photo, les lunettes solaires portées par la femme que Steiner présentait comme sa mère : un modèle dit *papillon*, à monture exagérément strassée ; et surtout la solennelle Austin Healey — une carrosserie caractéristique de l'après-guerre — qui revenait sur plusieurs agrandissements, au moins trois d'entre eux : garée devant une usine, de biais devant un lagon, enfin surgissant de fourrés exubérants qu'une légende désignait comme le domaine de Bel Ombre.

« L'Austin Healey ! soupira Steiner lorsqu'il commenta ce dernier cliché. Elle résume notre vie là-bas : solide, vous comprenez, increvable, impossible d'en imaginer la fin. Comme ma famille... Nous étions là depuis deux siècles et demi, nous étions riches, puissants, heureux. La vie facile. Une fleur se fane, une autre la remplace. Les jours qui s'enfilent comme les perles d'un collier. *Après*, *avant*, ça n'avait pas de sens dans une famille comme la nôtre. Je me suis longtemps demandé pourquoi. Il y a quelques mois, j'ai fini par trouver : il y a trois siècles, quand les premiers colons sont arrivés, l'île était déserte, nous étions les premiers. Et puis l'éloignement, l'océan à perte de vue... L'île était pour nous comme un bateau, vous comprenez, un bateau dont nous étions les seuls maîtres, à jamais. On le croyait insubmersible... »

Il était si exalté qu'un souffle étranglait la chute de ses phrases. L'émotion, enfin ! se disait Juliet. J'ai eu raison de venir, voici que s'ouvre, comme promis, la route qui me mène vers lui ; et le chemin qui le conduit vers moi.

Ne pas bouger, surtout, se répétait-elle, ne rien demander, laisser faire, laisser aller. Laisser la chaleur s'enfuir des flancs pansus de la théière, ne pas toucher aux tasses sur le plateau de laque ; car bientôt plus de mystère, plus de vie à double fond, tout va s'expliquer, non seulement la mezzanine et l'homme des caves, mais ces énigmatiques petits riens — les rayures sur les meubles, les lunettes, les livres qui vont et viennent, les bruits, les initiales *RB* entrelacées sur la théière. Attendre simplement que le secret s'évente de lui-même, en douceur, laisser dire, laisser faire.

Se laisser faire. Steiner parlait.

« ...Bel Ombre, c'était le nom du domaine. Bien sûr, le plus gros de notre fortune, c'était la compagnie maritime. Mais cet aspect-là des choses n'intéressait pas mon père ; pour lui, les actions d'une société n'étaient que du papier, il n'y comprenait rien, il en abandonnait la gestion à mes oncles. Lui, mon père, n'aimait que la terre. La terre de là-bas, bien chaude, grasse, avec ses odeurs, de vraies odeurs. Les plantations de thé, les champs de canne, la sucrerie, le domaine. Des champs à perte de vue, entre plaine et montagne. Et des forêts, des chasses. Enfin la maison, le centre de tout. On l'avait agrandie au fil des générations, elle était très ancienne, beaucoup plus ancienne que le domaine. C'était d'ailleurs elle qui lui avait donné son nom, Bel Ombre. A cause des arbres qui l'entouraient et la maintenaient si fraîche en toutes saisons. Des ébènes et des colophanes, des essences qui remontaient à la vieille forêt primitive. Tout autour de la maison, à perte de vue, rien que des frondaisons... »

Il parle comme un livre, Steiner, mais sans le moindre accent, ce qui étonne Juliet, car elle sait qu'aux îles, souvent, les phrases se roucoulent ; tout de même, de loin en loin, il lui vient des mots qui sentent le tropique : *coolies, case, varangue, curry, filao*. Seulement, on dirait qu'il les prononce à regret. Il faudrait lui demander pourquoi.

De temps à autre, quand Steiner reprend souffle — il parle vraiment trop vite, par moments on dirait qu'il récite un texte appris par cœur — revient aussi à Juliet la vision brève et féroce de l'autre soir, le torse maladif entraperçu dans l'échancrure de la chemise écossaise ; et, dans le même temps, la tentation de poser une autre question.

Elle parvient toujours à se reprendre : non, ces yeux-là, qui courent de photo en photo, même s'ils sont aussi sombres et enfoncés que ceux de l'homme des caves, et bistrés comme eux par des nuits sans sommeil, ne sont pas d'un hideux charognard ; et ces mains, certes très ressemblantes à celles de l'autre, longues et noduleuses comme elles, ne sont pas faites pour les basses besognes ; non, décidément non, il suffit de voir avec quel soin, quel amour elles soulèvent, elles effeuillent le papier fatigué du cahier. Et la voix, que dire de la voix, de ce vibrato à la fois rauque et suave qui, à lui seul, fait la différence ? Non, vraiment, rien à voir !

Aucun rapport, se persuade Juliet au fur et à mesure que Steiner commente les photos ; l'homme de l'autre soir ne pourrait pas non plus proférer des phrases aussi émues, aussi justes — oh oui, justes, comme il maîtrise les mots, Steiner, comme ils sonnent bien sous sa langue ! Tendres, vrais, lumineux. A l'écouter, c'est la vie entière qui s'éclaire. Quelle beauté !

Surtout, depuis qu'il lui raconte son histoire, Juliet se sent plus forte, plus jeune, elle n'est plus seule, mais avec lui, reine d'une île où tout coule de source, tout va de soi, loin des questions qui brûlent, du doute qui corrode. Pourquoi ne pas prendre le bonheur ainsi qu'il le lui offre, un ciel franc, une enfance aux couleurs d'aurore, une vie qui renaît comme une aube de mer ?...

La voici donc sur cette terre qui ressemble au petit matin, sur ses sables frais, dans ses lumières de vent. Les champs sont féconds, inépuisables ; les rivières allègres, comme la voix de Steiner. L'île, à l'écouter, est plus jeune que la jeunesse.

Des dynasties surgissent, d'autres maisons que Bel Ombre — mais Steiner va trop vite, dommage, pas le temps de noter les noms, pas moyen de l'interrompre, voici déjà d'autres terres, d'autres domaines ; une énorme fortune, des morts, un héritage. Un couple se marie — les parents de Steiner. L'amour fou. Des enfants naissent. Trois, dit-il ; lui fut le dernier. De l'argent coule, il coule à flots, autant que le soleil sur les palmiers de Bel Ombre.

Juliet suit mot à mot la bouche de Steiner, son doigt qui commente l'une après l'autre les photos du cahier. Elle se fond dans ses souvenirs, s'y laisse engloutir : « ... Tout au bout du domaine, il y avait une chute, une vraie cascade naturelle qui se déversait dans le cratère d'un ancien volcan. On y allait à cheval, il y poussait une orchidée qu'on ne trouvait que là-bas, une fleur très rare qu'on appelait la *fleur du gouffre*. A la saison chaude, ma mère organisait là-haut des réceptions fabuleuses. Il y avait un orchestre, les invités dansaient, faisaient les fous, mes parents aussi. C'était une fête très courue. Parce que, vous savez, il faisait toujours frais à Bel Ombre. Bel Ombre au masculin, notez bien, exactement comme il y a trois siècles — preuve que le domaine était l'un des plus anciens du pays, du temps où l'on savait encore ce qu'on disait. Et pourquoi on le disait... »

Une nouvelle fois, Steiner s'arrête, le souffle lui manque. Mais il continue de se tenir bien droit contre le dossier du canapé. En dehors de cette haleine saccadée, pas un bruit ; en tout cas, pas dans l'appartement, car dehors la tempête forcit, les rafales flagellent les fenêtres, on entend des claquements dans l'impasse, des raclements — peut-être les poubelles, devant les immeubles, que les bourrasques malmènent et renversent.

Elle repense à l'homme des caves. Non, rien à voir. Ce halètement qui oppresse parfois la poitrine de Steiner n'est que le battement d'une mémoire trop longtemps asphyxiée, l'ultime prière du silence, du secret. Il faut le laisser continuer, même s'ils paraissent parfois trop beaux, ces souvenirs étouffés, au moment où, comme par miracle, ils reprennent vie et couleur. Pourquoi bouder son plaisir, son ivresse, pourquoi refuser de se laisser envoûter, pourquoi répugner à devenir, comme tout l'y invite dans le récit de Steiner, la jeune femme à chapeau de paille et lunettes de soleil qui parade devant la maison à colonnades et la glorieuse Austin Healey ?

Juliet bascule enfin dans l'histoire. Voici qu'elle part inspecter la sucrerie ; l'automobile dévale les plantations de thé, roule à tombeau ouvert entre les champs de canne ; s'arrête au bord d'une plage où elle se grise d'embruns et d'épices autour d'un barbecue. Retour à Bel Ombre ; elle écoute à présent son transistor sous la varangue de la maison, donne des ordres à ses *coolies*, comme dit Steiner. Un régisseur fourbit les armes avant la chasse, voici maintenant ses enfants devant la cascade fusils en bandoulière. Elle leur caresse la tête.

Aufbruch zur Hirschjagd

est-il consciencieusement indiqué sous le cliché — « Départ pour la chasse au cerf », traduit tout aussi scrupuleusement Steiner.

Le temps s'arrête, un ange passe. Une fois encore, Steiner reprend souffle : « C'était l'Eden, vraiment. Et comment raconter l'Eden ? »

Juliet ne répond rien. C'est qu'il n'y a rien à dire : elle a déjà deviné la suite, le bonheur qui appelle le malheur. La tragédie, comme la joie, sera absolue.

Elle ne s'est pas trompée, la voix de Steiner blanchit. A phrases lentes, mesurées, il entame le récit de l'incendie, les douze cadavres qu'on retrouva dans la sucrerie après le drame, douze corps au nombre desquels ses frères. Les vautours, ajoute-t-il, en la personne de ses oncles, n'attendaient que ce malheur, ils veillaient depuis longtemps à la grille du domaine. Dettes, querelles d'héritage, procès. En quelques mois, la ruine est là, sans appel. Enfin son père meurt ; voici l'exil.

Steiner s'arrête enfin, dévisage Juliet. Elle ne bouge pas — même pas un frisson. Alors il baisse la tête, referme le cahier, agite un moment, tel un chimiste examinant un dépôt en suspension, le thé stagnant au fond de sa tasse ; mais c'est plus fort que lui, il faut qu'il s'empare à nouveau du cahier, qu'il le reprenne à son début, qu'il s'arrête derechef sur le premier cliché, puis sur le deuxième, le troisième, comme infirme, incapable de renoncer à tout ce bonheur embaumé sous la lumière du tropique. Nouvelles histoires, nouveaux souvenirs, autres noms, autres dates. Juliet ne suit plus très bien, sa tête est ailleurs, l'alcool des mots ne la grise plus — elle raisonne.

Si bien que l'extravagante jeune femme aux cheveux immuablement dissimulés sous son chapeau qu'elle était encore l'instant d'avant (elle a même gardé son couvre-chef, la belle Allemande, quand elle s'est baignée nue sous la cascade du domaine) redevient brusquement Mme la Conservatrice en chef, tête froide et verbe sec : Mme Osborne, avec la petite idée qui lui trotte dans la tête depuis qu'elle est là, bien droite et bien convenable, sur son canapé, à écouter les histoires de Steiner et à tenir sa langue ; et comme la tentation est devenue trop forte, voilà, sans plus de façons, qu'elle choisit de briser le charme, l'index pointé sur le cliché de la cascade, plus précisément encore sur le plus jeune des gamins ; et rougissant jusqu'aux oreilles, elle s'entend lâcher ces mots détestablement raisonnables, sans poésie, *triviaux*, aurait dit Dolhman : « Je ne comprends pas, vous avez les cheveux si noirs... Alors que vos deux frères étaient blonds comme les blés... »

La réponse tombe aussitôt, elle n'a rien de sec, elle est seulement mélancolique : « Moi, je ressemble à ma mère. »

Steiner ne semble pas surpris, ni même heurté. Juliet avance à nouveau son doigt vers le cahier. Ce qu'elle cherche, c'est une photo de Steiner enfant. Avec sa prescience habituelle, il devance son geste et sa question : « Vous n'y trouverez pas de photo de moi. J'étais trop petit, à l'époque. Et de santé tellement fragile ! J'ai passé des semaines à l'hôpital. Je restais toujours avec ma nurse. Il a même été question de m'envoyer en Europe, dans un sanatorium. »

Il soupire à nouveau, ébauche un geste qui semble signifier : laissons tomber, c'est de l'histoire ancienne. Et reprend : « Ce cahier, c'est l'image que ma mère se faisait du paradis. Elle lui avait d'ailleurs donné un titre qui le laissait entendre, quelque chose comme *Les Enfants d'Eve*. C'était bien de ma mère, une idée pareille ! C'était une originale, elle aimait beaucoup écrire. Des cahiers comme celui-ci, elle en a rédigé cinq ou six. »

La tentation renaît, plus violente encore que la fois précédente, et Juliet ne résiste pas davantage, la question vient toute seule : « Elle s'appelait comment ? »

Pour la première fois depuis qu'elle le connaît, Juliet voit Steiner ciller. Un mouvement froid, extrêmement bref, on dirait très exactement l'ouverture et la fermeture d'un objectif photographique. Cependant, il finit par laisser tomber, toujours aussi neutre : « Suzanne. »

Il n'a pas cité de nom de famille. Le texte est rédigé en allemand, calcule Juliet. Serait-ce que son patronyme ait été trop connu — trop tristement connu ? Et Steiner, c'est le nom de qui, du père ? C'est pourtant la mère qui est allemande. Serait-il un enfant illégitime ? Mais ce prénom, Suzanne, ne sonne pas très germanique... Et le père, le père de vieille souche française, comment s'appelait-il donc ?

Steiner a dû sentir qu'elle s'est remise à spéculer, car il reprend aussitôt son histoire là où il l'a laissée : « Ma mère commençait toujours par classer les photos, et c'est seulement ensuite qu'elle rédigeait son texte. D'ordinaire, les gens font le contraire. Seulement, ma mère, comme vous avez déjà pu en juger d'après ses photos, ne faisait rien comme personne. Elle a consacré un de ses cahiers rien qu'à moi. Elle l'a écrit juste avant de mourir. Je venais de fêter mes vingt-trois ans. Je vous le montrerai plus tard. Un jour, vous verrez... »

Juliet se redresse, jette un coup d'œil à la mezzanine. Rien ne bouge ; elle exulte : Dolhman s'est bel et bien trompé, pas de mère dans l'appartement de Steiner — forcément puisqu'elle est morte —, pas de momie, ni au propre ni au figuré ; Steiner ne vit pas dans le culte posthume de sa génitrice, il en parle avec trop de détachement, trop de sérénité. L'étrange locataire de la mezzanine doit être quelque cousin âgé. Ou une vieille nurse. En tout cas, la voie est libre.

La jubilation de Juliet est à présent sans bornes : non seulement elle a vu juste, mais Steiner vient de dire *un jour*, il vient de dire *plus tard*. Il y aura donc d'autres soirs, d'autres moments aussi fervents, où il lui expliquera le reste, tout le reste. Cela se fera tout seul, comme aujourd'hui, en douceur ; comme en cet instant où, de lui-même, il rouvre le cahier, où il revient au cliché qu'il a tout à l'heure si longuement commenté, celui où l'on voit les *deux garçons*, comme il les nomme — il ne les appelle jamais par leur prénom, mais cela se comprend, il n'a pas dû beaucoup les connaître. Ils doivent avoir dix, douze ans ; on les a fait poser devant la cascade avant leur départ pour la chasse. Et il poursuit : « J'avais sept ans quand le drame s'est produit. Je ne me souviens que de l'odeur de l'incendie. Une odeur de caramel. Depuis, le caramel me fait toujours penser à la mort. C'est bizarre.

Bizarre mais, comme me l'a ensuite enseigné la médecine, parfaitement normal... »

Cela fait longtemps, on dirait des siècles, que Steiner n'a pas parlé de ses études, de ses recherches. Comme il est humain ! s'attendrit Juliet. Et elle recommence à se reprocher ses doutes. Elle est même tout près des larmes quand elle l'entend recommencer à égrener ses récits : « ... La catastrophe fut épouvantable, à la mesure de la taille de la sucrerie. Dix morts, tous des *coolies* bloqués dans l'entrepôt de canne. Mes parents ont couru là-bas. Ils y ont passé la nuit, mais rien à faire, tout a brûlé. C'est le lendemain matin, quand ils sont rentrés à Bel Ombre, qu'on s'est aperçu que mes frères n'étaient pas rentrés. Je me souviens très bien comment ma mère a compris les choses. Au silence, simplement au silence. Tout le monde se doutait, tout le monde se taisait. Mes frères faisaient tellement de bêtises. Mes parents sont repartis là-bas. Deux heures après, ils ont retrouvé leurs corps dans les décombres de l'entrepôt. Enfin, ce qu'il en restait. »

Encore un geste de la main droite comme pour tenter de repousser ces souvenirs dans le néant d'où ils n'auraient jamais dû sortir ; et un dernier souffle avant de reprendre : « ... Alors, quand mon père s'est tué, six mois plus tard, au volant de l'Austin Healey, on a pensé qu'il l'avait fait exprès. Il ne s'est trouvé que ma mère pour affirmer le contraire, crier qu'il aimait trop la vie, qu'il l'aimait trop, elle. Personne ne l'a contredite. Mais tout le monde savait que, depuis la mort de ses deux aînés, il ne croyait plus à rien. Même plus à ma mère. Pourtant, ils s'étaient tellement aimés ! Il l'avait rencontrée en Afrique du Sud, ils s'étaient mariés presque aussitôt, un vrai coup de foudre. Et, dans la famille, quel orage à ce moment-là !... On avait été jusqu'à jurer à mon père qu'un fantôme était venu rôder à Bel Ombre pour avertir la maisonnée que ce mariage serait un échec. Je ne sais si c'est vrai ; en tout cas, mon père n'a écouté l'avis de personne et l'affaire a été conclue en moins d'un mois. Au scandale général, surtout celui de ses frères, mes oncles. Jamais ils n'auraient osé une chose pareille ; en ce temps-là, les mariages se nouaient entre familles de l'île et les fiançailles duraient des années. Quant à ma mère, son geste fut encore plus beau. C'était une cantatrice, elle était en pleine tournée quand elle a rencontré mon père, elle a tout lâché pour lui, elle a renoncé à tout, au chant, à sa famille, à la gloire. Elle était allemande, par-dessus le marché. Essayez d'imaginer... En 1939, une Allemande épouser un Anglais ! »

Nouveau silence. Juliet le comble immédiatement : « Mais alors, Steiner, c'est le nom de qui ? »

Il repousse le cahier, se durcit ; on dirait aussi que la tempête, dehors, se met à redoubler.

Juliet se dit que, cette fois, elle est allée trop loin, que Steiner, c'est sûr, va la prendre de haut, lui assener une de ses phrases mortifiantes, bien assassines, lui reprocher par exemple d'être inquisitrice, lui opposer que cela ne la regarde pas, qu'elle fourre son nez partout, la traiter de flic, pourquoi pas ? Le pire, c'est que, là-dedans, il y aurait du vrai, pas mal de vrai...

Mais, à sa grande stupeur, Steiner se fait amène, il sourit ; et c'est bien volontiers qu'il lui répond. Il se fait pédagogue, tout à coup, déversant un luxe de détails : « Comme tout le monde, vous tombez dans le piège ! Steiner est un nom français. Je veux dire par là qu'il est celui d'un Français, l'un des premiers colons de l'île, débarqué en 1723. Un marin, paraît-il, venu tenter fortune. Quelles étaient ses origines exactes, personne ne l'a jamais su. En tout cas il était français, il a fondé une famille française et, comme toutes les autres, cette bonne famille française est devenue britannique après la chute de Napoléon. Tout s'est compliqué au siècle dernier, quand un de mes arrière-grands-pères a épousé la fille d'un officier britannique, une certaine demoiselle Bennett. Lorsqu'elle a eu son premier fils, elle lui a donné un prénom de son pays. C'est celui que j'ai reçu un siècle plus tard. Regardez... »

Il rouvre le cahier et pointe à la première page une mention manuscrite, une dédicace que Juliet n'avait pas remarquée. Elle est pour une fois rédigée en anglais : « *To Roy Curtis*. » L'écriture est la même que celle qui, en allemand, a légendé les photos.

Quelque chose ne va pas, se dit Juliet, mais elle ne voit pas quoi. Sans doute le prénom que Steiner vient de lui montrer, comment déjà ? Roy Curtis... Il ne l'a pas prononcé, comme s'il y avait là un artifice ; elle aussi, elle le sait déjà, sera incapable de le prononcer, même dans ses bras.

Il faudrait trouver une nouvelle question, mais laquelle ? Laisser faire, se répète-t-elle une fois de plus. Ce n'est d'ailleurs pas bien compliqué, Steiner, décidément intarissable, a déjà repris le fil de son histoire :

« ... Le fantôme dont je vous ai parlé, c'était elle, cette arrière-grand-mère anglaise. D'ailleurs on ne disait jamais *le fantôme* ni *le revenant,* on l'appelait *l'Anglaise,* on parlait d'elle comme d'une personne vivante. Elle ne se montrait qu'au premier étage, dans une suite de chambres qu'on avait désaffectées à cause des termites qui rongeaient la toiture. Dans ma famille, tout le monde l'a vue, sauf ma mère. Elle, elle ne montait jamais là-haut, toutes ces histoires la révulsaient. Pas moi, bien au contraire ! Et je l'ai aperçue une fois, l'Anglaise, quand j'étais petit. Une vision confuse, très rapide, mais je me revois très bien, en bas de l'escalier, en train de jouer avec mon chien ; je lève la tête et vois une femme qui passe en effleurant la balustrade, en très longue robe jaune pâle, une robe du *vieux temps,* comme disait ma nurse. Elle tenait une rose à la main ; elle s'est penchée par-dessus la rampe et l'a agitée ; et puis plus rien, rien que l'odeur, le parfum de la fleur, tenace, entêtant, reconnaissable entre mille. Ce n'était pas celui d'une rose. Elle sentait le frangipanier. »

Est-ce ce mot ? Le sortilège reprend force, le charme enivre à nouveau l'esprit de Juliet, il s'en faut de peu qu'elle ne la voie, cette femme en robe longue, là-haut, dans la mezzanine, et, pour un peu, elle le respirerait à son tour, le parfum ; pointilleuse comme elle est, il ne lui manque plus qu'une chose, maintenant, un rien pour parfaire son bonheur, cet instant où elle va basculer dans les bras, dans le monde de Steiner : le nom de sa mère.

Ne pas poursuivre, s'interdit-elle. Si je pose la question, je perds tout.

Et elle se tait. De toute façon, elle n'a pas le temps de parler. Alors que Steiner, comme pris à son propre envoûtement, emporté corps et âme par la force de son histoire, enchaîne sur son départ de l'île (« Une nuit sans lune, sur un paquebot de la compagnie, on n'avait même pas eu le temps de le baptiser, il s'appelait *Paquebot numéro 4*, et il faisait froid, cette nuit-là, vous n'imaginez pas, c'était juste après un cyclone, une nuit poisseuse, des brumes épaisses, une nuit comme il y en a rarement là-bas, glaciale, sans étoiles... »), alors que, soumise à nouveau à l'emprise de Steiner, à la violence sournoise de son verbe, à sa redoutable contagion, Juliet se sent gagnée de frissons, engloutie par la peur, la tristesse, le froid et les ténèbres, c'est là précisément, tout au fond de cette nuit, comme par la toute-puissance d'un dieu sarcastique, que l'appartement sombre dans le noir — une panne d'électricité.

Elle a bien cru bien entendre un mot grossier, comme l'autre soir, un juron étouffé. Mais elle n'en est pas certaine : sur le coup, elle n'a pas réfléchi, pas eu peur, pas même repensé à la scène des caves. Elle s'est seulement dit : « Ça y est, c'est le moment ou jamais. »

Car Steiner avait ajouté, bien haut cette fois, bien posément : « Ne bougez pas, je vais voir. » Et elle l'a senti filer dans le noir. Puis elle a vu jaillir dans l'entrée le pinceau d'une lampe : il avait dû l'extirper prestement d'un placard. Sans doute était-il coutumier de ce genre d'incidents : il répéta, toujours aussi calme : « Le disjoncteur. Ne bougez pas, je vais voir. » Et il disparut du côté du couloir.

Juliet s'avança à son tour dans l'obscurité. Elle n'avait pas la rapidité de Steiner mais elle s'y retrouva sans peine — il est vrai que ce salon, elle se l'était souvent repassé en rêve. Quand elle parvint dans le vestibule, elle devina que Steiner avait entrepris de manipuler des fusibles : différentes parties de l'appartement ne cessaient plus de s'allumer et de s'éteindre dans le plus grand désordre. On se serait cru au théâtre, quand les éclairagistes s'amusent à dérouter les spectateurs ; aussi, à l'instant où Juliet se trouvait au pied de l'escalier menant à la mezzanine, au tout dernier moment, elle recula. Mais, à la même seconde, une autre idée la prit, une idée de femme : la cuisine.

Bien sûr, la cuisine ! Comment n'y a-t-elle pas pensé plus tôt ? La cuisine, où se lit la vie bien mieux que dans les chambres... Et puis, si elle tombe sur Steiner, la réponse sera facile : « Où puis-je me laver les mains ? » Elle continue donc d'avancer dans le couloir.

Comme elle l'a remarqué dès le premier soir, il s'enroule en courbe douce autour de l'appartement.

Elle le suit à pas lents, guidée par ces lumières qui, au rythme des manipulations exaspérées de Steiner, illuminent telle ou telle pièce.

Y a-t-il quelqu'un, au fond de ce labyrinthe, qui manœuvre des interrupteurs, coordonne en silence ses efforts avec les siens ? Juliet écarte la question, elle n'a pas peur, elle est sûre d'elle, tout à ce qu'elle découvre : au fond du corridor, deux portes dont la peinture s'écaille. Elle n'ose les pousser, revient sur ses pas, s'arrête devant un mur garni à mi-hauteur d'une série de vitres par lesquelles on distingue une pièce où la lumière vient de se rallumer. C'est la cuisine, justement.

De quoi voir sans être vue, exactement ce qu'elle souhaite. Elle se poste en retrait de la première vitre et risque un coup d'œil. Ce qu'elle aperçoit pour commencer, c'est Steiner, de dos. Il est juché sur un escabeau, devant un placard ouvert qui jouxte une porte aménagée dans un mur en pan coupé comme dans l'entrée de l'immeuble. Le placard est très sale, dépourvu d'étagères, et n'a guère de profondeur ; il abrite simplement des fils qui pendouillent et la série de fusibles sur lesquels s'escrime Steiner.

Cette installation paraît bien vétuste au regard de la cuisine elle-même ; sans être de la première fraîcheur — çà et là, comme au fond du couloir, la peinture a sauté par plaques —, la pièce aligne un solide équipement d'appareils ménagers d'une marque peu courante, américaine, mais réputée pour son extrême robustesse. Cependant, ils n'ont pas l'air récents. Dans un angle, un petit téléviseur et une table carrée en formica bleu pâle : celle-ci remonte franchement aux années cinquante. Derrière cette table, un passe-plat. Il a dû communiquer avec une salle à manger, mais il est condamné. On l'a transformé en étagère et on y a rangé une bonne dizaine de livres de cuisine, plus un amoncellement de boîtes de médicaments.

En dehors du placard où s'affaire Steiner, la pièce est parfaitement nette ; mais de cette propreté qui sent la vie récitée par cœur, le grain des jours qui coulent sans surprise. L'exact opposé de ce que Juliet vient de vivre — ou de ce qu'elle a cru vivre — en écoutant les récits de Steiner.

Car ce terne marécage a englué son héros, il ne tire manifestement rien de son placard à fusibles, voici qu'à bout de nerfs il s'appuie contre le mur et, l'espace d'une courte seconde, revient derechef à Juliet l'image de l'homme adossé à la porte des caves. Elle détourne aussitôt les yeux.

Elle s'en veut, elle se dit qu'elle n'aurait jamais dû quitter le salon, qu'elle aurait mieux fait de rester à rêvasser dans le noir en écoutant la tempête.

A l'instant où son regard prend la fuite, une lueur l'arrête au beau milieu de l'alignement des appareils ménagers : celle d'un four en marche. Derrière sa vitre, un plat. Deux bouchées à la reine.

L'œil de Juliet court du four à la table : un emballage déchiré, celui d'un traiteur, et deux couverts.

Ils vont donc dîner ensemble.

Vite, qu'il en ait terminé avec ses fusibles ! Vite, courir au salon et l'attendre avec ses assiettes en faisant l'innocente...

Mais, revenant à Steiner dont les doigts noueux continuent de s'évertuer sur les moulages de porcelaine, son regard tombe sur un panneau de plastique verni placardé à droite du réfrigérateur. C'est ce qu'il est convenu de nommer un pense-bête. Il est encadré de jaune ; un stylo, sans doute muni d'un aimant, est arrimé en haut et à gauche du tableau. Suit une liste calligraphiée avec une rare élégance :

> *vinaigre*
> *timbres*
> *papier alu*
> *pressing*
> *pharmacie, dentifrice, ordonnances*
> *(trinitrine + la mienne)*

Plus une mention en travers, d'une autre écriture, en majuscules celle-là, très brouillonne : *CIRAGE HAVANE*

Enfin le dernier mot, qui fut aussi le pire. Celui qui a fait que Juliet a dans l'instant rebroussé chemin. Un coup de chance, d'ailleurs, car presque aussitôt la lumière a envahi l'appartement, elle n'a eu que le temps de courir au salon comme une gamine, mais sans pouvoir reprendre place dans le canapé avant l'arrivée de Steiner.

Elle s'est aussitôt reprise, ne lui a pas laissé le loisir d'être interloqué ni de poser des questions : elle est passée devant lui, royale, et, comme si elle se trouvait chez soi, elle a ouvert le placard de l'entrée, empoigné son manteau, entrebâillé la porte, et, sur le seuil, comme très sûre d'elle, elle a jeté : « L'heure tourne, il faut que je parte. Je te rappellerai. »

Oui, Juliet l'a tutoyé, Steiner, ce soir-là, et elle ne s'en est rendu compte qu'une fois dans le passage. Elle ignore d'ailleurs comment elle s'y est retrouvée, dans l'impasse : aucun souvenir de l'escalier, du vestibule, de la minuterie ni même de Blazeck (qui, lui, l'a bien vue), anéantie qu'elle était par le dernier mot qu'elle avait déchiffré sur la liste, tracé d'une magnifique et altière écriture :

collants

« Elle m'a rappelée dès qu'elle est sortie de là, a déclaré Dolhman. D'un café, sans s'en cacher. Et elle m'a tout raconté. D'un bloc, sans fioritures. On aurait dit qu'elle venait à la police se constituer prisonnière. Je n'ai pas eu à poser de questions. De toute façon, rien qu'à sa façon de présenter les choses, j'ai compris qu'il fallait mettre un sérieux bémol. Je me souviens très bien de la façon dont elle a commencé : "Tu avais raison, Steiner vit avec une femme." Puis elle a dévidé son histoire d'un trait, de la même voix neutre, avec la plus parfaite sobriété. Elle exposait son affaire comme si elle venait de résoudre un casse-tête mathématique. Si on entrait dans son raisonnement, elle n'était retournée là-bas que pour trouver la pièce manquante d'un puzzle, la liste de la cuisine ; et elle l'avait trouvée. Mais il ne fallait pas être grand clerc pour deviner qu'elle était en colère. Une colère froide, car ce qu'elle avait trouvé, en fait, c'était ce qu'elle s'empêchait de voir depuis le début : des traces de femme. De vraie femme. Elle aimait Steiner, c'était flagrant, et le désastre était complet. »

Selon Dolhman, ils se sont aussitôt donné rendez-vous pour dîner. Exceptionnellement, ils n'ont pas parlé de Steiner. « Ça s'est fait tout seul, par accord tacite. On n'y est d'ailleurs pas revenus de tout un mois. Le printemps nous y a aidés, il était arrivé d'un coup, il faisait très chaud, presque autant qu'en été, cette chaleur rendait tout irréel, on se disait qu'il n'y avait jamais eu d'hiver et que rien n'aurait jamais plus d'importance. Oui, ce printemps précoce nous a aidés. Je me disais : bon, Juliet a eu un petit béguin, mais ça va lui passer, d'ailleurs elle n'en parle déjà plus, de son Steiner, elle commence à l'oublier. Et puis, un jour, je me suis fait la réflexion que cet amour pour Steiner, qui ne se voyait pas, qui n'était rien, rien qu'un rêve en marche, ressemblait peut-être à ces poisons en vogue sous les Borgia, ces opiats insoupçonnables qu'on mélangeait aux onguents, aux parfums, et qui ne faisaient d'effet qu'après des mois, des années d'usage quotidien. Car Steiner, à tout prendre, s'était borné à administrer à Juliet une petite dose de rêve ; et maintenant, cette dose diffusait lentement, le terrain était idéal, la mort prenait son temps. Je dois d'ailleurs avouer que le jour où j'ai reçu cet horrible coup de fil, celui qui nous a appris la disparition d'Inès — j'ignore encore pourquoi j'avais décroché, une intuition peut-être ; chez Juliet jamais je ne touchais au téléphone —, j'ai eu si peur de la voir craquer que l'idée m'a effleuré de tout lui cacher. Mais Juliet était là, à deux pas. Alors je lui ai passé l'appareil — sans un mot. C'est donc sans ménagements ou presque qu'elle a appris qu'Inès venait de se suicider. Elle s'était jetée sous un train. »

Dolhman évoque le drame sans émotion : il connaissait mal Inès ; surtout, la suite des événements l'a conduit à considérer cette tragédie comme un simple coup de semonce, le premier avertissement du destin. Du reste, c'est toujours de Juliet qu'il parle quand il raconte le suicide d'Inès, Juliet autour de qui, à l'évidence, gravitait désormais sa vie : « A ma grande stupeur, elle a fort bien réagi. On peut même dire qu'elle a été formidable. Avec le recul, maintenant, ils me font très peur, ces gens qu'on dit formidables, capables de faire leur affaire dans la minute du sang des autres et de leurs larmes. Je me demande s'ils ne cherchent pas d'abord, dans le malheur d'autrui, à noyer leur propre détresse. Quoi qu'il en soit, dans l'heure qui a suivi ce sinistre coup de fil, Juliet était chez les parents d'Inès, elle prenait tout en main. Pas de lamentations, à peine deux ou trois déclarations bien classiques, comme : "Elle était bizarre, ces derniers temps, j'aurais dû l'appeler" — mais rien de plus. Très calme, très efficace ; si elle souffrait, elle ne le montrait pas, au contraire, elle soutenait tout le monde : le père, la mère, la sœur d'Inès. Parfaite, vraiment. Si bien qu'une semaine plus tard, quand on a découvert qu'Inès n'avait pas payé son loyer depuis six mois et que le propriétaire réclamait qu'on libère sur-le-champ l'appartement qu'elle occupait, Juliet s'est retrouvée en première ligne. Elle a continué de jouer le jeu, elle a accompagné la sœur d'Inès dans l'appartement de la morte. Toujours aussi placide, du moins en apparence, toujours aussi efficace. Jusqu'au moment où elle est entrée dans la chambre d'Inès. Et où elle a découvert, à côté du lit, la même photo que la sienne : la maison perdue, comme elle l'appelait, encadrée exactement de la même façon, en bois des îles... C'était à hurler de rire ou à s'écrouler en larmes. Mais Juliet ne faisait rien comme personne. Pas un mot, pas un commentaire. Mine de rien, sous couvert du déménagement qu'elle était venue préparer, elle a fourré le cadre dans son sac, puis elle s'est mise à tout retourner dans l'appartement. Moins de dix minutes plus tard, elle a trouvé ce qu'elle cherchait : dans la poubelle de la cuisine, déchirée en deux et non postée, une courte lettre dont l'enveloppe portait l'adresse de Steiner. Inès lui annonçait son intention de se donner la mort. Au fond de la poubelle, sous la forme d'une boule de papier froissé, Juliet en retrouva le brouillon. »

Quelques mois plus tard, juste avant l'issue du drame, Dolhman parvint enfin à mettre la main sur ces documents. D'après lui, il y avait quelques variantes entre les deux textes. Mais ils se terminaient de la même façon. « Une formule sans appel, commente-t-il, une phrase dans laquelle Juliet ne pouvait que se reconnaître tout entière. Mais c'est Inès qui l'avait eue ; et c'était le mot de la fin : "Je t'aime, avait-elle écrit à Steiner, je t'aime parce que tu m'as perdue." »

IV

Les vivants sont généralement inattentifs ; les morts, entre autres missions, ont la charge de les arracher à leur léthargie, de les rendre au plus vrai, au plus vif de la vie. Mais ils mènent bizarrement leur barque, les morts : sitôt disparus, ils n'arrêtent plus de revenir, ils ressemblent à ces fous qu'on croise dans les allées des hôpitaux psychiatriques, qui s'amusent à vous taper sur l'épaule sans jamais vous dire pourquoi, et qui viennent et reviennent, sans relâche, sans plus d'explications, jusqu'à ce que cette lubie leur passe. Avec les morts, il en va exactement de même ; après des nuits à se creuser la tête, à peser leur comment, leur pourquoi, des semaines à se souvenir, des mois à ressasser, on s'aperçoit un beau matin qu'ils se sont volatilisés, qu'ils ne sont plus là, dans notre dos, à nous harceler de leurs énigmes. On s'est résigné, le deuil est clos ; à moins que ce ne soient eux qui aient renoncé les premiers et aient finalement décidé de s'accommoder de leur condition d'invisibles. En attendant, les vivants auront chèrement payé. Mais, tout compte fait, leur inattention foncière reprend toujours le dessus, cette incorrigible, monstrueuse étourderie qui se nomme la vie.

Voilà à quoi il faut songer si l'on veut comprendre quelque chose au mot étrange qu'eut Juliet juste après ses découvertes dans l'appartement d'Inès Monteiro : « J'aurais dû rester sur mes gardes. Je me suis fait doubler. » Elle n'en dit pas plus. Sur l'essentiel, ce qui l'avait foudroyée et la conduisait justement à proférer ce mot : *doubler*, sur le cadre, la lettre enfouie dans la poubelle, elle resta muette — du moins ce soir-là. Tout comme elle se tut sur ce qui lui avait fait le plus mal, la cassette qu'elle avait subtilisée juste avant de quitter l'appartement et qui, ainsi qu'elle en avait eu l'intuition dès qu'elle était tombée sur le magnétophone d'Inès, était une sorte de journal intime à l'intention de Steiner, un mélange d'effusions, de reproches, de plaintes et de déclarations exaltées, un chaos verbal d'environ trente minutes, de plus en plus incohérent à mesure qu'on approchait de la fin.

Elle venait d'en prendre connaissance. Cependant, elle ne lâcha que ces deux seules phrases lorsqu'elle retrouva Dolhman. Quant à lui, il lui fallut des semaines avant qu'il n'en saisît la portée. A son tour inattentif, Dolhman se replia sur la certitude que le suicide, comme le meurtre, réclame son lot de coupables ; il jugea que Juliet, à l'instar de tous les parents et amis de la disparue, s'accusait de sa mort. Ce n'était pas plus mal, estima-t-il au demeurant ; ce deuil pouvait accaparer ses pensées. Donc éloigner Steiner — peut-être définitivement.

Il n'avait pas tout à fait tort, Juliet ne cessait de se reprocher d'avoir été si distraite lors du dernier appel d'Inès. Elle n'arrivait toujours pas à émerger de cette absence : quand donc déjà l'avait-elle appelée, Inès ? Oui, voilà, au début de l'année, au moment des vœux, pendant ces nuits étranges, ces jours entre deux eaux où Steiner et son appartement commençaient à envahir son esprit, à s'y installer, à s'ajuster peu à peu à ses moindres détours...

Mais Juliet avait beau faire, elle ne parvenait pas à rassembler ce qu'Inès lui avait dit ce matin-là, il ne lui en revenait, comme d'une époque reculée et obscure, que des éclats de mémoire, et si pauvres, ces souvenirs : comment rapprocher par exemple l'imprécise silhouette masculine qui s'était confusément agitée dans les semi-confidences d'Inès (« J'ai rencontré un homme, un homme jeune, efficace, j'ai confiance, Juliet, ma vie va changer cette année... ») et l'impérieuse, la tranchante figure de Steiner, l'homme qui commandait sa vie — leurs vies à toutes deux ?...

Car, dès qu'elle s'évertuait à reconstituer sa conversation avec Inès, la même idée la saisissait, qui lui engluait la mémoire : nous étions deux, chez Steiner, deux au moins à partager le même rêve, le paquebot, l'île, la cascade, le domaine ; deux aussi, prises au piège de l'appartement, à la mâchoire de mérou, à la maquette, aux portraits, aux rideaux de théâtre, aux miroirs à l'infini. Mais qui avait pris la suite de l'autre ? Surtout, qui y avait passé ses nuits ? Elle, Inès, bien sûr, même si elle n'en parlait pas dans la cassette. C'était donc elle, les bruits, la femme aux collants, le monstre de là-haut, qui l'avait sans doute épiée depuis la mezzanine, et bernée, et menée par le bout du nez...

Mais non, se récriait alors Juliet, Inès en aurait parlé dans sa lettre, elle en aurait dit un mot dans la cassette. Or c'était tout le contraire : elle aussi se croyait seule dans cette histoire, et ses confessions, si confuses fussent-elles, lâchaient le nom du coupable : Steiner. Alors, quoi ?

Plus Juliet se posait de questions, moins elle se souvenait de cette maudite conversation, un magma d'où ne surnageait qu'une réplique précise, une question, l'unique qu'elle eût elle-même posée : « Cet homme, il est marié ? » Et elle se rappelait aussi fort le ton de la réponse, cette joie brusquement étranglée. A elle seule, elle aurait dû l'alarmer, l'inciter à lui dire : *méfie-toi*. Mais voilà, elle ne l'avait pas dit.

Maintenant, elle savait pourquoi : elle non plus, à ce moment-là, elle ne voulait pas avoir à se méfier d'un homme. D'un homme plus jeune, de surcroît, dont elle attendait tout. Comme Inès, exactement.

C'était vraiment le diable, le maître de cette histoire, à croire qu'il existait, qu'il avait pris la forme de Steiner, voire de Pirlotte, qu'il travaillait à la Poste ou à la Bibliothèque pour avoir réussi à faire atterrir sur son bureau le colis de l'encadrement au moment précis où Inès s'était mise à se confier.

Et impossible de se rappeler quoi. Le trou, le noir absolu. Dans la séquence qui suivait le *méfie-toi* qu'elle avait étouffé, Juliet voyait invariablement apparaître le même plan : son nom, *MADAME OSBORNE*, en grandes lettres bâton sur le papier kraft. Puis plus rien, rien que son cœur chaviré, submergé d'une émotion imbécile, le téléphone raccroché, décroché, sa main gauche resserrée sur un cadre de dix centimètres sur six en bois de thuya — laissons les îles là où elles sont, appelons désormais les choses par leur nom : un modèle de série sans doute, en tout cas le même que chez Inès. Et, au-dessus du cadre, la voix de Steiner. Sa voix pendant des heures, ses mots durant des semaines ; un interminable et somptueux imbroglio de mots.

Bel Ombre, maison perdue, je t'en fiche ! *Douleur, exil, fleur du gouffre*, cette rengaine-là, elle venait de la retrouver sur la cassette où Inès, l'esprit enflammé comme le sien par les récits de Steiner, les avait repris dans ses divagations amoureuses. Assez claires, cependant, pour mesurer à quel point il ne s'était pas fatigué, Steiner : il lui avait servi les mêmes couplets qu'à elle, la cascade, l'incendie, les nurses, le fantôme, la mort des frères, la mère merveilleuse, la nuit du départ dans la brume, tels quels. Avec une seule petite variante, le nom du domaine ; pour Inès, il l'avait baptisé *Rivière noyée*. A ne pas croire, vraiment !

Doublée, c'était le mot, Juliet l'avait été dans tous les sens du terme, dépassée, flouée, prise au piège d'un prodigieux trompe-l'œil. A en perdre la voix.

Mais, dans ce silence — un mutisme quasi complet de plusieurs jours, où Dolhman se contenta de voir l'effet du remords qui suit immanquablement un suicide — couvait aussi une incroyable colère. Une fureur qui engloutissait tout, même la peine sincère qu'éprouvait Juliet depuis la mort d'Inès, oui, même son deuil. Une rage sèche, inavouable, d'autant plus monstrueuse qu'elle était muette. S'y lovait enfin la plus amère des rancœurs : jalouser un mort.

Ainsi germa, ainsi mûrit en elle l'envie de se venger. Souterraine, sournoise, mais pas moins absolue, sans merci, aiguisée par la passion de la perfection qui l'animait en tout. Dès l'instant où elle admit qu'elle avait été piégée (très vite, il faut lui rendre cette justice, le soir même de ses découvertes chez Inès, et selon toute vraisemblance dans les heures qui suivirent l'audition de la cassette volée), elle recouvra son entier sang-froid. Soit, elle avait été bernée, soit, c'était la première fois, et de la plus belle manière. Soit. Mais ce trompe-l'œil, précisément parce qu'il en était un, dissimulait une réalité ; ce mensonge enveloppait une vérité. Donc il fallait savoir. Tout savoir. Sur Inès, sur l'appartement. Mais d'abord sur Steiner.

Simple affaire de survie. En s'en tenant pour une fois à des questions claires, sans détours : comment ? pourquoi ? avec qui ? Et : depuis quand ?

Elle entreprit alors, dès ce soir-là, de dresser un catalogue des faits. Ceux qu'elle connaissait déjà, ceux qu'elle pouvait apprendre. Elle les examinerait un à un sous tous les angles, les croiserait, les décroiserait, les recouperait encore, prudemment, avec rigueur, en bon tâcheron, sans désemparer, elle s'en donnerait tous les moyens, l'énergie, le temps, pourquoi pas l'argent, jusqu'à l'eurêka final. Flouée et pis encore, dégradée à ses propres yeux, Juliet Osborne se réfugia dans la méthode comme d'autres dans la prière. Scrupuleuse, systématique, têtue, austère. Et c'est ainsi que son remords, cette distraction qu'elle n'arrêtait plus de se reprocher depuis qu'elle avait appris la mort d'Inès, se transforma en quelques heures en une inflexible rancœur — le froid et lent labeur de la vengeance organisée.

Donc les faits, rien que les faits. En commençant par le plus criant : c'est Inès qui l'avait jetée sur le chemin de Steiner. Inès qui était la seule, avec Dolhman, à connaître l'affaire du manuscrit chinois.

Pourquoi en avait-elle parlé à Steiner ? Par malveillance, perversité ? Ou parce qu'elle lui disait tout ? Parce qu'elle l'aimait ? Bien sûr qu'elle l'aimait ! Jusqu'à tout lui dire. A en mourir.

Mais lui, Steiner, en dehors de ses histoires de famille et de domaine, ne lui avait jamais rien confié, à Inès. A supposer encore qu'elles fussent vraies, ses chroniques de l'île ; or rien n'était moins sûr. En tout cas, Steiner n'avait rien livré à Inès de sincère, de profond, il ne l'avait pas aimée. C'est d'ailleurs ce qu'Inès lui disait de la première à la dernière ligne de sa lettre. Sur la bande aussi.

Plutôt décevante, cette bande : Juliet avait beau l'écouter et la réécouter, sa première impression ne changeait guère, elle n'arrivait pas à y voir autre chose qu'un monologue sans queue ni tête où s'enchevêtraient les mêmes plaintes : « Pourquoi n'es-tu plus jamais là quand je t'appelle ? Nous avons tant de choses à nous dire, tant de choses à bâtir ensemble, il est temps, tu m'avais promis, tu m'avais juré qu'on retournerait là-bas, et tu m'avais prise par la taille, ce jour-là, souviens-toi, tu m'avais soulevée de terre en pleine rue, et tu me chuchotais que tu étais capable de me porter jusqu'aux étoiles... »

Un prénom de femme revenait par deux fois, Marina, un prénom qui disait quelque chose à Juliet. Il restait englouti au fond de sa mémoire, en dépit de ses efforts. Comme désormais tant de points concernant Steiner.

Ce prénom n'était qu'une allusion : Inès le jetait au

milieu de son lamento comme un motif de plus, une sorte d'ornement dans sa plainte, une misérable justification qu'elle n'arrivait pas à poursuivre : « Marina, elle aussi... si ça se trouve, vous étiez de mèche. » Elle s'en servait un peu plus loin comme invective : « Marina aussi, tu l'as bien possédée ! Tu l'as écrasée ! Mais tu verras, avec elle... Tu ne l'emporteras pas au paradis ! »

Elle parlait peu de l'appartement. Steiner et elle, semblait-il, se retrouvaient dans l'hôtel particulier qu'Inès cherchait à vendre. Cependant, elle connaissait le 9, villa d'Albray, elle l'évoquait dans son brouillon de lettre. Plutôt en marchand de biens, incidemment, sans poésie : « J'ai compris que tu me mentais le jour où tu as refusé de retourner dans ton île. Il suffisait pourtant que tu vendes ton appartement. Tu n'aurais eu aucune peine, en ce moment, vu son emplacement... »

Inès tutoyait Steiner. Avaient-ils été amants ? Les mots qu'elle lui adressait ne prouvaient rien, elle avait toujours eu le tutoiement facile. Aucun passage de la bande ni de sa lettre ne suggérait non plus un seul moment d'intimité, hormis l'épisode où Steiner l'avait soulevée de terre en pleine rue — comment avait-il pu, lui, si raide dans son costume trois pièces, et Inès qui n'était pas une plume ?...

Des mots, rien que des mots, se persuadait Juliet. Un pauvre barrage de phrases opposé à Steiner, à l'océan romanesque où il cherchait à l'engloutir, pas un seul fait concret dans cette lettre et cette cassette. Rien, si ce n'est, lorsqu'on avait fini d'en prendre connaissance, la certitude que Steiner était arrivé à ses fins : la détruire. Et tout ce qu'avait trouvé Inès pour tenter de lui résister, c'étaient ces quelques paroles qui tenaient à peine debout, pauvre incantation contre l'attente, contre son téléphone muet, contre les soupçons, les rendez-vous sans cesse reportés, annulés, les mille et une inventions de Steiner pour lui briser les nerfs. Avec une méthode, une précision chirurgicales. Assez pour la tuer. Peut-être même dans ce seul but : la tuer.

Mais le mobile ? Pour l'heure, le seul point assuré, c'était que tel était l'envers des choses : un crime. Un crime sans arme, sinon des mots. Du silence. Ce silence qui avait servi à achever la victime. Un silence de mort.

La tragédie avait bien sûr son endroit, sa face apparente, la version qu'en toute bonne foi donnait la famille d'Inès. Vraie, elle aussi, mais seulement en partie. L'origine de tout, ne cessait d'assurer la mère, c'était le divorce d'Inès, cette séparation qui s'était soudain enlisée après la dépression nerveuse de son avocate, une amie : « Trop d'ambition, elle aussi, trop de liaisons sans lendemain. Et la quarantaine, comme Inès. Une femme seule, sans enfant. Exactement comme elle. Elle aussi avait craqué... »

Inès avait trouvé un autre conseil, mais qui pinaillait, ergotait sur tout. L'affaire avait traîné. En attendant des jours meilleurs, elle s'était grisée de travail. Elle s'était mis en tête de s'occuper de transactions immobilières, elle s'était consacrée corps et âme à cette nouvelle passion. Les derniers temps, elle ne voyait plus un seul de ses proches. Tous la croyaient happée par une nouvelle vie. Fait inhabituel, elle n'en soufflait mot à personne, ne téléphonait plus guère : « Seulement, Inès était si gaie, si enthousiaste, chaque fois qu'elle nous appelait, insistait sa mère. Quand je lui posais des questions, elle me parlait toujours de la même chose : un hôtel particulier qu'elle semblait sur le point de vendre. Elle paraissait tout en attendre, on aurait dit une petite fille. J'aurais dû la mettre en garde. Mais elle avait l'air si heureuse... »

On le sut dès le lendemain de sa mort, l'intermédiaire qui lui avait signalé la mise en vente de cette somptueuse demeure (un inconnu, disait Mme Monteiro, l'employeur d'Inès n'avait eu vent de son existence qu'à la dernière minute ; et encore, de façon très vague, sans précision aucune sur son identité) l'avait bernée. La décoration flatteuse de la bâtisse camouflait des murs salpêtrés, une charpente rongée par les termites. La plupart des candidats à l'achat l'avaient soupçonné ; rebutés aussi par le prix exorbitant qu'en réclamait le vendeur, ils n'avaient pas insisté. L'étrange ami d'Inès s'était alors arrangé pour se trouver seul avec ses clients, s'était fait passer pour l'architecte de l'immeuble, leur avait agité le spectre d'acheteurs concurrents, avait inventé des délais de rigueur, les avait pressés. Le dernier d'entre eux s'était méfié. D'après Mme Monteiro, c'est lui qui avait déclenché le drame. Tenté par cette demeure élégante et calme, adossée à une vieille église au fond d'un jardin, mais réticent quant à son prix, il avait fait une enquête, démonté la supercherie en un rien de temps. « L'autre lui avait laissé son numéro de téléphone. Il s'aperçut qu'il n'était pas le moins du monde architecte, mais qu'il avait une liaison avec le vendeur, une femme. Un gigolo, ni plus ni moins. Un faisan. Le client a aussitôt vendu la mèche au directeur de l'agence où travaillait Inès. Et c'est lui, le vrai coupable : son patron, il a beau se réfugier derrière cette histoire d'escroquerie et prétendre qu'Inès était complètement dans son tort, il en a profité pour la licencier sur l'heure. Dire qu'il est venu aux obsèques, dire qu'il a voulu s'expliquer avec moi ! Ma fille s'est suicidée le jour même où il l'a congédiée... »

Telle était la version officielle. Ou plutôt la version à laquelle s'en tenait la famille d'Inès. Aucun des siens n'avait envie de chercher plus loin, de retrouver la trace du client qui avait levé le lièvre. « A quoi bon ? » répétaient les Monteiro. C'était trop tard. Et puis, déjà si lourd.

Seulement, c'était encore plus lourd pour Juliet, seule à connaître l'endroit et l'envers de cette mort.

Telle la complice d'un meurtre. Car si elle ignorait encore le détail du montage, elle savait parfaitement où se trouvait sa couture, sa seule couture : Steiner.

Elle cherchait. Le jour, la vie lui pesait moins : rien qu'à sentir sous ses pieds l'énorme panse de la Bibliothèque, son accablement s'estompait. Elle se débarrassait consciencieusement de ses tâches, patiente et secrète, tout à l'attente du soir, de l'instant où elle pourrait aller fouiner tranquillement dans les replis des rayonnages et des fichiers ; et Pirlotte n'avait pas tourné le dos qu'elle partait les explorer.

Avec tant d'ardeur que, moins d'une semaine après ses découvertes dans l'appartement d'Inès, elle dénicha une vieille thèse sur les transports maritimes durant l'entre-deux-guerres. Elle la lut ligne à ligne, malgré son extrême aridité ; et elle finit par tomber sur ce qu'elle espérait : dans une longue note en bas de page, la mention du paquebot *Cipango*.

Tout concordait : les escales, la date de lancement, l'intitulé de la compagnie d'armement dont lui avait parlé Steiner lorsqu'il lui avait fait le récit de son enfance dans l'île : Asian Express Lines ; et son siège social était bien celui qu'il avait évoqué : Londres. Mais le plus important manquait : les noms des actionnaires.

Il aurait fallu partir sur-le-champ pour Londres, y rester au moins une semaine, dépouiller des archives, à supposer qu'elles n'eussent pas été détruites durant la dernière guerre. C'était peut-être beaucoup d'énergie pour rien. Elle se replia donc sur une autre piste : dans la bibliographie qui concluait cet énorme factum, l'auteur signalait une étude consacrée aux anciennes lignes maritimes d'Extrême-Orient. A coup sûr, elle contenait quelques pages sur l'Asian Express Lines. Cependant les catalogues étaient formels : la Bibliothèque ne possédait pas l'ouvrage. Il était répertorié dans les seuls fichiers d'une fondation américaine.

Elle l'appela aussitôt. Arguant de sa fonction, elle en obtint le prêt sans la moindre difficulté. Mais on lui annonça aussi que l'envoi et les formalités prendraient une bonne quinzaine.

Elle se résigna à attendre. Du moins le crut-elle. Car c'est à cette époque-là, vers la mi-mai, comme son énergie, soudain, se retrouvait inemployée, qu'elle vit chaque nuit Steiner lui revenir en rêve.

C'est que la vengeance, contrairement à l'opinion commune, n'est pas si facile à vivre ; pesante, elle aussi, elle a son revers ; le sommeil est souvent son rival, qui de l'écume de la haine fait soudain émerger des volontés plus obscures : au fond du bouillonnant chaudron des rêves, alcool ravageur, le désir à l'état brut.

A Juliet Steiner revint toujours de la même façon ; il avait aussi son heure, bien après minuit. Le cauchemar la réveillait parfois dans un cri. Puis c'était l'insomnie ; et à nouveau les questions, à perte de vue.

Qui, qui donc le premier lui avait parlé des villas dans Paris, des passages ? Ce n'était pas Steiner, elle l'aurait juré, mais Inès, au début de l'automne. Connaissait-elle déjà Steiner à cette époque, s'était-elle déjà rendue villa d'Albray ? Et si c'était elle, Inès, qui lui avait vendu l'appartement ? A lui ou à quelqu'un d'autre, car y vivait-il seulement, Steiner, au 9, villa d'Albray ? Le jour où il lui avait demandé de venir, Juliet s'en souvenait fort bien, il lui en avait parlé comme d'un bureau, il avait dit : *mes installations* ; et elle avait eu l'impression que, s'il y passait ses nuits, c'était seulement pour y travailler...

Alors, de quoi vivait-il, si ce n'était pas de ses recherches ? Et où, au juste ? Chez la femme qui l'avait chargé de vendre l'hôtel particulier ? Mais qu'est-ce qui prouvait qu'elle habitait villa d'Albray ? Certes, à propos du mystérieux intermédiaire, la mère d'Inès avait prononcé le mot *gigolo*. Mais qu'en savait-elle, après tout ? Elle n'avait pas posé de questions, pas voulu enquêter. Elle non plus, Juliet, pour l'instant, ne voulait pas...

Elle retournait alors à une autre hypothèse, errait des heures durant d'interrogation en conjecture, parfois jusqu'à l'absurde, au plus gratuit. Juste avant de mourir, Inès s'était-elle rendue villa d'Albray ? Avait-elle remis à Steiner une copie de sa lettre ? Un double de sa bande ? Avait-elle diffusé celle-ci sur son répondeur ? Et si elle s'était rendue dans l'appartement, était-elle tombée elle aussi sur les bouchées à la reine, les lunettes demi-lunes, la liste des courses à la cuisine, les mots croisés égarés sur les coussins du canapé en L ? Avait-elle couché avec Steiner, était-elle montée dans la mezzanine ? Qu'y avait-elle trouvé qui l'avait fait mourir ? Qui ou quoi ?

Mourir : à l'issue du rêve, c'était toujours le même mot, chambre d'écho infernale, impossible à faire taire ; et c'en était fini de la lente tapisserie de raisons qu'elle s'était acharnée à tisser au long de la journée ; sa mémoire restait obscurcie par les images échappées du rêve, l'œil du miroir flamand, le placard de la cuisine béant sur des cascades de fils électriques, le gouffre aux sacs-poubelles et, au fond, tout au fond, chaque fois la même vision, celle de la tête d'Inès sur arrière-plan d'ordures et de film plastique gris, une Inès de vingt ans, décapitée mais tout sourire, qui secouait ses boucles rousses et lui chuchotait, comme à chacune de ses liaisons : « Tu sais, Juliet, j'ai rencontré un homme ; cette fois-ci, c'est le bon, j'ai confiance... »

Et voici qu'apparaissait Steiner, mâchoire claquante, la même que celle du mérou clouée au mur du salon. Plus moyen de bouger ; paralysée, Mme Osborne, piégée dans la glu du cauchemar. Maintenant c'était elle, Juliet, qui se retrouvait au fond du sac-poubelle, avec Steiner qui la dévisageait, Steiner sous ses pires espèces, sous forme d'œil de Steiner, une lentille photographique géante où elle se voyait brusquement apparaître à l'envers, pendue par les pieds, sanguinolente — un cadavre.

Le rêve revint avec régularité chaque nuit pendant une bonne semaine. Il fut parfois plus court, se résumant à l'ultime séquence, celle où Juliet se voyait apparaître à l'envers, dégouttante de caillots, reflétée dans la pupille glacée de son bourreau. Que Dolhman fût ou non à dormir chez elle, tout finissait de la même façon : elle se réveillait, se levait, buvait un verre d'eau, errait dans l'appartement, ouvrait une fenêtre, contemplait la ville, se répétait dix fois : « Les faits, rien que les faits » — puis s'approchait du téléphone et brûlait d'appeler, tant il lui avait paru présent, celui qui venait de la visiter en rêve.

La voix de Steiner, il lui fallait alors sa voix, cette mort délicieuse ! Elle s'approchait du combiné, composait son numéro, raccrochait dès la première sonnerie.

Puis l'insomnie jusqu'au matin.

L'insomnie, la vraie.

Idées lucides, trop lucides. Plus Juliet voit clair en elle et plus elle souffre : où est-il, Steiner, au cœur de la nuit, en ces heures les plus aventureuses ? Que fait-il, lui, l'homme aux yeux durs et bistrés par la veille, l'homme qui l'a engluée dans son piège, comme Inès, où est-il, que fait-il ? Avec qui...

La ville gît aux pieds de Juliet, prise elle aussi dans les rets du silence. Pourtant il s'y trouve sûrement d'autres femmes qui souffrent, qui piétinent dans la nuit autour d'un téléphone. D'autres qui pleurent, comme Inès. D'autres qui se plaignent, crient, hurlent, rêvent, écrivent, avalent des somnifères. D'autres femmes qui meurent pour d'autres hommes.

Impossible. Il n'y a plus d'autre homme sur terre en dehors de Steiner.

Savoir où il est, ce qu'il fait. L'appeler. Rien que pour vérifier qu'il n'est pas là. Faire défiler dix fois, quinze fois la bande du répondeur. S'enivrer de sa voix, même si c'est un poison.

Et puis dormir, enfin.

Elle parvenait toujours à repousser la tentation du téléphone ; lorsqu'elle sentait que le cap dangereux était enfin passé, elle essayait de se faire un allié du silence. Alors le sommeil lui offrait parfois une grâce, à l'approche du matin, quand les rues recommençaient à grésiller du bourdon de la vie : quelques minutes d'assoupissement.

Mais s'y greffaient constamment des parasites en provenance de la villa d'Albray, des souvenirs qu'elle avait crus perdus avec les autres, par exemple les touffes d'herbe raidies par l'hiver entre les pavés raboteux de l'impasse, ou l'ombre d'une tourelle allongée sur la pelouse, derrière les vitraux de la seconde porte ; et chaque fois, absolument chaque fois, aussi têtue que celle du sac-poubelle, l'image du mur aveugle au fond du passage, avec ses claustras agrippés par les vrilles de plantes racornies.

Jusqu'à ce chaud, très chaud matin de juin où, butant encore sur cette image d'hiver, Juliet se réveilla en sursaut et en sueur — une transpiration prodigieuse, celle de la vérité, peut-être, qui cherchait depuis une semaine son chemin vers la conscience. Une suée phénoménale, en tout cas, un vrai bain, des pieds à la tête.

Elle repoussa le drap et s'entendit souffler : « C'est l'été. »

Et, en effet, c'était l'été, avec trois semaines d'avance. L'été qui appelle la jouissance. Le matin généreux forçait le barrage des rideaux, il se superposait avec la plus parfaite incongruité à l'image du rêve qui continuait d'arrondir l'œil de Juliet, celle de l'impasse glacée, plombée d'un éclairage lugubre ; et, par elle ne sut quel rapprochement, elle se surprit alors à former une pensée qui lui parut d'emblée aussi lumineuse que saugrenue : « Lui aussi, là-bas, il doit avoir chaud, Steiner. Il doit être en nage. »

Elle était seule, ce matin-là ; elle ne pouvait pas chercher sur le corps de Dolhman une humidité, une odeur qui lui permît de s'imaginer ce que pouvait être l'odeur, la transpiration de Steiner ; mais, à l'instant même où l'envie l'en traversa, une seconde évidence la posséda, plus impérieuse encore que la première : il est bien comme les autres, alors, Steiner !

Et c'est à partir de cette réflexion à première vue absurde que les idées de Juliet, avant même les événements, se mettent à s'enchaîner à une vitesse prodigieuse, on dirait une multiplication cellulaire : irrésistible, ce bourgeonnement, implacable. Car le travail de la raison n'y est pour rien, c'est un saisissement instantané de toute la conscience. A tel point que lorsque Juliet a tenté d'élucider ce tournant de l'histoire, elle est chaque fois revenue au récit de son rêve, comme s'il en contenait l'unique explication.

Et c'était sans doute vrai. Ce qui avait tout déclenché, c'était cette sensation d'hiver associée à la sueur, face à l'image du mur qui fermait l'impasse. « Dans mon rêve, je savais que c'était un signal, exactement comme le sac-poubelle. Mais un signal de quoi ? Le rêve avait beau assener chaque nuit ses coups de boutoir, je ne trouvais pas. Jusqu'à ce matin-là, jusqu'à ce réveil baignant dans la chaleur. A cause de l'été, de tout ce qu'il y a comme promesse de bonheur dans l'été et la chaleur. Alors j'ai brusquement vu — oui, vu, c'était une sorte de mirage — Steiner en train de transpirer devant ce mur sans fenêtres. Je suis incapable d'expliquer pourquoi, mais, du coup, il n'était plus Steiner, mais un homme comme les autres, avec ses points faibles. Un simple être humain, comme Inès ou moi, avec sa part aveugle, incontrôlable, qui ne voyait rien venir. Un être qui subissait, qui suait. Doté d'un point mort. Si je le touchais, ce point-là, à mon tour je le paralysais. Et c'est là que je me suis dit — un éclair de pensée, froid, net, immédiat, et plus moyen ensuite de revenir en arrière : le secret de Steiner ne réside pas dans son caractère unique, inimitable ; il ne tient pas à son appartement ni à son roman dans l'île. Non, c'est tout le contraire : son mystère, c'est le banal. Le banal pur. Et même le *trivial*, comme avait dit Dolhman — ce mot qui, sur le coup, m'avait tellement blessée. »

La lucidité retrouvée de Juliet se mesure aussi au fait que c'est ce même matin qu'elle a commencé à se remémorer quantités de détails sur son histoire avec Steiner : « A commencer par la pensée qui m'avait traversée, le soir de notre rencontre, à la seconde où j'avais lu son nom sur sa carte, Steiner : mais, des Steiner, il y en a des dizaines... Comme pour le commun des mortels, le mystère de sa vie devait tenir dans des emballages froissés, une liste de courses, l'inventaire d'un placard de cuisine. Ou le contenu d'un sac-poubelle. »

Voilà qui suffit à expliquer l'épisode suivant, le lendemain même, quand Juliet pousse la porte d'un immeuble à l'enseigne d'une grande loupe dont le néon rose clignote en plein jour devant une pupille vert aigrelet, en néon elle aussi, à la découpe d'œil de chat. Comme dans un rêve, l'œil vert et la loupe rose s'allument alternativement. Mais, cette fois, la scène est bel et bien réelle ; Juliet, de retour sur terre.

Fini de rêver.

Il va bien falloir maintenant qu'elle aille jusqu'au bout, au bout des faits, du sordide, exactement comme elle a voulu s'en aller voir tout au bout du rêve.

Seule condition pour s'en sortir. C'est d'ailleurs ainsi qu'elle le prend : elle a bien pensé son affaire avant de venir, elle s'est renseignée sur les tarifs, elle a même procédé à sa petite estimation, puis elle a téléphoné, hier, pour prendre rendez-vous. « C'est pressé, c'est urgent », a-t-elle annoncé quand elle a appelé au numéro signalé dans l'annuaire par le même symbole que dans la rue, en forme d'œil de chat derrière une loupe géante. Une voix d'homme lui a répondu, qui lui a déplu dès la première seconde. « Il parlait du nez comme quelqu'un qui a un rhume, dira-t-elle ensuite, rien qu'à l'entendre au téléphone, j'avais l'impression que j'allais l'attraper. »

De surcroît, la voix de nez n'avait pas l'air disposée à se laisser faire : « Je suis débordé, madame, rien avant une semaine. » Juliet a insisté : « Si je vous dis que c'est urgent, je sais de quoi je parle. C'est important, c'est grave. » Au bout du fil, un long reniflage. Puis les naseaux grommellent : « Alors demain, à mes bureaux, onze heures quinze. » Et un second blanc, avant de grouiner : « Onze heures quinze précises. Je n'ai vraiment pas le temps. »

A onze heures quatorze, ce mercredi 3 juin, voici donc Juliet sous la loupe géante et la pupille de chat à allumage alternatif. Le même symbole est gravé sur une plaque vissée près de la porte. « *Entresol* », indique-t-elle sèchement.

Entresol, donc. Belle porte bourgeoise, chêne et cuivres parfaitement astiqués. Juliet sonne. On ouvre aussitôt. Rien à voir avec le cérémonial sans fin du 9, villa d'Albray. Face à elle, dans la seconde, un homme d'environ trente-cinq ans, roux, très enrhumé, comme elle l'a pressenti, et, comme prévu aussi, extrêmement déplaisant.

Petit, râblé, il avait la tête enfoncée dans les épaules. « C'est peut-être pour cela qu'il m'a évoqué d'entrée le mot *coyote*, se justifie Juliet. Un mot que je n'employais pourtant jamais. Et puis il y avait ce nez, ce museau plutôt, à la fois pointu et tout congestionné. En tout cas, ce type-là, je me sentais incapable de l'appeler par son nom, même en pensée. Alors, intérieurement, je me suis tout de suite arrangée pour lui trouver un sobriquet. Déjà que je devais prendre sur moi pour lui serrer la main... »

Va donc pour le Coyote. Et puis, il faut ce qu'il faut — n'est-ce pas ? ce n'est pas maintenant qu'elle va faire demi-tour. Elle le suit dans un bureau. Rien à redire : boiseries, bibelots anciens, ameublement élégant et discret ; on en oublie l'ordinateur de service. L'ensemble est irréprochable, on pourrait en tirer une photo pour quelque revue de décoration. Le Coyote la fait asseoir ; Juliet expose posément son histoire. Il prend des notes, lève l'œil de temps à autre, mais sans la regarder en face, c'est le moins qu'on puisse dire ; ce qui l'intéresse, à l'évidence, c'est sa jupe. Ses cuisses, pour être clair. Quelle idée aussi d'être venue ici en jupe courte, par-dessus le marché en coton transparent !

Il est toutefois à son affaire, l'homme à la voix de nez, car il l'interrompt de temps à autre pour poser des questions, et des plus judicieuses. Juliet y répond scrupuleusement. Puis il se cale contre le dossier de son fauteuil, renifle à deux ou trois reprises, se mouche et consent enfin à la regarder en face.

« Vous êtes très précise, madame, je vous félicite, ainsi tout ira plus vite. Mais il faut bien parler argent...

— Parlons-en, coupe illico Juliet.

— Un simple acompte », bredouille l'homme dont le regard file à nouveau vers ses cuisses.

Il transpire beaucoup, pour un roux. Eh oui, l'argent, la sueur : on ne rêve décidément plus, madame Osborne. Sans compter le rhume et la rousseur de ce roux. Il faut en finir au plus vite.

Juliet baisse les yeux, fouille dans son sac, lui tend un chèque. Il est préparé depuis la veille. « Ça vous convient ? » siffle-t-elle. L'homme sourit et acquiesce. Elle sort.

La revoilà donc dans la rue, sous le soleil de midi qui appelle le plaisir. Mais son regard, au lieu de se laisser porter par toute la joie du ciel, se fait à nouveau piéger par le clin d'œil rose et vert de la loupe géante ; et c'est seulement à cet instant qu'elle se demande ce qui diable a bien pu l'amener ici ; seulement alors qu'elle s'entend murmurer quelque chose comme : « Jamais je n'aurais cru qu'un jour je pourrais... »

De fait, madame Osborne, il y a de quoi vous poser des questions, vous êtes très curieuse de nature, mais tout de même, à votre âge, pour tout savoir d'un homme qui ne fut jamais votre mari et, circonstance aggravante, toujours pas votre amant, vous retrouver là, sous cette loupe qui fait de l'œil, à louer les services d'un détective privé !...

Sur ce rendez-vous, évidemment, le Coyote fournit une version assez différente. Et diablement plus détaillée. Cela dit, sa fonction lui donnait le beau rôle. Sauf que ce matin-là, comme il l'avoue lui-même, ce n'était pas son jour, à cause de la récidive de son rhume des foins. Lequel s'était trouvé aggravé par la nuit qu'il venait de passer à l'hôtel, à la suite d'un léger accroc dans sa vie privée.

En principe, les événements d'ordre personnel n'étaient d'aucune incidence sur les exceptionnelles capacités d'observation et de déduction du Coyote, car il était coutumier des ruptures spectaculaires et on peut même affirmer sans exagérer qu'elles constituaient alors le moteur essentiel de sa vie amoureuse. C'était au moins la cinquième fois qu'une de ses liaisons se terminait ainsi, et pour la même raison (un comble si l'on songe qu'il dirigeait une agence de détectives) : infidélité dûment constatée.

Il faut dire que, forme achevée de la lâcheté masculine ou paresseuse illustration du principe selon lequel les cordonniers sont les plus mal chaussés, depuis très longtemps, à force d'enquêter sur des histoires de coucheries, le Coyote ne faisait plus dans la dentelle : il s'octroyait ses petites fantaisies à domicile, dans le lit même de sa concubine du moment. Sans peur et sans reproche, en faisant l'économie des mensonges, faux-fuyants, calculs d'horaires, téléphones intempestifs et autres interminables complications qui font l'ordinaire des liaisons adultères. Pour le reste, son principe était simple : advienne que pourra.

C'est donc à la suite d'un de ces irrésistibles pieds de nez au destin qu'en cette nuit du 2 au 3 juin le Coyote venait de se retrouver, pour la cinquième fois de sa vie, selon l'expression consacrée, avec sa valise sur le paillasson. Mis à la porte de la plus belle manière, point trop fâché du reste, comme à son habitude, seulement fort ennuyé que sa médication anti-allergique fût restée sur sa table de nuit, odieusement retenue en otage par la furie qui l'avait éjecté de son lit en même temps que sa compagne de jeux, laquelle, comble de la bêtise, n'avait rien trouvé de mieux que de s'enfuir en poussant de grandes jérémiades et lui jurant qu'elle ne le reverrait plus. Au terme d'un tranquille calcul, le Coyote avait estimé que si le chapitre avec sa concubine était définitivement clos — pas plus mal d'ailleurs, il n'avait jamais aimé son appartement —, il pourrait reprendre d'ici à une petite semaine ses récréations avec l'autre. L'ennui, c'est que celle-ci était mariée ; la seule idée d'aller se glisser dans les draps sacrés des justes noces avait toujours sur sa libido des effets ravageurs. En conséquence, il lui fallait envisager, pour un délai dont il espérait qu'il fût le plus court possible, de louer un studio ou un quelconque deux-pièces. Jusqu'au moment où il tomberait sur une nouvelle bonne fortune qui lui offrirait de partager ses faveurs et son toit. Ensuite, à nouveau, advienne que pourra.

« C'est ce qui a fait qu'au début, reconnaît-il, cette Mme Osborne, je n'ai pas du tout saisi où elle voulait en venir. Et je ne la situais pas. Ce n'était manifestement pas une légitime, elle n'était pas sûre du prénom de son jules, ni de son lieu de naissance, elle ne connaissait même pas son âge exact, ça faisait d'ailleurs partie de ce qu'elle cherchait à savoir. Dans l'hypothèse où elle était la maîtresse, elle avait l'air bougrement intéressée : elle ne me parlait que d'argent, elle voulait tout connaître des revenus du type, de sa situation financière. Elle savait parfaitement où elle allait, elle a commencé par me dire : "Vous allez enquêter sur un certain Steiner, 9, villa d'Albray, troisième étage, je souhaite apprendre de quoi il vit, pas seulement ce qu'il fait de ses journées, mais aussi quels sont les revenus de la femme avec qui il vit, tout savoir, d'où vient son argent, qui paie le loyer." Je l'ai arrêtée : "Il est peut-être propriétaire ?" Elle m'a répondu : "Non, certainement pas ; ce sont des gens qui déménagent souvent." Elle s'était mis cette idée-là en tête, elle me parlait en patronne, elle me donnait des ordres, à croire que c'était elle, le privé. Mais j'étais habitué à tout et j'avais une règle d'or : écouter, tenir compte de tout, spécialement avec les femmes. Parce qu'elles sont extrêmement malignes, les femmes, elles décèlent des choses que les hommes ne voient pas, même pas nous autres, les détectives. Alors je me suis dit : tiens, c'est bizarre, ça sent l'argent, cette histoire ; elle doit être dans les affaires, celle-là, j'aimerais bien connaître sa profession. Avocate, peut-être ? Je ne sais pas pourquoi, je sentais toujours un os. J'y suis donc allé au culot, c'est mon métier, après tout ; je lui ai demandé ce qu'elle faisait dans la vie. Elle ne m'a pas répondu. Si ce n'était pas l'argent, il n'y avait pas le choix, il fallait chercher du côté des fesses. Surtout avec un psychiatre dans le coup. Parce que c'est ce qu'elle m'avait indiqué comme profession pour son loustic, en tout cas comme profession affichée ; elle tenait aussi à savoir s'il faisait effectivement des recherches, et lesquelles, enfin pourquoi il n'exerçait pas. »

Le Coyote n'a pas pataugé longtemps. Leur rendez-vous a été beaucoup plus bref que la moyenne : au bout d'une demi-heure, il disposait de tout ce qu'il lui fallait pour mener son enquête. A son corps défendant, d'ailleurs, car dès l'instant où il se mit à explorer mentalement la piste du sexe — la seule, dans son métier, à l'avoir vraiment passionné —, il commença à trouver Juliet extrêmement attirante : « Elle était ce que j'appelle la cliente excitante. Il y a les larmoyantes, qui me fatiguent : avec celles-là, ça dure toujours des heures. Les tordues, qui se perdent en chichis. Les survoltées, qui ne s'aperçoivent même pas qu'on leur fait du rentre-dedans. Enfin, les légitimes coincées, les pires : rien à espérer. La miss Osborne, elle ne rentrait dans aucun genre. Dans sa catégorie, les quadras, c'était tout de même ce qu'on peut trouver de mieux. Il y avait ses jambes et sa façon de s'asseoir à bonne distance de moi, ah, ça oui, mais sans croiser les genoux, et la jupe qu'elle portait ! Si j'avais voulu, en me plaçant bien... Et décoiffée, et le rouge à lèvres de travers... Rien qu'à ces petits détails j'ai compris que ce n'était pas une jalouse ordinaire. Qu'elle avait quelqu'un dans son lit, et que ça ne lui suffisait pas... »

Le Coyote, comme Juliet, se souvient aussi qu'il faisait très chaud ce matin-là. Si chaud qu'à un moment donné il a été bien tenté de lui faire une petite avance : « Je les connaissais bien, ces femmes-là : quarante, quarante-cinq ans, même en pleine déprime, il leur suffit de tomber sur un type plus jeune, c'est bien rare qu'elles crachent sur un petit radada. Ça marche neuf fois sur dix ; même si je suis loin d'être l'Apollon de service, il suffit de savoir s'y prendre. Et il y a même des fois où elles en redemandent. Seulement, avec celle-là, j'ai reculé, j'ai reculé tout de suite, et je sais très bien pourquoi. Parce que j'en avais déjà vu par deux fois, des numéros comme elle, il y a quelques années, quand je travaillais à la crim. Jalouses, exactement le même tableau, mais dans un genre très spécial : les jalouses qui ne savent pas qu'elles sont jalouses, qui se réfugient dans l'organisation, la maniaquerie. Les jalouses silencieuses, de vraies mécaniques de précision. N'ayant peur de rien, avec ça, la race la plus dure, celle qui n'avoue jamais. Celle des empoisonneuses. »

Là, le Coyote force un peu le trait, même si la suite ne lui donne pas entièrement tort. Ce qu'il veut dire, en réalité, c'est qu'il a trouvé Juliet très intelligente et qu'elle lui a fait peur. Il a donc traversé un moment difficile, ce qu'il ne reconnaîtra pas pour un empire, il préfère jouer les gros bras, c'est son personnage. Au bout du compte, il ne s'en est pas trop mal sorti, il a retrouvé assez vite ses vieux réflexes : « Je me suis dit alors, comme quand j'étais flic : je t'ai repérée, ma petite, j'ai tout mon temps. Ça m'a d'ailleurs encore plus excité. Pas de la même façon, c'était beaucoup plus raffiné que d'habitude. Un peu plus tordu aussi, il faut bien dire. Et puis, je ne sais pourquoi, elle me branchait bien, la miss Osborne, avec son histoire d'appartement, peut-être parce que je devais me mettre à en chercher un. Sans compter qu'elle m'avait bien raconté son histoire, ça faisait vraiment film policier. Donc j'ai renoncé à me la faire, en tout cas dans l'immédiat. Pourtant, ça m'aurait pris quoi, en travaux d'approche ? Une demi-heure à tout casser. J'étais seul au bureau comme tous les mercredis matin, avec le champagne au frais, selon mes bonnes habitudes ; je coupe le téléphone, je mets le verrou à la porte ; le canapé dans le bureau voisin nous tend les deux bras, lui et moi d'ailleurs avions déjà de beaux états de service... Mais là, non, vraiment ; je me suis dit : cette histoire, tu te la gardes au congélo. Et tu ne la passes à aucun de tes zélés employés. Pour toi, pour toi seul ! Tu retournes sur le terrain : filature, converses avec les concierges, fouinages ici et là, au rapport dans dix jours, et là, tu abats ta carte. Enfin, quand je dis carte... »

Le Coyote a donc annoncé son délai à Juliet. Elle s'est irritée : « Vous ne pouvez vraiment pas faire plus vite ? » Il a feint une concession douloureuse : « Pour vous, ce sera une semaine. Mais c'est bien parce que c'est vous... » Il a pris son air le plus compatissant puis a enchaîné : « Vous voulez des photos, je suppose ? » Elle s'est immédiatement raidie : « Pas la peine. Faites au plus vite. Une semaine, pas plus. »

« Alors là, conclut le Coyote, j'ai commencé à trouver l'affaire encore plus passionnante. Parce qu'une femme qui ne demande pas de photos de sa rivale, ça ne colle pas, mais alors pas du tout... Ce n'était donc pas une histoire de femme. Ou, s'il y en avait une là-dessous, c'était une de ces embrouilles ! En tout cas, celle-là, avec ses yeux d'empoisonneuse, j'ai fini à ce moment-là par deviner pourquoi elle était venue me voir dans sa petite jupe transparente : elle était tellement absorbée par son truc qu'elle ne s'en était même pas aperçue, qu'on lui voyait tout au travers...

Parce que son truc, à miss Osborne, ce n'était pas d'apprendre avec qui couchait ce type-là, ce Steiner, sur lequel elle voulait tout savoir ; c'était de comprendre pourquoi, avec elle, il n'avait toujours pas couché... »

Bennett, Bennett Suzanne, c'est le nom de jeune fille ; soixante-sept ans ; domiciliée 9, villa d'Albray, troisième étage en duplex.

Un long silence, le Coyote attend une question, un soupir, peut-être une larme. Rien ne vient. Alors il pique à nouveau du nez dans le rapport et poursuit avec sa voix de nez et ses mots d'authentique Parigot :

Grosse famille du Sud-Ouest, famille bien française, comme son nom ne l'indique pas, mais de Bordeaux, où il y a toujours eu des Anglais, Bordeaux où elle est née, Bennett Suzanne. Naguère fort belle, a été mannequin dans une première existence. Vie très brillante et dissolue jusqu'à la quarantaine où elle épouse Stefano Banganelli, artiste peintre, de dix ans son cadet, inconnu de son vivant mais dont les œuvres valent à présent une petite fortune. Il s'est suicidé un an après le mariage. Veuve donc, Mme Bennett. Elle n'a jamais porté le nom de son peintre et il paraît qu'elle n'en parle jamais, sauf quand elle vend des tableaux. Rarement, du reste. Elle est très douée pour maintenir la cote.

Le Coyote a préféré ne pas envoyer le rapport par la Poste, il procède toujours ainsi quand il tombe sur des histoires comme celle-là : il convoque l'intéressé pour qu'il avale plus facilement la couleuvre. Il faut toujours se méfier, spécialement avec les femmes. Surtout quand le pot aux roses est gratiné, comme aujourd'hui. Elle va tomber de haut, la miss Osborne, qui croit tout dominer, tout maîtriser. Donc il la ménage, le Coyote, il prend des gants. Ça l'étonne d'ailleurs, il ne comprend pas : jamais il n'aurait cru qu'il pourrait se montrer aussi gentil avec elle, que ça lui serrerait autant le cœur de lui annoncer tout ça.

Est-ce parce qu'il vit toujours à l'hôtel, qu'il n'a pas

encore trouvé d'appartement ? Et qu'il n'a plus de nouvelles de sa petite amie ? Il ne sait pas. Il soupire. Et reprend.

Grosse pointure, Suzanne Bennett, elle a hérité de l'œuvre de son jeune et talentueux mari, dont la cote, dès le jour où il s'est brûlé la cervelle, s'est mise aussitôt à flamber. Il n'y a pas de justice, vraiment : elle était déjà riche à crever, la mère Bennett : deux immeubles dans Paris et plusieurs appartements. Car le plus beau de l'histoire, c'est qu'elle n'est, ni plus ni moins, que l'héritière des laboratoires Gérin, Gérin SA, les rois de la médecine par les plantes. Le fondateur, son grand-père, avait naguère des intérêts dans une compagnie maritime, mais c'est une affaire terminée depuis belle lurette. Il y a eu des histoires de famille, une brouille qui a définitivement séparé les deux branches Bennett, les Anglais de Londres, Singapour et Maurice, et les Français de Bordeaux.

La Gérin SA connaît depuis quinze ans un essor phénoménal. Elle a investi dans la thalassothérapie, finance des recherches de pointe, notamment en matière d'écologie marine. Suzanne Bennett, qui n'a jamais travaillé, est pourtant très redoutée au sein du conseil d'administration : elle épluche les comptes et, maintenant que son frère Raymond a été déclaré gâteux après une attaque cérébrale, elle contrôle la minorité de blocage. C'est lui, Raymond Bennett, qui dirigeait l'affaire avant sa maladie, il vivait au premier étage du 9, villa d'Albray. Sa sœur l'a placé dans une institution pour vieillards. Aux dernières nouvelles, il n'a guère de chances d'en sortir. C'est donc encore Suzanne Bennett qui gère les charges et les revenus du 9, villa d'Albray, revenus composés pour l'essentiel du loyer du rez-de-chaussée versé par les époux Girard, lesquels commencent à le trouver salé.

C'est qu'elle est fichtrement radine, la mère Bennett ; en tout cas, voilà ce qui ressort de tous les témoignages réunis par le Coyote. Alors qu'elle pourrait mener grand train — hôtel particulier, valet de chambre, cuisinière, chauffeur et tout le tralala —, elle se contente de sa petite vie au dernier étage de l'immeuble et n'emploie aucun domestique en dehors du gardien de l'impasse qui vient de temps en temps s'occuper des plantes de la mezzanine. Elle n'a pas fait de travaux dans son appartement depuis plus de vingt ans et ce même gardien, un certain Blazeck, boiteux, né en Hongrie, prétend que le plus gros du travail, dans l'appartement, c'est Steiner qui s'en charge : l'aspirateur, la poussière, tout, le repassage aussi, même les poubelles. Pour la cuisine, elle l'envoie le plus souvent chez le traiteur. Mme Bennett ne s'ennuie pas, paraît-il, elle a toute sa comptabilité à tenir ; et puis, c'est une cruciverbiste enragée.

Il y a quelques années, d'après le gardien, ce n'était pas tout à fait la même chose entre Steiner et elle. C'est sûr, ils ont eu une autre vie, le gardien ne sait pas très bien laquelle mais, à l'époque où elle l'a rencontré, son homme à tout faire — il ne pourrait préciser quand mais ce n'est pas tout jeune —, tous deux ont beaucoup voyagé. Londres, Zurich, Genève, Marbella, New York, Cannes, on ne les voyait pas souvent villa d'Albray. Ils venaient seulement à Paris pour leurs achats ; de temps en temps ils déménageaient des meubles. Suzanne Bennett ne tenait peut-être pas à ce que l'on sache qu'elle vivait avec Steiner, forcément, presque trente ans de différence ! Et puis, il y a quelques années, ils sont revenus et n'ont plus bougé. Elle avait pris un sacré coup de vieux, la *patronne* — c'est ainsi que le gardien la surnomme, quand il ne dit pas carrément la *mère Bennett*. Que s'était-il passé ? Le gardien l'ignore. Ce qui est sûr, c'est que jamais, au grand jamais, la mère Bennett n'emmène Steiner dans sa propriété de Sologne, un petit relais de chasse très isolé ; elle adore la chasse, c'est une excellente tireuse. On dirait qu'elle se méfie. Mais elle se méfie de tout le monde, depuis qu'elle a cessé de voyager. Depuis également qu'elle a été cambriolée. Une bonne dizaine d'œuvres de son cher Stefano ont été volées, elle ne s'en est jamais consolée. Désormais, presque tous ses tableaux sont bouclés dans un coffre à la banque. C'est après ce cambriolage, toujours selon le concierge de la villa d'Albray, qu'elle est devenue si près de ses sous. Et c'est à peu près à la même époque qu'il a commencé à se passer là-haut des choses bizarres. Des micmacs. Quels micmacs ? Impossible de le savoir. Le concierge de l'impasse n'a rien dit, il a seulement lâché : « Du passage, quoi. Des allées et venues. » Il a sans doute eu peur d'être allé trop loin, car il a ajouté, et il n'avait pas l'air à l'aise : « Rien de bien méchant. »

Le Coyote s'arrête là. Juste une petite pause avant de commenter la suite. Mais là, il va falloir sacrément amortir le coup, car tout ce qu'il vient de balancer, c'est de la bibine à côté du reste. Le plus dur, il s'en doute bien, est pour maintenant — le chapitre Steiner.

Steiner, Robert. Robert Charles André. Né à Toulon, trente-huit ans. Mère barmaid ; elle est à présent installée à Marseille, dans un café que lui a acheté son mari, lequel n'était d'ailleurs pas le père du gamin ; elle était tout ce qu'il y a de plus célibataire, Solange Steiner, au moment de la naissance ; elle a rencontré son mari deux ou trois ans plus tard, et si le mouflet n'a jamais pu encadrer son beau-père, la réciproque était tout aussi vraie. De l'avis général, le gamin était très brillant, c'était peut-être la raison ; on prétend qu'il tenait ça de son père, le vrai, un médecin de marine, un métis indochinois, qui a disparu dans la nature juste après la naissance du petit, sans l'avoir reconnu. Sitôt le bac en poche, Robert Steiner a filé à Paris, il a détalé pour faire des études de médecine. Sa mère, qui ne le voit jamais et qui s'en fiche, a trois autres enfants ; de toute façon, son mari et Steiner sont fâchés depuis longtemps. La maman le croit donc grand professeur à Londres. « Un ponte », a-t-elle dit, et elle avait l'air sincère. Pourquoi Londres ? Aucune idée. Alors qu'il est là, villa d'Albray, à jouer les gigolos dans l'appartement d'une vioque... Gigolo, d'ailleurs, en dehors de ses études de médecine, à l'époque déjà financées par une dame d'âge certain, et, si l'on fait abstraction du petit salaire qu'on lui verse, pour la forme et pour la Sécu, moyennant deux demi-journées de présence dans une filiale de la Gérin SA, gigolo, cette petite gouape de Steiner a toujours fait ça...

Le Coyote s'arrête ; il a tout dit et il n'en revient pas. Car elle encaisse tout, la miss Osborne ; c'est incroyable ce qu'elle encaisse. Pas un mot, pas une question. Elle se contente d'enfouir le rapport dans son sac et en profite pour sortir aussi sec son stylo et un carnet de chèques. Qu'elle dépose tranquillement sur la table, en ajoutant, la voix aussi péremptoire que la dernière fois : « Vous m'avez parlé de micmacs. J'ai une amie qui les connaissait, ces deux-là : Steiner et la vieille. Mon amie s'est suicidée. Je veux tout savoir là-dessus. Je vais vous donner son nom et vous dire ce que je sais. Vous continuez. »

Cette fois-là non plus, Juliet Osborne n'a pas réclamé de photos.

A partir de maintenant, il fait chaud, il ne va plus cesser de faire chaud. Tout pèse dans la ville : le bruit, le ciel trop dur, trop haut, la pierre des rues sans vent. La vérité, surtout. Le mensonge était plus léger. Le froid aussi.

Et aucune prise, simplement cette chape qui tasse le dos, affale les épaules. Il faut bien s'y faire, c'est ainsi : Steiner Robert, gigolo de son état, trente-huit ans, né à Toulon de mère barmaid et de père inconnu.

C'est ainsi, mais comment, comment et pourquoi ? Pas besoin d'attendre le second rapport du Coyote, Juliet sait déjà ce qu'il va lui apprendre, elle croit déjà l'entendre, avec sa phrase qui parigote : un coup classique, madame Osborne, simple comme bonjour, l'enfance de l'art. Steiner, depuis toujours, se sert d'une femme pour aller à une autre.

Ça tombe sous le sens. Ça tombe si bien que ça l'écrase, Juliet. Plus la force de bouger. Broyée par la vérité.

Et ça dure, et c'est plus lourd de jour en jour, et ce n'est pas seulement la chaleur, ces heures de plomb, c'est aussi la mémoire, la mémoire revigorée, allaitée chaque soir à la mamelle du rêve, le rêve qui ne ment jamais et poursuit nuit après nuit sa vie têtue, inexorable. Au réveil, souvent, Juliet retrouve un souvenir : une pièce de plus dans le puzzle Steiner. Un poids de plus, aussi : comment n'avoir pas vu, n'avoir pas su ? Par exemple, deux jours après sa rencontre avec le Coyote, lui revient une phrase d'Inès, elle ne sait plus quand elle la lui a dite, ni à propos de qui : « A quarante-cinq ans, folle d'amour comme à quinze. » Puis, d'heure en heure, le souvenir se précise, Juliet se revoit au début de l'année, dans son bureau de la Bibliothèque, le téléphone en main, ce téléphone qui nasillait des mots sur une femme malheureuse, une autre femme écrasée par l'abandon, à en tomber malade. Enfin, le lendemain, toujours au réveil, surgit de l'oubli le reste de la conversation : « Mon avocate, une femme si forte... Jamais je n'aurais cru... C'est elle qui m'a présenté mon futur associé. »

Juliet n'est pas sûre de la phrase au mot près, mais peu importe, tout s'emboîte déjà : au centre du tableau, Steiner, une fois de plus. Autour de lui, ses proies. L'une a conduit à l'autre, aussi bête que ça. Une chaîne, une collection. De souffrance. De destruction.

Comme dans tous les meurtres en série, les victimes se ressemblent : le même âge ou, plus exactement, le même tournant de l'âge, la même peur du temps et de ses échéances. Le même vide, la même impuissance à le formuler. La même terreur silencieuse, la même bravade.

Juliet retrouve à cet instant une scène encore plus ancienne ; c'est Inès, le soir de ses quarante ans, qui fanfaronne devant son gâteau d'anniversaire : « ... Allez, je souffle mes bougies et on n'en parle plus. Le temps qui passe, si vous croyez que j'y pense, avec tout le travail que j'ai ! Et puis j'ai un homme dans ma vie, encore bonne pour le service ! Des foutaises, toutes ces histoires... A notre époque les femmes sont toujours jeunes ! Quand on va de l'avant, on a toujours vingt ans... »

Aussi bête que ça, le petit manège de Steiner. Repérer cette peur cachée au fond de ses proies. Ce froid à l'intérieur. Ce grand noir. Et frapper. Pas beaucoup d'énergie à dépenser : dès qu'il l'a repéré, le point faible, le point mort, dès qu'il l'a touché, la victime est paralysée.

Rien que d'y penser, Juliet se retrouve en hiver, elle se souvient de l'engourdissement qui l'a saisie à l'instant où Steiner a posé sur elle sa pupille étrécie. Un gel de l'âme. Et voilà que le froid reprend au plus beau de l'été.

Le Coyote a promis le rapport pour la semaine prochaine. Mais l'attendre, c'est laisser le champ libre à cette inertie, à cette léthargie mortelles. Juliet tourne quelques instants autour du téléphone, puis se décide, appelle Mme Monteiro. Au bout de quelques phrases, elle obtient le nom qu'elle cherchait : l'avocate d'Inès s'appelait Pankoff, Marina Pankoff. Le puzzle s'ajuste instantanément.

Juliet raccroche le téléphone comme elle déposerait un haltère, son corps ne peut plus suivre, sa mémoire va trop vite. Marina, Marina Pankoff, la Marina de la bande, évidemment, celle dont Inès, juste avant de mourir, avait promis la vengeance à Steiner. La même, c'est couru, dont elle se rappelle maintenant avoir lu le nom à l'angle d'une lettre posée sur la table de Steiner, juste à côté du plateau à thé.

Ce soir-là, elle s'en souvient, il faisait très froid, aussi froid qu'aujourd'hui il fait chaud. Pourtant, l'étouffement est le même, le temps défaille, la minute suffoque. Exactement comme ce soir de février où, assise sur les coussins du canapé en L, elle a découvert les lunettes de Suzanne Bennett, quelques minutes après avoir déchiffré, à l'angle de l'enveloppe placée bien en évidence sur la table basse, le nom et l'écriture de Marina Pankoff.

Des signaux qu'elle s'est refusée à décrypter, y compris par la suite, lorsqu'ils lui sont revenus en rêve. Combien de nuits pourtant l'a-t-il harcelée, ce hiéroglyphe, avec les lunettes, les initiales gravées sur la théière, le fagot si étrangement disposé dans la cheminée, avec ses brindilles mêlées de vieilles partitions et nouées de ruban rouge...

Mais le signal est clair à présent, le labyrinthe s'ouvre, une seule réponse manque encore avant de pouvoir en sortir : où était-elle, Suzanne Bennett, ce soir-là et les autres ? Dans la mezzanine, à l'épier derrière d'autres lunettes rose bonbon ? A s'esclaffer derrière le balcon de fer forgé en la voyant écarquiller les yeux face à ses mots croisés ou à cette lettre de femme ? A se mordre les lèvres pour les ravaler, ses gargouillis immondes ? C'était donc elle, les bruits ?

Et si toute l'affaire, de A à Z, si l'ensemble du montage était l'œuvre de la vieille ? Pourquoi pas ? Elle, la mère Bennett, l'inventeur, le chef d'orchestre, le metteur en scène de cette prodigieuse mécanique à détruire ? Si c'était la vieille qui avait fait exprès d'oublier ses livres de jardinage et ses mots croisés dans la bibliothèque, elle qui s'était amusée avec les fusibles, le soir de la panne d'électricité ? Elle, les glissements, les grincements au fond de l'appartement, les manœuvres au téléphone ? Elle, le roman de l'île, l'ordonnatrice des récits, des silences ? Elle, le vrai maître, le bourreau de Steiner ? Une vieille perverse qui, pour se distraire, moyennant le gîte et le couvert, l'aurait contraint au *petit jeu* ? Comme pour l'aspirateur, le repassage, les courses : papier d'alu, ordonnance de trinitrine, cirage, timbres, dentifrice et *tutti quanti*... Comme pour les poubelles. Comme pour les collants.

Sûr, c'est elle, la mère Bennett. Elle, le marionnettiste, là-haut, dans la mezzanine, à tirer les ficelles.

Il fait de plus en plus chaud. Une canicule pareille, fin juin, on a rarement vu ça ; au fil des jours ce ne sont plus seulement le dos et les jambes qui peinent, mais le cerveau, tous les neurones chauffés à blanc.

Oui, sûr et certain, c'est la vieille qui mène la danse. Pas Steiner : inimaginable. Impossible que ce soit lui.

Donc, retourner là-bas.

Dolhman, en ce mois de juin, vit ses ultimes moments de répit. Il l'ignore ; il espère, il continue d'espérer. Et s'en trouve heureux, au bout du compte.

Malgré la chaleur, malgré la fatigue de Juliet. Peut-être même à cause de cette fatigue : il lui a proposé de l'emmener en vacances et elle a accepté.

Lui aussi, Dolhman, lui a promis une île. Une île et une maison. Juliet a souri, sans commentaires. Il n'a rien compris à ce silence, encore moins à ce sourire. Car elle ne lui a toujours pas parlé des récits de Steiner, il n'en sait rien ; rien de l'autre île.

Il s'est tout de même senti mal à l'aise. Histoire de meubler la conversation, il s'est alors lancé dans une grande envolée sur sa maison et sur son île. Un grand roc perdu entre Normandie et Bretagne, a-t-il dit, une belle petite villa blanche au pied d'une falaise, comme sur une carte postale, avec des contrevents bleus. Autour de la maison, pas grand-chose, des criques, des plages, quelques dunes, des chemins de douanier où baguenaudent des moutons.

« Mais là-bas, a-t-il ajouté, on ne s'ennuie jamais. A cause de la mer. Les marées, le ciel qui change tout le temps. Et puis, j'ai un bateau. Tant de choses à voir autour de l'île ! D'autres îles, des petites, des grandes, des réserves d'oiseaux, des phares, des ports de pêche, exactement comme autrefois. C'est étonnant, tu verras. Jamais on n'imaginerait. Et ça te ferait tellement de bien... »

Juliet l'a laissé dire, puis elle a souri une seconde fois. Un drôle de petit sourire, comme tout à l'heure, bref, un peu sec, comme une aigreur au coin des lèvres. Elle avait naguère la bouche plus généreuse. Cependant elle a répété : « Oui, je viendrai. » Sans discuter.

Depuis ce *oui*, Dolhman vit dans l'attente de leur départ. C'est elle qui en a fixé la date, le 30 juillet, un samedi. Il a insisté pour qu'ils s'en aillent plus tôt. Elle a refusé net, prétendant que l'administration de la Bibliothèque ne le permettrait pas, que ses dates de congé étaient arrêtées depuis longtemps et qu'il était trop tard pour en changer. C'était sans doute vrai ; mais Dolhman a bien senti qu'autre chose la retenait.

Surtout fin juin, lorsqu'elle a été prise de malaises. Des évanouissements à deux reprises, qu'elle a imputés à la chaleur et à ses insomnies. Le médecin, appelé en catastrophe la seconde fois, a prescrit du repos. Juliet n'a rien voulu entendre. Elle a mis une telle énergie dans son refus qu'il s'est senti obligé de prendre Dolhman à part : « Il faut la convaincre à tout prix, elle est à bout de nerfs, surmenée, très surmenée. C'est une perfectionniste, ce qui n'arrange rien. Il faut la changer d'air. En tout cas, l'éloigner. »

Dolhman n'a pas apprécié ce mot, *éloigner* ; il a repensé à Steiner et a eu peur. Alors il a tenté sa chance, il est retourné dans la chambre de Juliet, il a hasardé une phrase où il était question de congé de maladie. Elle ne l'a pas laissé finir, elle s'est redressée dans son lit : « Laisse-moi, c'est la chaleur, rien que la chaleur, cela fait trois semaines que je ne dors pas. Dès qu'il fera plus frais... »

Il a battu en retraite. Et s'est mis à croire aux raisons de Juliet : « Souviens-toi, la chaleur, il y a quinze ans déjà... Je me sens mal dès qu'il fait trop chaud, tu le sais bien, on ne se refait pas. Qu'est-ce que tu veux, enfant, j'étais déjà comme ça... »

C'était si facile, de la croire. Dolhman a donc préféré s'en tenir au *oui* qui avait accueilli sa proposition de vacances dans l'île, ce *oui* immédiat, sans réserves. Certes, la bouche de Juliet s'était crispée quand il avait dit *île*, mais son œil, lui, s'était mis à briller ; et si fort.

Là-bas, c'était sûr, ils seraient enfin heureux. Elle en reviendrait revigorée, changée. Toute à lui. A jamais.

De loin en loin le doute vint corroder ce rêve, un doute acide, aussi aigre que ce sourire qu'il n'avait pas aimé. Ce n'était jamais qu'une brève piqûre, car enfin, c'était clair, avant qu'il ne lui en parle, Juliet n'avait pas de projets pour l'été ; et, depuis quelques semaines — depuis qu'elle dormait si mal, lui semblait-il, depuis qu'il faisait si chaud —, ils se retrouvaient toutes les nuits.

Il en déduisit qu'elle l'aimait. Qu'elle l'aimait enfin. Pour toujours. Que l'amour, chez Juliet, épousait la forme du silence. Qu'elle n'était pas ainsi naguère mais qu'elle avait changé. Et qu'il fallait s'y faire. Ce n'était pas si difficile, après tout.

Alors, souvent, la nuit (quand il était sûr qu'elle ne se réveillerait pas, vers deux, trois heures du matin, pas plus tard, ensuite l'insomnie la reprenait en dépit des somnifères prescrits par le médecin), Dolhman allumait une petite lampe, soulevait le drap et contemplait pendant de longues minutes son corps plombé par le sommeil artificiel. Juliet dormait nue à cause de la chaleur. Promenant doucement la lampe au-dessus d'elle, il redessinait la géographie de son île, la promesse de ses sentiers, de ses ronciers, ses sables tendres, il la touchait parfois là où battaient ses veines, il croyait reconnaître la mer dans ce pouls endormi, la succion et la frappe indéfinies des vagues ; la veille éternelle de l'océan.

Ainsi Dolhman ne vit rien venir. Ces semaines où il eut la faiblesse de croire à son bonheur, il en parle pourtant sans se faire prier, il n'y a que sa voix pour le trahir, sa voix qui ralentit, soupèse les mots, les silences, comme engourdie encore par la léthargie de l'été : « ... Il y a un point capital dans notre histoire : le 30 juillet, date prévue pour notre départ, tombait un samedi. C'est Juliet qui l'avait décidé. Elle aurait fort bien pu partir le vendredi matin, je le lui ai proposé à plusieurs reprises ; vraiment, elle aurait pu le faire, personne à la Bibliothèque n'y aurait vu malice. Mais elle ne voulait pas, elle disait qu'elle avait beaucoup de dossiers à régler avant ses vacances et que ce vendredi-là, le dernier, elle ne rentrerait pas avant dix, onze heures du soir, peut-être même pas avant minuit.

Elle ne mentait pas, je pense ; simplement, elle se donnait des chances. Je le sentais bien, quelque chose l'empêchait de partir. Mais que dire ? Je ne voulais pas la pousser dans ses retranchements, je préférais ignorer, fermer les yeux. Même si j'avais deviné que Juliet n'était guère pressée de me suivre, je préférais m'en tenir à ce qu'elle m'avait dit. A son *oui*. »

Il passe alors de la douleur dans les mots de Dolhman, de la douleur et du remords. Il s'interrompt un long moment, pensif, comme soupesant une fois de plus le poids du silence dans cette histoire, la part de la lâcheté, de la peur, du hasard, de la fatalité ; et lorsqu'il reprend, c'est de cela seulement qu'il parle — de l'engrenage où il s'est soudain trouvé happé : « ... Que serait-il arrivé si j'avais imposé à Juliet de partir le vendredi ? Si j'avais joué les tyrans, si j'étais passé outre ? Cette affaire devait mal finir, de toute façon ; tout était déjà en place pour la fin. Il suffit de le regarder, cet appartement, de réfléchir à la disposition des pièces : tout était là, dans son plan comme dans la distribution de l'immeuble. Seulement, je l'ignorais, moi, je n'avais pas cherché, je n'avais pas embauché de détective privé ! Alors, avec ou sans moi... »

Dolhman soupire une dernière fois, puis retrouve le ton de sérénité songeuse qu'il prend chaque fois qu'il s'évertue à trouver une morale à son histoire : « Les circonstances auraient changé, c'est tout. La date, le jour et l'heure. Je ne suis même pas sûr qu'on ait trouvé le vrai coupable. Car, au point où nous étions tous arrivés, Juliet et moi — et Steiner, bien sûr, surtout Steiner —, à ce point de rêve, de désir et de délire imaginatif, plus rien à faire : tout était écrit. Même quand j'ai commencé à y voir un peu plus clair, quand Juliet a enfin consenti à me parler, à vraiment se confier, en somme quand elle a prononcé devant moi le nom de la mère Bennett, il était déjà trop tard. A ce moment-là, les jeux étaient faits, plus moyen de revenir sur ses pas. Rien n'est pire que la réalité quand elle entend avoir le dernier mot. Elle se venge. Pas de quartier ! »

Cela s'est passé le 3 juillet, Juliet et Dolhman sont bien d'accord là-dessus. Un soir, à la terrasse d'un café.

La chaleur ne baisse pas, on commence à s'y habituer, voire à prendre goût à ces soirées où l'air est si lourd qu'on déserte les appartements pour s'en aller vaquer en somnambule au petit bonheur des rues.

On se croirait dans une station balnéaire : plus une place aux terrasses de café. Ceux qui sont assis regardent pendant des heures déambuler les autres. Les premiers n'ont pas l'air de savoir pourquoi ils sont là, non plus que les seconds ; si ce n'est qu'il fait chaud et qu'ils ne dorment pas.

Aux terrasses, on boit, on parle, de tout et de rien. Surtout de rien. Au premier souffle dans les feuilles des marronniers, on repousse son verre, on respire. C'est souvent en de tels instants qu'on se lève ou qu'on passe à autre chose. Qu'on dit ce qu'on a sur le cœur ; qu'on se jette à l'eau.

Ce soir-là, c'est Juliet qui a parlé la première. Elle a lâché d'un seul coup : « Steiner vivait aux crochets d'une *vioque*. »

Sans préambule, sans transition.

Dolhman a sursauté. A cause du mot *vioque*, évidemment. Jamais il ne l'avait entendu dans la bouche de Juliet et il y avait de la méchanceté dans sa manière de le prononcer : un rictus, comme une envie de se venger. Le début de la phrase aussi l'avait heurté : *Steiner vivait*. A croire qu'elle lui exposait là les raisons d'une rupture.

S'il y avait rupture, c'est qu'il y avait eu liaison. La voix de Dolhman s'est étouffée, il n'a réussi qu'à murmurer : « Où veux-tu en venir ? »

Juliet a eu son petit sourire aigre avant de répéter : « Steiner vit avec une vieille. »

Dolhman s'est raclé la gorge, puis est parvenu à répliquer :

« Comment le sais-tu ?

— Je le sais. »

Elle s'est emparée de son verre et a avalé une gorgée de soda, l'air de penser : le plus dur est fait. Et elle s'est fermée. Mais Dolhman ne l'a pas entendu de cette oreille. Il a insisté : « C'est lui qui te l'a dit ? »

Elle n'a pas répondu. Il s'est entêté :

« Tu l'as revu ?

— Non.

— Alors ?

— Quand on veut savoir, on sait. »

Elle souriait toujours, la bouche de plus en plus amincie, mais sous l'effet d'un mépris qu'elle semblait désormais s'adresser à elle-même.

Histoire de se donner une contenance, Dolhman a saisi son propre verre. Il était vide. Alors il l'a reposé devant lui et s'est mis à le fixer.

Il réfléchissait, tentait de récapituler les événements, les incidents, menus et grands, de ces dernières semaines, les malaises, les insomnies de Juliet, ses silences, son acquiescement si prompt aux vacances dans l'île. Il tâchait aussi — c'était le plus pénible — d'imaginer ce qu'avait été l'autre histoire, parallèle à la leur, silencieuse, souterraine, celle de Juliet et de Steiner. Et il se concentrait si bien qu'il a fini par ne plus savoir ce qu'il faisait — il avait repris son verre et passait lentement son doigt sur le rebord humide qui crissait.

« Arrête ! » a lâché Juliet.

Elle avait crié. Leurs voisins la dévisagèrent. Elle non plus ne s'en aperçut pas. Elle enchaîna avec les accents d'une victime qui cède à la torture : « Steiner vit depuis des années aux crochets d'une rombière, une femme riche à crever qui s'appelle Bennett. Une vieille veuve. »

Il y a eu entre eux un très long silence ; les garçons

passaient autour des tables en entrechoquant les verres et les carafes, des passants sur le trottoir s'interpellaient, l'un d'eux entonna même un couplet, mais lui, Dolhman, n'entendait plus rien. Rien, sinon les échos de la rancœur de Juliet : *rombière, riche à crever*.

Pourtant, il fallait bien dire quelque chose, puisque Juliet ne parlait plus. Il fallait l'encourager à continuer. Il a laissé tomber : « *Bennett*, ça me dit quelque chose. »

Ce n'était pas faux, le nom lui évoquait une vague réminiscence, un souvenir qu'il rattachait à son métier, à des catalogues de vente — sans plus.

Juliet ne lui a pas laissé le loisir de chercher, elle a aussitôt rétorqué : « En Angleterre, c'est un nom tout ce qu'il y a de plus courant. Mais celle-là est de Bordeaux. »

Puis elle s'est remise à grincer : « ... Suzanne Bennett. Elle possède des laboratoires. Elle ne fait rien de ses dix doigts et elle roule sur l'or. Radine, avec ça. »

Le réflexe de Dolhman fut instantané :

« C'est elle qui en voulait à ton manuscrit chinois ?
— Rien à voir.
— Comment le sais-tu ? » a-t-il lâché pour la seconde fois.

Juliet a soupiré, a secoué sa frange en désordre, ses petites mèches qui avaient décidément beaucoup blanchi ces derniers temps ; elle s'est mise à observer le continuel va-et-vient des passants sur le trottoir, et elle a fini par lâcher sans un regard pour Dolhman :

« C'était Steiner, cette embrouille. Il était au courant. Au courant de tout.
— Mais comment ? Tu m'avais juré que... »

Ecoutant à peine, elle poursuivit, mécanique :

« Par Inès. J'en avais parlé à Inès.
— Du manuscrit ? De la vente ? A Inès... Tu lui avais tout dit ?
— Oui. »

Elle s'obstinait à lui répondre sans le regarder ; ce n'étaient plus les passants qu'elle observait, elle semblait plutôt les redouter, tout à coup, elle préférait scruter la nuit par-delà les toits, le ciel épais de la canicule, sa gelée flasque qui figeait jusqu'à la pensée, la noyait dans un océan de transpiration ; et Dolhman sentait aussi la sueur lui ruisseler le long du cou tandis qu'il tentait de mettre de l'ordre dans les questions qui brutalement l'assaillaient : des deux femmes, Inès et Juliet, laquelle avait présenté Steiner à l'autre ? Qui avait inventé cet enfer, mis en branle la machine à détruire ? Qui était Suzanne Bennett, qu'y avait-il au juste derrière cette riche veuve et son appartement en trompe-l'œil ? Et, par hasard, ne serait-ce pas pour Steiner qu'Inès, trois mois plus tôt, s'était jetée sous un train ? Evidemment, c'était pour lui ! Mais alors, broyée par quel engrenage implacable, quelle machine infernale où Juliet, maintenant...

Elle a dû sentir qu'il était au supplice, car elle n'a pas attendu qu'il l'interroge ; elle a pris les devants : « ... C'est Inès qui a parlé à Steiner de l'histoire du manuscrit, Inès qui lui a parlé de moi. Ils étaient déjà très liés, mais je l'ignorais. Il est venu me voir de son propre chef, sans rien lui dire. Ensuite, il a tout cloisonné, il est très fort à ce petit jeu-là, Steiner, extrêmement fort. Je n'ai découvert le pot aux roses qu'après le drame. D'ailleurs voilà. »

Elle a ouvert son sac, déposé sur la table quelques feuilles dactylographiées — Dolhman n'apprit qu'ensuite qu'il s'agissait du second rapport du Coyote.

« Je viens de le recevoir, mais je savais déjà tout. »

Il a parcouru le rapport à en-tête d'œil caché derrière une loupe, puis l'a repoussé d'un revers de main.

« Pourquoi t'être abaissée à une chose pareille ? Tu es jalouse ? Inès et Steiner... »

Juliet l'a interrompu d'un mauvais petit rire tout sec, une sorte de hoquet : « Jalouse ? Quelle idiotie ! Et de quoi ? Trois mois que je sais pourquoi Inès... »

Sa voix s'est étranglée. Dolhman a repris le rapport du Coyote, tenté de le parcourir une seconde fois. Il a très vite renoncé, tout en soupirant : « C'est bas. Ça te sert à quoi ? »

Elle a bu une gorgée de soda, s'est remise à observer la nuit au-dessus des toits ; puis elle a marmonné :

« Inès était folle de Steiner. Qu'ils aient été ou non amants, quelle importance ? Le détective n'en sait rien non plus, et je m'en moque. Seulement le résultat est là : Inès est morte et c'est à cause de Steiner. Et avant elle... avant elle aussi... Enfin... »

Elle s'empêtrait ; et ce bafouillage était plus pénible que tout, plus insoutenable encore que la vue de la foule battant le pavé devant la terrasse, les garçons excédés qui recommençaient à bousculer le dossier des sièges. Alors, se sentant pris à son tour dans les filets de Steiner, Dolhman éclata.

Il a cédé à la chaleur, à la fureur, il a frappé, infligé des mots comme autant de blessures, de brûlures. Pour tenter d'en sortir, pour en finir ; et ensuite oublier.

Mais Juliet ne répondit pas à ses coups. Et moins elle répondait, plus il frappait : « ... Je vais te la dire, moi, la vérité, ma petite Juliet, puisque tu n'y arrives pas ! La vérité, c'est qu'avant Inès il y avait une autre femme, et sans doute une précédente avant celle-là, et la suivante était déjà prête, et cette suivante, c'était toi, Juliet, la dernière de ce que Casanova, dans ses *Mémoires*, appelle une bonne série, exactement comme au billard : une femme pour aller à une autre. Une ficelle éculée de séducteur au petit pied. Dans nos campagnes, figure-toi, on lui donne un autre nom, à ce coup-là, un nom très imagé, un peu cru, mais qui dit bien ce qu'il veut dire : une fille dans l'écuelle et l'autre qui attend sur le coin du fourneau... »

Il s'arrêta. Elle ne bronchait toujours pas. Il s'acharna : « ... Tu aurais pu tout de même comprendre, te rendre compte que c'était Inès qui lui avait parlé, à ton Steiner. Et puis, qu'est-ce qui t'a pris, aussi, de vouloir acheter ce manuscrit ? Tu ne tournes pas rond, tu aurais pu te douter ! Mais tu n'avais pas envie de te douter. Toi qui pourtant vois tout, remarques tout... Toi qui ne t'es jamais laissé faire par personne... Mais voilà, ce Steiner, il te... »

Il en suffoquait à présent, il était en nage. Ce qui ne l'a pas empêché de continuer : « ... Allons au fond des choses. Ton Steiner, ce qu'il cherchait, c'étaient des femmes qui avaient fait des bêtises. Ou qui étaient susceptibles d'en faire, comme Inès. Des filles mal dans leur peau. Dans le temps, c'est aux oies blanches qu'ils s'attaquaient, ces types-là. Maintenant à des femmes de votre âge, en proie à la peur de vieillir, et surtout à la faute, au sentiment de faute... Encore une ficelle vieille comme le monde ! Ensuite, il faisait de vous ce qu'il voulait... »

Soudain, Dolhman n'a plus rien trouvé à dire. Plus de rage, plus de phrases. Plus de sueur non plus, et même tout le contraire : une sorte de froid ; les nerfs, la pensée brusquement glacés. Car, en face de lui, Juliet ouvrait enfin la bouche pour murmurer : « Non, Dolhman. De moi Steiner n'a jamais fait ce qu'il voulait. »

Elle semblait épuisée, mais aussi soulagée ; elle l'avait appelé Dolhman, comme au temps où elle ne l'aimait pas.

Elle s'est alors redressée, elle a souri, franchement souri, malgré son œil si transparent, si las. Son premier vrai sourire depuis bien longtemps ; et elle a ajouté à mi-voix : « De toute façon, avant de partir, je vais retourner là-bas. »

« C'est là que tout s'est noué, assure Dolhman. De moi, spectateur impuissant, en une heure de temps, Juliet a réussi à faire un acteur prêt à bondir sur scène. Elle n'a plus arrêté de parler, elle m'a démontré point par point pourquoi il fallait absolument qu'elle revoie Steiner. Surtout, il y a eu la manière dont elle s'y est prise, par petites touches, l'air de rien... Elle a évoqué les récits de Steiner, puis elle m'a résumé le rapport du détective, ce qu'elle savait de la mort d'Inès d'après la lettre et la bande qu'elle avait laissées. Tout cela avec une telle habileté, un tel art dans la présentation des faits... Je la suivais pas à pas, mot à mot, je voulais la suite, j'étais littéralement suspendu à ses lèvres, jamais elle ne m'avait paru plus attirante. Et j'ai marché.

« C'était la contagion de Steiner, en somme, et je n'y ai vu que du feu. Son postulat était simple : maintenant qu'elle savait la vérité sur Steiner, il n'y avait qu'un seul moyen pour tourner la page : revenir là-bas. Seule, évidemment. Pas pour lui dire ce qu'elle avait appris, pas pour s'expliquer avec lui, non, surtout pas, elle se tairait, au contraire, elle ferait l'innocente. Mais pour confronter la réalité de l'homme à ce que nous avions imaginé sur lui : les meurtres, les trafics, les séquestrations, que sais-je encore ? Car le plus beau de l'affaire, c'est que Juliet avait réussi à me convaincre que ce n'était pas seulement elle, mais moi que Steiner avait berné ! »

En fait, les choses n'ont pas dû être aussi faciles et rapides que Dolhman le prétend, car à un autre moment de sa confession, il dresse le catalogue des objections qu'il a opposées à Juliet ; il signale aussi qu'au beau milieu de leur discussion un garçon est venu les avertir qu'il était minuit et que le café allait fermer. Ils sont donc rentrés chez Juliet et c'est dans sa chambre qu'ils ont repris leur échange. Sur l'initiative de Dolhman, semble-t-il, qui en a profité pour lui exprimer ses réticences : « ... On allait se coucher, elle n'avait pas encore avalé son somnifère, j'ai risqué : "Enfin, Juliet, es-tu bien certaine que si tu appelles Steiner après trois mois de silence, il ne va pas renifler quelque chose ? Il doit savoir qu'Inès s'est suicidée, il n'ignorait pas que vous aviez été très liées, il peut imaginer que tu aies fait certains rapprochements, des découvertes, il ne peut pas ne pas penser que tu..." Elle ne m'a pas laissé finir : "Steiner n'imaginera rien. Steiner se croit toujours le plus fort." Je n'ai pas désarmé : "Mais maintenant que tu sais d'où il sort, de quoi il vit, tu ne vas pas pouvoir te comporter comme avant ! Certains petits signes vont te trahir, des signes dont tu n'auras même pas conscience. Il est très malin, ton Steiner, tu es la première à le dire, il va te voir venir, il va se douter..." Juliet avait réponse à tout : "Pour aller le voir, je peux prétendre avoir découvert de nouveaux documents sur le thé. — Il t'en reste sous le coude ? — Non, mais je peux en inventer." »

« Là, j'avoue que je suis resté sans voix, poursuit Dolhman, Juliet avait déjà tout prévu. Du coup, l'espace d'un instant, je n'ai rien pu lui opposer. Puis j'ai cru avoir trouvé un nouvel angle d'attaque et j'ai hasardé : « Tu vas être déçue quand tu vas le revoir. Souviens-toi du soir des caves... » Elle a secoué sa petite frange, un mouvement qu'elle avait toujours lorsqu'elle ne voulait pas lâcher d'un pouce. « L'homme des caves, je ne suis même pas sûre que c'était Steiner. Il toussait tellement, il était essoufflé, il avait l'air si malade. Jamais je n'ai vu Steiner malade. C'est la vieille qui ne va pas bien, il y avait des ordonnances dans sa cuisine, en tout cas des noms de médicaments sur sa liste de courses. Et puis rien ne prouve qu'il n'y ait pas une troisième personne dans l'appartement. Peut-être pas à demeure, mais de temps à autre... »

« Elle avait encore réussi à me clouer le bec, continue Dolhman. Je ne me suis pas découragé. Après quelques instants de réflexion, j'ai décidé d'en revenir au seul point qui m'intéressait vraiment : l'enquête du détective, l'homme que Juliet surnommait le Coyote — soit dit en passant, celui-là, elle n'avait pas l'air de le porter dans son cœur. Elle venait de sortir le second rapport de son sac et l'avait sèchement enfermé dans sa coiffeuse, sans doute à côté du premier — c'est là aussi, je l'ai découvert ensuite, qu'elle avait rangé tout ce qui concernait son histoire avec Steiner, le cadre en bois des îles, la lettre et la bande laissées par Inès, et les feuillets qu'elle noircissait elle-même depuis qu'elle avait des insomnies.

« Je lui ai désigné le meuble : "Ecoute, Juliet, maintenant, tu en sais assez. On ne va pas recommencer à gamberger..." Elle s'est alors exclamée : "Mais tu ne comprends donc pas ? Steiner est un acteur et l'appartement un théâtre ! Je veux savoir ce qu'il y a dans les coulisses ! C'est pourtant simple, non ?" Je lui ai à nouveau montré du doigt la coiffeuse. "Tu le sais, ce qu'il y a derrière le décor ! Un gigolo, tu as payé pour ça ! Ça ne te suffit pas ? Qu'est-ce que tu veux d'autre ? Le montant de son compte en banque ? L'inventaire de ses poubelles ?"

« Elle a éclaté de rire, ce qui m'a soulagé, car je pensais que j'étais allé trop loin, d'autant qu'elle ne cessait plus de m'appeler Dolhman. Mais le rire de Juliet était aussi l'indice qu'elle avait pris sa décision et que rien ni personne n'allait plus pouvoir l'arrêter. Du reste, dès qu'elle s'est calmée, elle a enfoncé le clou : "Ce théâtre, Dolhman, je veux savoir comment il fonctionne. Savoir aussi ce que Steiner a dans le ventre. Pourquoi il est là. Pourquoi il s'abaisse à ça."

« Elle s'est alors lancée dans une grande tirade sur les effets de trompe-l'œil, argumentant, me déclarant par exemple qu'en tant qu'expert elle avait eu en main quantités de faux et qu'elle avait souvent remarqué que la sensation de vérité relève de l'imagination tout comme la perception oculaire ; elle m'a aussi parlé des tulles-illusions, ces étoffes transparentes qu'on emploie au théâtre pour faire surgir ou disparaître à volonté, selon le jeu des éclairages, des décors et des personnages. Il n'y avait rien à redire, elle était extrêmement brillante, elle enchaînait, développait ses idées sans le moindre heurt, elle n'avait plus envie de se coucher, elle restait là à discourir sur le bord de son lit, un verre d'eau dans une main, son somnifère dans l'autre, radieuse, apaisée. Avec le recul, je pense que ce comportement n'était pas tout à fait spontané, elle avait dû beaucoup réfléchir avant de me parler, et elle savait parfaitement où elle allait, car elle en revenait toujours à la même idée : l'appartement qui était un décor et Steiner un acteur. Mais autre chose la tracassait encore : ce que lui avait appris le Coyote sur les origines de Steiner, le fait qu'il avait du sang asiatique, qu'il était *quarteron*, pour appeler les choses par leur nom. Elle répétait : "Tu comprends, Dolhman, rien d'étonnant à ce qu'il cloisonne sa vie et s'amuse à jouer des personnages différents. Lui-même est double par son sang, comment veux-tu qu'il s'y retrouve ? Il y a une partie de lui qui n'arrive pas à vivre, il est bien forcé de s'inventer des histoires, de se projeter dans des doubles ; et puis, son père qui ne l'a pas reconnu..."

« Elle a fini par me fatiguer, je dois le reconnaître. Les trompe-l'œil, le théâtre, les doubles, le père inconnu, sans compter le troisième homme, je ne m'y retrouvais plus. Alors j'ai soupiré : "Qu'est-ce que tu vas chercher ?... Il faut t'en tenir aux rapports de ton détective : des micmacs, tout ça, le concierge l'a confirmé, les minables petits micmacs d'un minable petit dragueur... — Il y a tout de même les bruits, m'a aussitôt opposé Juliet ; ils étaient vraiment étranges, ces bruits-là. Il faut aussi que je trouve ce que c'est..." Elle m'agaçait, à la fin, j'ai cru bon d'ironiser : "De minables petits bruits pour..." Elle ne m'a pas laissé finir : "Décidément, tu ne comprends rien !"

« A partir de ce moment-là, elle ne m'a plus lâché : "Je te répète que Steiner est un acteur qui joue devant un décor. Je veux savoir pourquoi il joue, et pourquoi ce décor. Pourquoi ce faux. Et ce qu'il y a derrière.

Dans n'importe quel faux il y a du vrai, je suis bien placée pour en parler, c'est mon métier. Sur Steiner aussi je veux toute la vérité."

« Alors, sans doute par lassitude, je m'y suis laissé prendre, conclut Dolhman, je l'ai écoutée jusqu'au bout, j'ai souscrit à tout. Plus une seule critique, désormais, plus une seule objection. Mais il y avait une partie de moi qui ne la suivait plus, qui ne l'écoutait plus. Qui savait qu'elle trichait. Juliet feignait d'être toujours la même, une passionnée du vrai, cependant il n'était plus temps de se voiler la face, elle était tombée amoureuse — amoureuse d'un faux, par-dessus le marché ! Plus elle s'apercevait que Steiner était un faux, plus elle en était éprise... Parce que c'était un faux comme elle n'en avait jamais rencontré : un faux humain. L'implacable attirance des contraires ! Imbécile, caricaturale, mais imparable : rien à faire. Seulement se rendre à l'évidence : dans cette histoire, j'étais de trop...

« A un détail près : Juliet en avait peur, de son faux. Une peur bleue, égale à sa fascination. Il lui fallait donc un aval. Ou une issue de secours pour le cas où les choses tourneraient mal. Elle avait jugé que ce rôle-là m'allait à la perfection. Voilà pourquoi elle m'a parlé ce soir-là, voilà aussi pourquoi, lorsqu'elle est retournée chez Steiner, elle a bien pris soin de me prévenir de la date du rendez-vous : elle ne m'a rien caché, elle m'a même indiqué l'heure et a laissé l'adresse de Steiner bien en vue sur la console de son vestibule, accompagnée de son numéro de téléphone... Ce matin-là, quand elle est partie chez lui, elle ne devait pas être très faraude. Quand on connaît la suite... »

Lorsqu'on demande à Dolhman pourquoi, dans ces conditions, il n'est pas intervenu — fermement intervenu, s'entend —, pourquoi il n'a pas pris le taureau par les cornes (il aurait pu téléphoner à Steiner, par exemple, le menacer, jouer la politique de la terre brûlée), il se contente de soupirer : « J'ai préféré la laisser faire. C'était à elle de trancher, après tout. Ou bien

Juliet choisissait d'être elle-même, et elle me suivait. Ou elle prenait définitivement le parti du mensonge. Oui, c'est vrai, je suis entré dans son jeu. La différence, c'est que moi, je n'avais demandé d'aval à personne. J'avais placé toute ma mise sur la table, c'était quitte ou double. Ou je gagnais, ou je perdais. Pas de compromis ni de demi-mesure. Le tout pour le tout. »

V

Villa d'Albray, jeudi 28 juillet, midi précis ; il fait plus chaud que jamais. Juliet retourne chez Steiner.

Rien à signaler. Le *petit jeu* s'est déroulé comme à l'ordinaire, sauf qu'il a été un peu interloqué, l'homme fatal, lorsqu'elle a appelé. Il y a eu un très long blanc à l'autre bout de la ligne. La surprise, un trou de mémoire, allez savoir. Au bout du compte, Steiner a eu le bon réflexe, il a retrouvé sans trop de peine ses bonnes vieilles habitudes, ses intonations de grand seigneur ; et il a fini par soupirer : « Prenons date, prenons date. Voyons donc, la semaine prochaine... » Il y a eu à nouveau un long silence, puis il a grommelé : « Ça ne va pas être simple, je suis débordé... C'est toujours la même chose quand on est dans les affaires. Juste avant les vacances, tellement de dossiers à régler... »

Il avait un tantinet oublié son texte, il ne se souvenait plus qu'avec elle, Juliet, il n'était pas en affaires. Elle aurait pu lui tendre un piège, le prendre en flagrant délit de mensonge. Elle s'en est bien gardée, s'est contentée de lui annoncer : « J'ai découvert d'autres documents qui peuvent vous intéresser, je voulais simplement savoir, avant de les poster, si... » Il ne l'a pas laissée terminer, il venait de retrouver et son personnage et sa pièce : « De nouveaux documents, quelle merveille ! Japonais, cette fois, ou toujours chinois ? »

Juliet s'entendit répondre : « Tibétains. » Elle aurait pu aussi bien dire « coréens » ou « kalmouks », Steiner aurait répondu avec le même aplomb : « Mais c'est inespéré ! Au point où j'en suis de mes recherches, rien ne pouvait mieux tomber... »

Dans la minute suivante, ils ont pris rendez-vous. C'est bien sûr lui qui en a fixé la date, le 10 juillet, tout comme auparavant, avec la même façon de sous-entendre : « C'est à prendre ou à laisser. »

La veille, bien entendu, il annula le rendez-vous.

Juliet n'en fut pas ébranlée, elle s'y attendait, c'était à nouveau le *petit jeu*. A un détail près : quand il l'appela, Steiner parut très tendu et, pour une fois, on aurait dit que ce n'était pas une feinte : son débit était saccadé, il s'embrouillait dans ses phrases ; de temps à autre, l'écouteur du téléphone laissait passer un souffle entre ses mots — une sorte d'oppression. Il maîtrisait pourtant son texte à la perfection : il avait des ennuis, un de ses correspondants étrangers avait débarqué à l'improviste, il devait préparer une publication dans une revue internationale, il avait enfin une conférence à donner à l'autre bout de l'Europe. Il préférait donc reporter le rendez-vous au 15. A l'heure du thé, comme d'habitude ; il aimait bien ce moment de la journée ; y voyait-elle quelque inconvénient ?

Bien sûr qu'elle n'en voyait pas. Une fois de plus, elle accepta.

Mais le 15 au matin, lorsqu'il l'appela pour reporter à nouveau le rendez-vous, Juliet fut très déçue. Et perplexe, car la nervosité de Steiner semblait s'aggraver. « Je suis à l'aéroport, lui annonça-t-il sans préambule, je dois partir, une affaire compliquée. » Il s'arrêta pour reprendre souffle. Juliet en profita pour risquer : « Où allez-vous ? » Il ne répondit pas tout de suite ; lorsqu'il s'y décida enfin, sa voix eut un accent étrange : « Pas au téléphone. Je vous expliquerai quand on se verra. »

Elle n'insista pas. Cela parut le rassurer, il enchaîna en lui proposant aussitôt une nouvelle date, le lendemain même, autrement dit le 16. Une demi-heure plus tard, il la rappelait : « De nouveaux soucis, je ne sais plus comment m'y prendre. » Il paraissait sincèrement à bout de nerfs. Un nouveau rendez-vous fut arrêté : pour le 28, quinze jours plus tard, à midi.

En dépit du délai, Juliet n'a pas discuté, pas protesté ; pas même lorsque Steiner lui a demandé son numéro personnel : « Simplement pour le cas où... Comprenez-moi, en ce moment, je suis tellement débordé... » Elle s'est bien volontiers exécutée, mais elle a aussi observé : « Vous savez, je pars le 30. Il serait peut-être plus simple que je vous poste les documents que j'ai trouvés. » Steiner s'est affolé : « Ecoutez, non, je vous jure que cette fois... Je suis sûr, absolument sûr que ce jour-là, à midi... »

Jamais elle ne l'avait senti aussi désemparé. Elle s'offrit le luxe d'insister : « Vous croyez ? Moi aussi, je suis débordée. Il serait si simple de... » La voix de Steiner — frémissante, comme l'autre matin, étranglée par le même désarroi — a alors recouvert la sienne : « Non, c'est sûr. Dans le pire des cas, je me débrouillerai. Le 28 à midi, je serai là, je vous assure. Je vous jure que... Seulement, aujourd'hui... » Il bafouillait, c'en devenait insoutenable. Juliet l'a arrêté : « Comme vous voulez. »

Le 27 au soir, il a rappelé. Chez elle, juste avant qu'elle ne sorte dîner avec Dolhman. Pour confirmer le rendez-vous — surtout l'heure : « Midi, a-t-il répété à plusieurs reprises, pas plus tard. Soyez exacte, je vous en prie. » Sa voix s'était remise à flancher.

Donc, en toute logique, ce 28 juillet, selon toute vraisemblance, Robert Steiner est bien là, 9, villa d'Albray, deuxième étage en duplex, à attendre Juliet avec ses habituels boniments.

Mais voilà que c'est elle, maintenant, qui se met à trembler.

Pourquoi diable, puisqu'elle a accepté ce rendez-vous en connaissance de cause, puisqu'elle sait où elle met les pieds ? Puisque Dolhman est au courant, puisqu'elle lui en a même confié l'heure et l'adresse, puisqu'elle lui a tout dit — enfin presque : tout ce qu'elle pouvait ; elle n'allait tout de même pas lui avouer ce qu'elle ne comprend toujours pas, ce qui l'amène ici une fois de plus vers Steiner, ce mensonge vivant...

Puisque c'est lui, Steiner, dont la voix frémit à présent au téléphone. Puisqu'on est en été, en plein jour, en plein Paris.
Puisqu'il est midi.

Midi, midi fixe. Midi qui vitrifie l'impasse sous une lumière ultra-blanche. Au sortir de l'arceau caissonné du porche, on se croirait en plein désert.

Un désert de pierre ; c'est le mur du fond qui renvoie trop de soleil, le mur aveugle qui aveugle.

Le cœur défaille, comme la vie au seuil du passage. Derrière Juliet, la banalité, sa fatigue, sa menace. Mais devant elle, quoi ?

Encore un instant sous l'arche fraîche. Pour la première fois depuis qu'elle vient ici, Juliet Osborne se retourne.

Un autobus passe dans la rue, c'est tout. Au mur du porche est placardée une feuille dactylographiée annonçant aux occupants de l'impasse que M. Stefan Blazeck, gardien du 122, prend quelques jours de congé. En conséquence, jusqu'au 1er août, ils doivent retirer leur courrier chez le gardien du 134. La note précise en outre que jusqu'à cette même date ils ont à se charger eux-mêmes du service des poubelles.

Le regard de Juliet revient vers l'impasse vide. Sur la plupart des façades, les volets sont tirés. Il n'y a qu'un véhicule rangé sur le bas-côté. *Les gens sont partis*, comme on dit chaque été.

Et si c'était celle de la vieille, cette unique voiture abandonnée sur les pavés disjoints de la villa d'Albray ? Si c'était la mère Bennett qui se tenait dans l'appartement à l'attendre à la place de Steiner ?

Midi tremble au fond de l'impasse, la nuit vient en plein jour écraser les paupières.

Non, impossible, Steiner sait qu'aujourd'hui la voie est libre. Et demain ? Il n'y a pas de demain. Il n'y a qu'aujourd'hui, à midi.

Et qu'est-ce que ça peut faire, que la vieille soit là ? Bien sûr, c'est un dragon, un monstre, la mère Bennett contrôle tout, espionne tout, c'est elle qui oblige Steiner à reporter sans cesse leurs rendez-vous, elle le tyrannise, le martyrise. Mais c'est bien fini. Parce que avec elle, Juliet, Steiner va apprendre la beauté de la vérité. Sa grâce, son bonheur. Le bonheur.

Il a d'ailleurs commencé, sa voix tremble quand il appelle. C'est que, jusqu'à maintenant, personne ne l'a vraiment compris, Steiner, personne n'a cherché, on l'a laissé souffrir sans jamais lui venir en aide. Voilà pourquoi il ment : bien obligé, nul ne s'est occupé de lui, personne ne l'a jamais vraiment aimé. Aimé comme elle, Juliet, en silence, avec patience. Voilà pourquoi la vieille ne compte pas. L'amour n'en fera qu'une bouchée.

Juliet franchit le porche : elle a maintenant choisi son camp, elle s'engage dans l'impasse. L'illusion à nouveau marche à ses côtés, le mur aveugle est sa ligne de fuite, mais tout va bien, tout est bien, elle marche vers le 9, deuxième étage, vers la forme vide de Steiner où elle a englouti tous ses rêves.

Et voici la vie bloquée à ce midi fixe : plus de passé, pas d'avenir, le cadran du couvent se fige, les mosaïques bleu et or de la maison arts déco se fondent dans la congestion de lumière avec le disque blême des paraboles coiffant les toits du ministère, les touffes d'herbe roussies entre les vieux pavés, les claustra au fond du passage grillé par la fournaise, les sept œils-de-bœuf qui couronnent l'immeuble du 9.

Juliet y jette à peine un regard, son index est déjà pointé vers l'interphone, seule terre émergée dans l'océan du temps. A son bourdon répond aussitôt le cliquetis de la porte. Steiner n'a pas proféré un mot mais qu'est-ce que ça peut faire ? L'île est ici, dans un instant elle en sera la reine aimante et aimée, qu'importent les mensonges, qu'importe même la vérité...

Ensuite tout va très vite. La porte à vitraux cède, voici la fraîcheur de l'entrée. Un simple coup d'œil au jardin derrière la seconde porte, à son gazon calciné, au bac à sable abandonné. Juliet court vers l'escalier.

Pourtant, devant la volée de marches, la cruauté de la lumière d'été met tout à nu : la prétention de la colonnade rose, le faux marbre des murs, le pauvre signal de la double minuterie, à gauche de la porte des caves.

Plus de jouets dans l'entrée, toutes les portes semblent sévèrement verrouillées ; plus de vie jusqu'au dernier étage, la rampe de bronze se ternit, un flot de poussière descend lentement la pente d'un rayon de soleil échappé de l'oculus, là-haut, au-dessus des deux battants de bois blond barrés d'acier guilloché.

Juliet s'essouffle. Sous cette chape de silence, son halètement doit sûrement s'entendre, mais ce n'est pas ce qui fait que son cœur s'arrête, que son doigt se fige avant d'actionner la sonnette de l'appartement ; c'est que, derrière la porte entrouverte, elle a entraperçu une main, puis un œil.

L'orbite est creuse, la main noduleuse. Lui.

Il ne parle pas, mais lui fait signe d'entrer. La porte s'entrebâille plus largement, il s'efface. Juliet plisse les yeux, elle voudrait distinguer Steiner, le voir en pleine face, en pleine lumière. Rien à faire, l'entrée baigne dans la pénombre et il n'y a d'autre jour dans le salon que celui, pisseux, que filtrent les rideaux tirés.

Jaunes, ces rideaux. Dans son souvenir ils étaient rouges, et pourtant, c'est certain, on ne les a pas changés ; leurs coutures s'effilochent, leurs franges sont élimées. C'est à cause d'eux que tout dans l'appartement baigne dans une mer jaunâtre : la table basse, les marqueteries, les visages des tableaux, les miroirs, les

243

reliures même dans la bibliothèque ; la mezzanine, enfin.

Sur la table, près du canapé en L dont le blanc lui aussi a viré à l'ocre, pas de thé ; du jus d'orange et deux verres. Même couleur ou presque, topaze, ces deux verres. Comme les glaçons dans leur seau.

Steiner s'approche, il ne sourit pas. Il transpire, il a l'air tendu, on dirait qu'il a maigri. Beaucoup plus de bistre qu'avant autour de ses paupières.

Pas de doute, il faut l'aider. L'aimer.

Il s'efface à nouveau devant Juliet, lui désigne le salon, la table basse, le jus d'orange trop orange. Sur l'argent jauni du seau, le même chiffre entrelacé que sur la théière hivernale, *RB*.

Comme d'habitude, Steiner voit que Juliet voit ; il voit ce qu'elle voit. Cependant il se tait. Impassible, il poursuit le rituel, lui fait signe de s'asseoir sur le canapé en L. Mais il s'emmêle dans ses phrases, comme hier au téléphone : « Il fait tellement chaud, j'ai pensé... »

Allez, Juliet, il va falloir jouer le jeu, le *petit jeu*. Oublier tout ce qu'a dit le Coyote, s'affaler sur le canapé. Poser sur la table des traductions de traités qui n'existent pas, aligner réplique après réplique. Le personnage, jusqu'au bout : plus moyen de reculer. Et s'interdire de réfléchir.

S'empêcher de penser, par exemple, que les rayures, là, sur la commode en bois des îles, sont les traces d'un des innombrables déménagements de la mère Bennett, du temps où elle filait le parfait amour avec Robert Steiner entre New York et Marbella. Que les deux portraits de femmes accrochés entre les fenêtres sont ceux des aïeules de la vieille et qu'elle doit arborer la même mâchoire prognathe, cette pouffe de Bennett, le même œil de crevarde. Oublier que le guéridon tout luisant de cire, qui met si bien en vedette la photo de la maison perdue, c'est lui, Steiner, qui l'a astiqué, chiffon dans une main, encaustique dans l'autre. Que la soie de sa cravate, c'est la vieille qui l'a choisie. Payée.

Traces de l'amour, plus cuisantes encore que les traces d'une femme. Oublier, s'interdire de penser. Ou ne songer qu'à l'abandon, à la peur qui l'ont conduit ici, Steiner. Qu'aux façons de l'en délivrer.

Mais trop tard, la pièce va recommencer, les accessoires sont en place : la photo de la maison perdue bien au centre du guéridon, les Mémoires de sa pseudo-mère au beau milieu de la table à l'intérieur d'un gros dossier ; l'acteur est prêt : costume sans un faux pli, chaussures irréprochables, rasé de frais, parfumé comme toujours à la bergamote, voix à présent exactement placée, parfait, vraiment, R.C. Steiner, le professeur Steiner, neuropsychiatre, chercheur de son état, Steiner comme au soir de leur première rencontre à la Bibliothèque, impeccable, prêt à l'emploi.

Si ce n'est qu'il a beaucoup maigri. Quelque chose de flou s'est glissé dans sa pupille rapace. Trop d'ombre autour de ses tempes. Et puis ce sourire de cendres.

Il se remet pourtant à enchaîner les phrases sans le moindre heurt. Juliet ne l'écoute pas. Il s'en rend compte, s'arrête, remplit les deux verres. Puis relève la tête, perplexe. Et la dévisage.

Elle aussi. Sans baisser les yeux — c'est la première fois. Combien de temps, elle ne sait plus. Elle se souvient seulement de la violence de l'instant, de l'abîme entre leurs corps trop proches. De l'envie d'en finir.

Une minute au poids de pierre. Le fardeau de ce qu'on sait, de ce qu'on tait. La mort d'Inès, l'avocate, le métis indochinois qui a renié son fils. Et Solange Steiner, la barmaid de Toulon. Et Stefano Banganelli, le peintre. Les laboratoires Gérin. Raymond Bennett au fond de son fauteuil roulant dans un hospice de luxe. L'avarice, les collants. Les médicaments. La vieille.

Sans compter Dolhman, les vacances dans deux jours. Il faudrait en parler. Maintenant, sur-le-champ. Franchir le pas, tout dire. En finir pour pouvoir commencer. Mais comment ?

Il vaut peut-être mieux faire avant de dire. Faire quoi ?

Ce qui se fait tout seul. Suivre sa pente. Aller, comme on dit, jusqu'au bout.

C'est à présent Juliet qui est en sueur, et ce n'est pas la chaleur.

Elle soupire, esquisse un premier mouvement — les jambes, les cuisses. Steiner grommelle un ou deux mots. Quoi ? Aucune idée. Et il semble soudain paralysé.

Ses mains, vite, s'emparer de ses mains ! Seulement, il a l'air d'avoir si peur.

Alors tout s'alourdit, s'engourdit. Les mots, les gestes. Morts nés, pris dans la bourbe de l'océan jaunâtre. Rien ne se fait, ne se dit.

C'est à ce moment-là aussi qu'il y a eu le bruit.

Pas les bruits, *le* bruit.

Si Juliet l'a entendu si nettement, ce jour-là, si elle a su, à cette seconde précise, et définitivement, qu'il n'y avait jamais eu dans l'appartement qu'un seul bruit, un avertissement unique, parasité jusque-là par une multitude de signaux anodins, c'est sûrement à cause du silence, de son encerclement en cette fin juillet, de l'étau de chaleur et de silence qui enserrait l'immeuble. L'impasse vide, les maisons désertées. Telle est la seule explication. Et puis l'absence de mots et de gestes entre Steiner et elle, les gestes et les mots qui ne venaient pas.

Juliet l'a compris plus tard : si elle eut l'impression que le bruit dura une éternité, c'est qu'elle en demeura saisie. Il n'avait pu excéder une poignée de secondes, impossible qu'il eût été plus long. Le temps seulement pour elle de se redresser, de tendre l'oreille du côté d'où il venait.

De la cuisine, ou plus exactement du dessous de la cuisine. Ça glissait, clapotait, cliquetait, glissait. Plus jamais ça ne s'arrêterait.

Mais Steiner s'est levé. D'un mouvement féroce, il s'est emparé sur la table du dossier bourré de photos et de notes dactylographiées. Il a aussi retrouvé son œil d'oiseau de proie. Puis il a jeté : « Venez. »

Comment elle s'est retrouvée sur le palier, Juliet ne le sait plus, il a dû la pousser — elle n'en est pas sûre. Tout de même, s'il l'a fait, elle devrait se souvenir de la pression de son bras. Mais rien ne lui revient. Sauf ce qu'a dit Steiner en verrouillant la porte : « Je vous emmène déjeuner. » Et il lui a fait dévaler l'escalier.

Ils sont sortis par le jardin en empruntant la petite porte qui donnait sur la rue du ministère.

Elle ne se souvient pas non plus de ce qu'elle y a vu,

ni de l'appentis à colombage, ni de la façade arrière de l'immeuble — lui a-t-elle seulement lancé un regard ? Là encore, tout est allé trop vite ; Juliet Osborne est même incapable de dire si, dans le hall, la porte supposée conduire aux caves était ouverte ou fermée.

Elle se laissait faire, elle marchait, courait dans l'ombre de Steiner, et elle s'y sentait bien, heureuse, complice, déjà, comme dans un crime — comme un début de bonheur dans un début de crime. Steiner manipulait son trousseau de clefs avec une dextérité hors pair, voilà à peu près tout ce qu'elle se rappelle. Tout en l'entraînant à toute allure, il réussissait le prodige de ne pas avoir l'air pressé.

Il ne s'est arrêté que dans la rue, après avoir verrouillé derrière eux la porte du jardin. Là, il a fallu qu'il s'appuie au mur. Il a levé les yeux vers le ciel en fournaise, le souffle coupé.

Puis il s'est repris. Comme l'homme des caves, exactement.

Et alors ? Juliet le savait déjà, que c'était lui. Depuis son arrivée, tout à l'heure, depuis l'instant où elle a vu sa main noueuse attirer à lui les battants de la porte. Même précision, même économie du geste. Même tension, même crispation douloureuse que chez le fantôme qui, chaque nuit, venait tourmenter ses rêves.

Lui aussi, Steiner, c'est vraisemblable, savait que Juliet savait. Il l'avait senti, deviné. Tout ce qui leur manquait encore à tous deux, c'était un peu de temps. Celui de se débarrasser de leurs costumes. De recouvrer, privés de leur défroque, la force d'être eux-mêmes. Nus et vrais.

En était-il capable, Steiner ? Juliet, oui. La preuve : elle n'avait plus peur de lui.

Plus du tout. Et si elle continuait de trembler, là, le long du mur du ministère, courant toujours dans son ombre, c'était pour une tout autre raison. A cause d'une vision qui ne voulait plus s'effacer en elle, si violente qu'elle en altérait l'instant où, derrière la porte du jardin, elle avait vu Steiner, saisi de malaise sous la canicule, rejoindre enfin sa vérité.

Cette image, qui lui faisait maintenant chercher l'abri de son épaule, c'était la dernière qu'elle avait conservée de l'appartement avant que Steiner n'en eût verrouillé la porte : au-dessous de la mezzanine, sur le pan de mur situé à droite de la commode en bois des îles, la gueule de requin, cet énorme piège tendu qu'elle avait baptisé sans trop savoir pourquoi *la mâchoire de mérou*. Dans l'océan pisseux où s'abîmait la pièce, la grimace du néant.

« La vie ordinaire a mis alors sa menace à exécution, poursuit Dolhman. La vie ordinaire où j'étais resté, ce monde désenchanté dont Juliet ne voulait pas, peuplé de gens comme moi ou comme Suzanne Bennett, chevillés au réel, persuadés qu'on peut encore arrêter les rêves après qu'ils se sont mis en marche. Mais non, on ne peut pas. Seulement voilà, l'illusion, comme le démon, dispose d'un extraordinaire arsenal de ruses. Et sa plus subtile fourberie, exactement comme chez le diable, est de nous faire croire qu'elle n'existe pas. »

Le 28 juillet donc, le soir même de son retour villa d'Albray, Juliet a confié à Dolhman qu'elle avait revu Steiner et qu'il l'avait invitée à déjeuner. Conformément à sa tactique habituelle, Dolhman n'a pas posé une seule question, ce qui a eu pour effet immédiat de provoquer les confidences de Juliet. Elle s'est penchée vers lui, radieuse. « Steiner n'est vraiment pas l'homme que je croyais. Il m'a conviée à déjeuner. »

Dolhman a encaissé le choc. Il a tout de même réussi à répondre : « Il a payé ? » Elle a haussé les épaules : « Qu'est-ce que tu crois ! »

Elle s'était rembrunie. Dolhman en a profité pour insister :

« Et l'appartement, rien de changé ?
— Rien. »

Elle s'est crispée, fermée. Cependant, au bout de quelques minutes, elle a cru bon de préciser : « Tu sais, je n'ai fait qu'entrer et sortir, je n'ai pas eu le temps de regarder. »

Dolhman a senti qu'elle lui cachait quelque chose, il a remarqué : « Tu ne m'avais pas dit que Steiner et toi aviez prévu de déjeuner. » Elle a souri. « Ah bon ? J'ai dû oublier. »

Elle ne lui a pas parlé du bruit ni de sa peur — pas un mot. La conversation aurait pu en rester là : en amour comme en affaires, Dolhman était le même : quand il avait défini une stratégie, il s'y tenait. Tôt ou tard, devant son silence, Juliet recommencerait à parler de Steiner. De front ou de biais, mais elle parlerait.

Ce moment, en effet, ne tarda pas à venir : après une ou deux minutes de rêverie, sans même l'effort d'une transition, elle a repris :

« Steiner joue toujours le même personnage. Il me parle de son île, de sa mère, du domaine qu'il veut racheter. Mais, je ne sais pas pourquoi, je le trouve changé.

— Les gens ne changent pas, a tranché Dolhman. Surtout, on ne les change pas. »

Juliet n'a pas paru comprendre, elle a continué comme si de rien n'était : « Steiner n'est plus le même homme. Je me demande s'il ne se doute pas... »

Une seconde fois, Dolhman l'a coupée : « Si Steiner se doute de quelque chose, il devient dangereux. »

Juliet s'est récriée : « Mais non, voyons, c'est tout le contraire ! Il va tout me dire maintenant, tout me raconter ! »

Une fois encore, Dolhman s'est contraint au silence. Il était pourtant au martyre, grillant de connaître le comment, le pourquoi de ce bizarre déjeuner. Cependant, Juliet se contentait de répéter : « Il va tout me dire, je le sais. »

Il ne bronchait toujours pas. Alors elle a fini par lâcher : « J'en ai la preuve ! Tu vas voir ce qu'il m'a donné... »

« Nous dînions chez elle, dehors, sur sa terrasse, se souvient Dolhman. Ce jour-là encore il avait fait très chaud. Juliet a quitté la table, couru jusqu'à sa chambre. Je n'y tenais plus, je l'ai suivie. Je l'ai vue alors sortir de sa coiffeuse, là où elle avait déjà enfoui les rapports du Coyote, un petit carton à dessins. Elle s'est aperçue de ma présence mais ça ne l'a pas troublée. Elle était sur un petit nuage ce soir-là, amoureuse, follement amoureuse, c'était maintenant flagrant — en tout cas pour moi. Je la vois encore me tendre son carton, triomphante : "Tu vas voir, tu ne vas pas en croire tes yeux !" Et, en effet, sur le moment, j'en suis resté comme deux ronds de flan. Ce qu'elle me tendait, c'était une aquarelle, un nu. Il était signé Banganelli.

« Puis mes réflexes ont repris le dessus. Mes réflexes professionnels, s'entend. J'ai pensé : Banganelli, mais qui détient le plus beau de la collection Banganelli ? Et c'est là seulement que j'ai fait le rapprochement : Bennett, bien sûr, la collection Bennett ! Et, dans la minute, j'ai eu mon plan.

« Il était très simple, au demeurant. Je pensais alors disposer de toutes les cartes. Mon seul handicap, c'était le temps : plus que quarante-huit heures avant notre départ. Mais l'affaire n'était pas compliquée : avec un peu de chance, seulement deux coups de fil à donner.

« C'est d'ailleurs ainsi, au début, que les choses se sont passées. Le lendemain matin, à neuf heures, j'ai appelé les laboratoires Gérin. Je me suis présenté sous mon nom et pour ce que je suis : marchand de tableaux. J'ai dit qu'on venait de me proposer un très beau Banganelli et que je craignais qu'il ne fît partie des œuvres qui avaient été dérobées trois ans auparavant à Mme Bennett. Je souhaitais donc la rencontrer au plus vite. On m'a immédiatement indiqué où la joindre. On m'a prié de ne pas tarder : elle allait repartir en vacances, elle n'était à Paris que pour deux jours. On m'a aussi laissé son adresse, villa d'Albray, évidemment.

« Avant de composer son numéro, j'ai quand même pris soin de le comparer avec celui de Steiner. Ils étaient différents. J'ai donc appelé Suzanne Bennett. C'est elle, qui m'a répondu. Il était neuf heures vingt, je m'en souviens très bien. Une voix ferme, légèrement acide, mais sereine. Cela dit, quand je lui ai annoncé ce qui m'amenait, elle a changé de ton, la mère Bennett ! Elle n'a fait ni une ni deux, elle a accouru à mon bureau. Une demi-heure plus tard, elle était devant moi.

« J'étais sûr de mon coup. Jusque-là, tout s'était déroulé exactement comme je voulais. Je n'attendais plus que le bon moment pour abattre ma carte — l'aquarelle. Que j'avais bien entendu dérobée à Juliet, ni vu ni connu, une heure plus tôt, juste après son départ pour la Bibliothèque.

« Des mois que je ne l'avais vue aussi belle, Juliet... Comme la veille, radieuse, légère, tout à son rêve. Sur son petit nuage... »

Au premier abord, la mère Bennett n'avait pas du tout une tête à s'appeler la mère Bennett. D'abord, elle ne faisait pas ses soixante-sept ans ; elle est arrivée en jean et tee-shirt — tee-shirt de luxe, bien entendu, dûment frappé entre les seins du sceau qui en authentifiait l'origine et le prix. Et le reste à l'avenant : bronzage grand teint, ongles laqués, permanente blond vénitien sans un seul faux pli, petites cascades de breloques en or aux poignets et au cou. Un seul détail détonnait dans sa mise, surtout en plein été : ses chaussures, des talons bottiers de cuir beige. Elle devait avoir des douleurs aux pieds.

Pour le reste, c'était la parfaite panoplie de la femme riche et sans histoires, disposant librement de son temps et de son argent. N'y manquait qu'un accessoire : le chien. On n'en était pas loin : Suzanne Bennett bougeait comme si elle ne cessait de tirer à elle une laisse invisible ; elle montrait aussi cette autorité à la fois chichiteuse et caporaliste qu'on rencontre parfois chez les passionnés d'animaux domestiques, tant et si bien que durant les premières secondes de leur entretien, Dolhman, qui avait les bêtes en horreur, se réfugia derrière son bureau en se demandant d'où allait bien pouvoir surgir l'immanquable teckel. Mais rien ne vint.

Il put alors l'examiner enfin de plus près. Suzanne Bennett n'avait pas l'air commode : nez inquisiteur, bouche légèrement prognathe ; et puis cette arrogance particulière aux êtres qui ont été très beaux et savent que c'en est fait. Cela dit, elle avait encore de l'allure, la Bennett, quoique un peu chevaline, et il était aisé d'imaginer qu'elle avait été mannequin. Elle avait dû s'arrondir. Comme chez la plupart des femmes de son âge, l'abus de soleil lui avait raviné la peau.

Ce n'était pas ce qui la vieillissait. Là où se lisait son âge, c'était dans les yeux.

Secs, décolorés, rageurs. Dès qu'il eut rencontré son regard, Dolhman sut qu'il avait affaire à une femme peu décidée à s'en laisser conter.

Elle l'a froidement salué, s'est installée en face de lui avant même qu'il ne l'y eût conviée, puis a déposé sur la table un énorme dossier — l'inventaire des œuvres de feu son époux. Et elle a laissé tomber : « Alors, mon Banganelli, vous me le montrez ! »

Il lui a tendu le carton volé à Juliet. Elle ne l'avait pas ouvert qu'elle a grincé : « Ce n'est pas un tableau. Une aquarelle, sans plus. » Et elle s'est emparée du dessin.

Depuis les chaleurs, les stores du bureau restaient rigoureusement baissés et la pièce baignait dans une demi-pénombre. Elle a saisi ses lunettes en bas du sautoir où elles étaient accrochées, les a chaussées, a plissé les yeux. Dolhman a allumé une lampe. Le jeu de sa lumière dans les lattes des stores a projeté des rayures noires sur le visage de Suzanne Bennett. Elle était si absorbée qu'elle ne s'en aperçut même pas.

Elle a examiné l'aquarelle dans ses plus infimes détails, une véritable expertise, recto, verso, l'élevant même devant l'ampoule de la lampe pour vérifier le filigrane du papier. Sans la moindre émotion.

Et pourtant, à l'instant où elle avait pénétré dans son bureau, Dolhman l'avait parfaitement reconnue : c'est elle qui avait servi de modèle au nu de l'aquarelle — plus de trente ans plus tôt.

Elle a ôté ses lunettes, déposé le dessin sur le bureau. Sa lèvre inférieure pendait. C'était sans doute sa façon de sourire, car c'est sur un ton très amusé qu'elle a laissé tomber : « Il en voulait combien ? »

Alors Dolhman a commencé à penser que la situation risquait de lui échapper : la tête de zèbre, là, en face de lui, qui le fixait de son œil sec, avait l'air d'en savoir diablement plus long que lui sur l'affaire. Et, contrairement à ce qu'il escomptait, c'était elle qui menait le jeu.

Faute de trouver ses mots, il s'est levé pour éteindre la lampe, ce qui a eu au moins pour effet de renvoyer dans les limbes la tête de zèbre. Pour autant, Suzanne Bennett n'a pas désarmé : « Combien ? Il vous en a demandé combien ? »

Un long moment, on n'a plus entendu dans la pièce que le ronron de la climatisation. Dolhman a grommelé la phrase la plus vague qu'il a pu trouver, quelque chose comme : « Le problème n'est pas là. » Elle n'a pas paru l'entendre. Elle a repris l'aquarelle en main et s'est remise à l'examiner avec son sourire bizarre, puis elle a enchaîné : « Je ne vais pas vous forcer à me l'avouer, je connais parfaitement la personne qui vous a apporté ce dessin et je saurai bien lui faire cracher la vérité. »

Puis elle a ajouté en faisant tinter les petites breloques qui lui pendaient aux poignets : « C'est plus fort que lui, dès que je laisse traîner un gribouillis de Banganelli, il faut qu'il me le pique ! Bien sûr, gribouillis ou pas, c'est toujours un Banganelli, seulement vous ne trouvez pas ça bizarre, vous ? Maintenant, mes dessins, je les fais traîner exprès. Histoire de voir si ça marche. Ça ne rate jamais. »

Dolhman s'obstinait au silence mais évitait soigneusement de rencontrer à nouveau le regard de Suzanne Bennett, il se contentait d'observer ses bras, les cascades de bimbeloteries qu'elle n'arrêtait pas d'agiter — des mouvements si fiévreux, si saccadés qu'il s'est surpris à se demander s'il était vraisemblable qu'elle fût un excellent fusil, comme le lui avait assuré Juliet en se fondant sur le rapport du Coyote.

Cependant, la Bennett continuait, très assurée :

« ... Il n'en sait rien, bien sûr. Il se croit le plus fort. Qu'est-ce que vous voulez, l'important, c'est ce que les gens croient. Le plus piquant de l'affaire, c'est qu'en général, quand il essaie de vendre un dessin, le marchand m'appelle. Vous pensez, des Banganelli... Je laisse faire, ça lui fait son argent de poche. Et un ou deux dessins par an, au bout du compte, ça ne mange pas de pain. Lui, il n'a jamais rien compris, il tombe chaque fois dans le panneau. Il met quelquefois trois semaines ou un mois avant de se laisser tenter, mais ça ne rate jamais. Il n'a jamais compris que c'est moi qui...

— Madame, coupa alors Dolhman, ce n'est pas un homme qui m'a proposé cette aquarelle. C'est une femme. »

Suzanne Bennett cessa sur-le-champ d'agiter ses breloques, on entendit à nouveau le ronron du climatiseur. Sa mâchoire inférieure, comme tout à l'heure, s'était mise à pendre. Ce n'était certainement pas de stupeur, car elle rétorqua du tac au tac.

Ni : « Quoi ? », ni : « Qui ? » Le seul mot juste : « Laquelle ? »

« Vous le savez parfaitement », repartit Dolhman.

Elle piqua du nez, s'empara à nouveau de l'aquarelle.

« Rallumez-moi cette lampe. »

Elle recommença à l'examiner sous toutes les coutures, puis lança :

« Et elle en demande combien, celle-là ?

— Elle n'en demande rien, elle souhaite la conserver. C'est votre ami qui la lui a donnée et... »

Cette fois enfin, la colère déferla :

« Donnée ! De mieux en mieux ! Une expertise, alors, elle vous a demandé une expertise... Savoir combien il était prêt à dépenser pour elle... Lui, dépenser ! Dépenser quoi ? Je vous le demande ! Et l'argent de qui ?... »

Puis le calcul a repris le dessus. Suzanne Bennett s'est arrêtée de ricaner, elle a froidement considéré Dolhman et lui a jeté, la lippe à nouveau pendante :

« Et vous, là-dedans, à quel jeu vous jouez ? »

Il a eu un geste embarrassé.

« Je vois. Le mari jaloux. Encore mieux ! Décidément...

— Non, madame, l'ami. Simplement l'ami. »

Elle a haussé les épaules, puis marmonné :

« C'est-à-dire ?

— Exactement comme vous.

— Et alors ?

— Et alors, la situation étant ce qu'elle est, j'ai jugé utile de vous prévenir. Un objet de prix qui vous appartient a été offert par un homme qui vous est cher à la personne avec qui je vis. Comme je suis marchand d'art... »

Elle ne l'a pas laissé finir :

« Je me fiche de vos histoires de marchand d'art. »

Puis elle a répété :

« Donnée, il l'a donnée !... »

C'est à ce moment-là qu'elle s'est mise à ressembler à la mère Bennett, Suzanne Bennett : elle serrait les dents, fermait et refermait sur son sac ses mains grêlées par l'âge. Mais cela n'a pas duré, elle s'est presque aussitôt redressée contre le dossier de sa chaise et elle a cinglé :

« Vous l'avez suivie, votre petite dinde ? Vous vous êtes renseigné sur moi, vous avez pris un détective ? Qu'est-ce que ça peut vous faire, que je vive avec un homme plus jeune que moi ? Ça vous regarde ? »

Dolhman pensa qu'elle allait se lever et partir. Cependant, c'était plus fort qu'elle, elle ne pouvait se détacher de son aquarelle. Elle l'a reprise et s'est remise à la contempler. Puis elle a ajouté :

« Donnée ! Et celle-là, en plus... Un cadeau que je lui avais fait, autrefois, quand... »

« Sa voix s'est alors étouffée, raconte Dolhman, elle n'a pas pu terminer sa phrase ; c'est le seul instant où elle m'a ému, Suzanne Bennett, elle en était blême sous son hâle. J'ai éteint la lampe. Et je n'ai pas eu le loisir de m'apitoyer longtemps, c'est précisément le moment où j'ai reçu le coup de fil que je redoutais depuis des semaines, et par-dessus tout depuis la veille au soir : Juliet m'appelait pour me dire qu'elle ne pourrait pas partir avant la semaine suivante, qu'elle avait encore une montagne de dossiers à régler. Mieux valait que je parte seul, me disait-elle, elle me rejoindrait plus tard.

« C'en était trop. Je me suis contenté de lui répondre que j'étais en rendez-vous, qu'on en reparlerait dans la soirée, et j'ai raccroché. Puis je me suis levé, je suis allé m'asseoir à côté de Suzanne Bennett, je l'ai regardée dans le blanc des yeux et je lui ai demandé : "Ecoutez, chère madame, inutile de se voiler la face, ils vont partir ensemble. Alors vous et moi, qu'est-ce qu'on fait ?" »

La réponse fut instantanée :

« Il ne partira pas. Il ne peut pas. Il a besoin de moi.

— Les cimetières sont remplis...

— De gens indispensables, merci, je sais. Mais figurez-vous que je suis en très bonne santé, tandis que lui, il a une maladie de cœur. Tôt ou tard, il faudra l'opérer. D'ici à quelques semaines, peut-être. Il ne peut pas se passer de moi. »

Suzanne Bennett ne prononçait jamais le nom de Steiner, on aurait dit qu'il lui écorchait la langue. Au bout de tant d'années, sans doute avait-elle dû lui en trouver un autre bien à lui, bien à elle, un petit nom secret. Secret comme ce qui lui voilait maintenant le regard : tous ces mystères partagés durant tant d'années, tout ce qu'ils s'étaient dit et ne s'étaient pas dit, les espionnages, les doubles jeux. Tout ce temps qu'ils avaient passé côte à côte, à défaut d'être ensemble ; et davantage encore celui qu'elle voulait continuer de partager.

Mais déjà son œil s'asséchait, elle avait senti que Dolhman l'observait. Elle se reprit, lâcha :

« Il ne peut rien sans moi, il est mythomane. Mon appartement, vous comprenez, mon argent, il n'a rien d'autre. Les vieilles photos qu'il trouve dans mes malles, les souvenirs de famille qui lui servent à échafauder ses histoires... Où voulez-vous qu'il aille, que voulez-vous qu'il fasse ? Il a tellement besoin de moi... »

La climatisation n'arrêtait pas de ronronner, il ne faisait plus très chaud dans le bureau. Suzanne Bennett éternua, se moucha.

« A vos souhaits », fit Dolhman.

Pour autant, il n'était pas décidé à faire de quartier. Dès qu'elle eut émergé de son mouchoir, il enchaîna :

« Il a tellement besoin de vous qu'il offre à une autre femme des cadeaux que vous-même... »

Elle haussa les épaules :

« Décidément, vous ne comprenez rien à rien.

— Ce que je comprends, c'est que...

— Mais je vous l'ai dit, il n'y a pas de danger, c'est un mythomane ! Seulement, les gens sont tellement prêts à avaler tout ce qu'on leur raconte... Les femmes, surtout. Quelles gourdes ! Plus c'est gros et plus elles le croient, plus...

— Plus ça fait mal. La preuve, Inès Monteiro. Vous êtes au courant, pour Inès Monteiro ? Vous voyez bien qui c'était, tout de même : celle qui travaillait dans l'immobilier, celle de l'hôtel particulier... Un hôtel particulier qui vous appartenait n'est-ce pas, que vous aviez du mal à vendre, et vous aviez demandé à votre ami de vous aider... Et avant, l'avocate... »

Suzanne Bennett ne répondait pas, elle n'avait même pas l'air de l'écouter, elle s'était remise à triturer les anses de son sac. Dolhman s'obstina :

« Vous êtes bien au courant, non ?

— Et alors ? Chacun sa vie, on se débrouille comme on peut.

— On se débrouille... C'est vous qui le dites !

— Oui, parfaitement, on se débrouille, on ne fait que ça. Où est le mal ? Elles n'ont qu'à être plus malignes. Et puis, mieux vaut jouer que d'être joué, non ? »

« Elle m'a cloué sur place, confie Dolhman. Un tel sang-froid, c'était incroyable ! Pas une once de cœur, rien. Et avec ça le sens de la formule, Suzanne Bennett : phénoménale ! Elle vous ôtait les mots de la bouche, à croire que c'était d'elle qu'il avait pris ses leçons, le Steiner. Et dans la seconde, à l'instant même où elle s'est aperçue qu'elle m'avait privé de mes moyens, exactement comme me l'avait raconté Juliet à propos de son homme fatal, elle a changé de tactique, la mère Bennett : elle a commencé à m'enjôler. Là encore, quel talent ! Plus possible de penser qu'elle épluchait au centime près les comptes de la Gérin SA et qu'elle se servait de son gigolo comme maître d'hôtel... Non, brusquement, la parfaite mondaine, grand genre, avec ses breloques en or, son tee-shirt griffé, son jean de luxe et son brushing sans un faux pli... Et rassurante, surtout, tellement rassurante... Je ne sais pas si elle avait déjà en tête son plan tout arrêté, mais, si c'était le cas, elle était vraiment très forte parce que prendre, de but en blanc, comme elle l'a fait, ce ton badin pour me raconter sa vie, ces façons désinvoltes, presque enjouées, comme si Steiner n'avait jamais été qu'une petite fantaisie dans son train-train quotidien, une récréation futile, un vague accroc dans son destin...

« Je l'ai écoutée benoîtement, en buvant ses paroles. Certes, au beau milieu de tout ce miel, affleurait de temps à autre un mot féroce. Cependant, je me suis laissé faire, aveuglé que j'étais par une vanité stupide, le sentiment d'avoir réussi là où Juliet avait échoué : à passer de l'autre côté du décor, dans les coulisses de l'appartement, dans le secret de Steiner, dans sa vérité. D'un seul coup, cet homme, cet appartement que je n'avais jamais vus, qui n'avaient jamais eu d'existence à mes yeux que pour l'emprise qu'ils exerçaient sur la femme que j'aimais, ce lieu et cet être qui n'étaient en somme pour moi qu'une réalité virtuelle, voilà que je les touchais grâce à Suzanne Bennett, voilà à mon tour que j'y étais...

« Seulement, à mesure que je l'écoutais, je sentais aussi le terrain se dérober sous moi. Car, dans ce qu'elle me racontait, je percevais qu'ils avaient également leur *petit jeu*, Steiner et elle, un jeu qui durait depuis des années, trop d'années. Elle me répétait : "Allez, il ne faut pas vous inquiéter, il rentre toujours, il revient toujours chez moi. Il m'a déjà fait le coup une fois." Et elle finit par me confier que, trois ans plus tôt, alors qu'ils vivaient à Londres, Steiner s'était entiché d'une actrice : "Cette fois-là aussi, il s'est mis à y croire, à son histoire, il a voulu décamper. Je peux vous dire qu'il est rentré, et plus vite que ça ! Il n'était pas parti depuis une semaine qu'il est revenu pleurer sur mon paillasson en me suppliant de le reprendre... C'est là que j'ai décidé de me réinstaller villa d'Albray. A cause de ma mezzanine, vous comprenez : deux appartements en un. J'avais déjà tenté le coup, du temps de Banganelli : on peut s'amuser à jouer aux vies séparées. En fait on n'est pas séparé du tout, mais c'est très amusant, il y a des rencontres, on s'épie, enfin, ça met du piment... Seulement, Banganelli ne savait pas s'amuser ; lui, c'était un vrai fou, il a d'ailleurs fini par se suicider. Alors voilà, après l'histoire de l'actrice, je me suis dit que la meilleure solution consistait à retourner vivre villa d'Albray. Et j'avais raison, il est tombé amoureux de cet endroit. Amoureux fou : il ne peut plus s'en passer, il n'en sort plus ou presque, même en été. Pas plus tard qu'il y a une semaine, comme il supporte de moins en moins la chaleur, je l'ai emmené dans un hôtel en Suisse. Il a voulu faire le malin, il a exigé une chambre à part, il s'y est enfermé à double tour et n'a plus voulu en ressortir. Au bout de quelques heures, il a fini par m'agacer, je suis allée frapper à sa porte. Il avait filé. En stop, comme un gamin. Forcément, il n'a pas le sou !

Croyez-vous que je me sois affolée ? Je savais très bien où il était, je n'ai même pas pris la peine de téléphoner. J'ai attendu bien tranquillement le lendemain pour rentrer et, comme prévu, je l'ai retrouvé chez moi. Qu'est-ce que vous voulez, il ne peut pas vivre ailleurs, ni sans ses histoires. Il invente tout le temps. Il n'a qu'un seul repère, c'est son nom. Par exemple, il lit régulièrement dans les journaux les notices nécrologiques. Dès qu'il tombe sur l'annonce du décès d'un Steiner, il va à l'enterrement, présente ses condoléances à la famille. Mais il ne ferait pas de mal à une mouche... Je préfère le voir menteur chez moi que cultivant la sincérité à coup de calmants dans une maison de fous. C'est quelqu'un de très attachant, vous savez, et qui sait être amusant. Et tellement intelligent ! Il est médecin, même s'il n'a jamais exercé... Alors les femmes, les petites gourdes qu'il choisit... Ce n'est pas pour dire du mal de votre amie, seulement, entre nous... Il y a des jours où je me mords les lèvres pour m'empêcher de rire, quand je les vois tomber dans le panneau. J'ai beau jeter de temps à autre des petits grains de sable dans la machine : des coups de téléphone par-ci, des allées et venues par-là, des objets personnels que je laisse traîner, elles marchent, elles courent... Des petites farces, en somme, que je leur fais, d'ailleurs à lui autant qu'à elles... Moi aussi, il faut bien que je m'amuse. Après tout, je suis chez moi !" »

« C'est le changement de ton qui m'a rendu mes esprits, reprend Dolhman, cette façon sèche dont elle avait conclu : *chez moi*. Il me devint alors on ne peut plus clair qu'elle entendait continuer à tout régenter depuis sa mezzanine. Qu'elle n'en ferait qu'à sa tête, peu importait la casse. Or moi, si je m'étais arrangé pour la rencontrer, c'était dans un seul but, et j'étais prêt à tout pour y parvenir : qu'elle rentre villa d'Albray, qu'elle passe un bon savon à son Steiner, qu'elle l'enferme dans sa niche et maintenant défense d'en sortir, fini de jouer, on ne bouge plus, on ne s'approche plus des dames, en tout cas pas de Mme Osborne, allez, couché, maintenant, le bon chienchien à sa mémère... L'ennui, c'était qu'il ne me restait plus qu'une seule carte à abattre. Mais je me suis décidé, je n'avais plus le choix. Il fallait frapper, cette fois, frapper le premier.

« Je me suis donc levé, j'ai rallumé la lampe. J'ai pointé le doigt sur l'aquarelle — il était très leste, ce dessin, presque obscène. Et j'ai repris mon personnage de marchand d'art. Je m'entends encore, presque aussi mondain qu'elle : "Vous l'avez beaucoup gâté, votre M. Steiner. Cette aquarelle est magnifique. Banganelli vous doit beaucoup, vous avez été une muse exceptionnelle. Je crois bien que cette œuvre fait partie d'une série, arrêtez-moi si je me trompe. Je la trouve d'ailleurs très supérieure à bien des tableaux de Banganelli." La mère Bennett buvait du petit-lait, elle a acquiescé du menton, je sentais qu'elle en redemandait. J'ai donc continué : "Il n'y a pas de secret, c'est cela, l'inspiration : Banganelli vous adorait. Vous avez vécu avec lui une très belle, une très grande histoire d'amour. Et on dirait que le public commence à s'en rendre compte, car depuis quelques mois la cote de ces aquarelles n'arrête plus de monter."

« Là, j'ai laissé un blanc, raconte Dolhman, histoire que se déclenche la calculatrice électronique qui devait bien occuper les trois quarts de l'encéphale de Suzanne Bennett. Quand j'ai jugé que son ordinateur central commençait à aligner les zéros, je m'en suis pris au reste de ses circonvolutions, le cerveau primitif, l'hydre femelle, la pieuvre qui ne lâche jamais sa proie. Et je lui ai froidement asséné : "Il a beau être mythomane, votre Steiner, il a quand même un sacré culot. Vous savez ce qu'il a dit à mon amie Juliet quand il lui a offert ce dessin ? Que sa mère était morte et que c'était là son portrait..."

« J'avais enfin touché juste. Suzanne Bennett s'est levée illico. Je revois encore son regard, sur le seuil de mon bureau, quand nous nous sommes quittés. Elle m'a jeté : "Vous pouvez me faire confiance, je n'en resterai pas là. A mon âge, renoncer, c'est un luxe." Je lui ai répliqué : "Renoncer, grands dieux ! Mais renoncer à quoi ?" Elle n'a pas répondu, elle s'est contentée de ficher ses yeux dans les miens. Indescriptible, ce regard. Aucune couleur, la sécheresse même. L'œil de la mort. Et elle a disparu...

« C'est là que j'ai compris qu'on courait à la catastrophe. Et plus rien à faire : tout le contraire de ce que je souhaitais. La situation m'échappait définitivement. Et davantage encore que je ne le croyais : cinq minutes après, j'ai eu beau retourner mon bureau dans tous les sens, j'ai dû me rendre à l'évidence : avec ses manières dégagées, ses petites breloques, son bronzage, l'air de revenir de la plage en tirant sur la laisse d'un caniche insupportable, elle avait gagné la première manche, la mère Bennett : l'air de rien, elle m'avait embarqué l'aquarelle. Sous mon nez ! »

Le duplex du 9, villa d'Albray a vraiment été très difficile à vendre. Sans doute est-ce à cause du cadavre, ou plus exactement des circonstances entourant la découverte du cadavre. Et de l'odeur ; de ce qu'on a dit et écrit sur l'odeur.

On en a fait beaucoup, sur ce chapitre. Aussi, quand les clients se présentaient pour visiter les lieux, c'était plus fort qu'eux, il fallait qu'ils reniflent chaque pièce, on aurait dit des chiens truffiers. Seulement ça ne sentait rien, et pour cause, ça faisait belle lurette qu'on avait tout nettoyé, tout désinfecté, elle était dans leur tête, la mort, pas dans leur nez. Et ils revenaient rarement. En fait, s'ils étaient venus visiter, c'était le plus souvent pour se faire peur. Pour voir aussi s'ils ne pouvaient pas profiter du drame et réaliser une bonne opération. Mais la mort les chassait, aurait-on dit.

Et ils n'appréciaient strictement aucun des atouts de ce très beau duplex. A rafraîchir, certes, et même à rénover, surtout la cuisine et la mezzanine — là-haut, vraiment, les peintures, la plomberie, les sols, l'étanchéité de la terrasse, tout était à reprendre, à se demander comment une personne aussi fortunée que Suzanne Bennett avait pu si longtemps s'en accommoder. Cependant les clients auraient pu se rendre compte du calme, des avantages du jardin, mesurer tout le bénéfice qu'ils pouvaient tirer des emplacements gratuits pour garer les voitures ; mais non, c'était plus fort qu'eux, ils ne voyaient rien. Peut-être étaient-ils aveuglés. C'est étrange, on prétend d'ordinaire que la mort dessille les yeux.

On a pourtant tout essayé, on a baissé sensiblement le prix, sans succès. A un moment donné, on s'est même demandé si ce n'était pas Blazeck qui gangrenait l'affaire ; il était encore chargé des clefs, à l'époque, et il en profitait pour rôder dans l'impasse plus que de coutume afin d'observer les allées et venues ; on l'a surpris plusieurs fois en grande conversation avec d'éventuels clients. Ce qui peut se comprendre : cette histoire, c'était l'aventure de sa vie, il était devenu une célébrité dans le quartier ; et avec un sujet pareil, il trouvait toujours à qui parler.

Non, il n'y était pour rien, Blazeck, et les visiteurs n'avaient nul besoin de lui pour être au courant de l'affaire. Quant à ceux, rarissimes, qui en ignoraient tout, ils finissaient eux aussi par faire la fine bouche. A croire qu'il y avait comme un génie du lieu.

Admettons-le : le drame, sur le coup, avait fait quelque bruit. Mais uniquement à cause de sa date, début août, à un moment où les journalistes n'avaient pas grand-chose à se mettre sous la dent. L'endroit où l'on avait trouvé le cadavre les avait émoustillés ; et davantage encore l'incroyable concours de circonstances qui avait abouti à sa découverte, en ce mardi 2 août où, rentré de vacances avec un jour de retard, Stefan Blazeck, sur le coup de onze heures du matin, après s'être chargé du service des poubelles — un seul bac à vider, celui du 11, la maison au fond de l'impasse, et encore, à demi rempli —, déverrouilla la porte du 9 pour aller arroser les plantes vertes de Mme Bennett sur sa terrasse, conformément aux directives qu'elle lui avait laissées par écrit lors de son passage éclair de la semaine précédente.

La terrasse est située côté jardin et prolonge les anciennes chambres de service de l'immeuble, regroupées au début des années cinquante pour former une mezzanine. C'est là que vit Steiner. Mme Bennett, elle, a sa chambre, son dressing, son bureau et sa salle de bains dans la partie inférieure de l'appartement, côté soleil, tout au bout du couloir en courbe sur lequel donne la cuisine.

Lui, Steiner, vit là-haut, dans ce que Blazeck appelle le *placard*, un réduit qui doit tout de même avoisiner les cinquante mètres carrés. Juste une douche, pas de salle de bains. On aurait pu en aménager une sur la terrasse mais pas question : Mme Bennett y a ses plantes ; sauf en hiver, où on les descend dans la serre.

Elle les adore, ses plantes, Mme Bennett : elle a transformé sa terrasse en jardin tropical. C'est là aussi qu'au premier rayon de soleil, sur sa chaise longue, tout en faisant ses mots croisés, en petite tenue, elle bronze.

Steiner est un as en dépoussiérage, astiquage, récurage et même repassage, mais Suzanne Bennett a eu beau lui faire la guerre, il a toujours été infichu de s'occuper des plantes. Ne parlons pas de les dépoter ou de les engraisser, encore moins de les marcotter, il ne sait même pas comment les arroser. Alors, une fois n'est pas coutume, elle a baissé les bras, la mère Bennett, ça lui revenait trop cher de devoir remplacer tous les deux mois ses boutures pourries et ses graines avortées. Elle s'est résignée à l'idée que Steiner n'aurait jamais la main verte et elle s'est décidée, moyennant *la petite pièce*, comme elle le dit toujours avec sa lèvre qui pend, à confier à Blazeck le soin de procéder à la précieuse opération. C'est une grande maniaque, Mme Bennett, une grande méfiante aussi, elle n'a jamais voulu s'en remettre aux systèmes automatiques. Donc, quand elle sait qu'elle sera absente pour la cérémonie d'arrosage, elle préfère préciser sur une petite fiche le détail du rituel, la quantité d'eau, bien sûr, mais aussi la périodicité, voire l'heure de la liturgie aquatique — assorti de toutes les variantes possibles en fonction des changements de temps. Moyennant quoi, c'est elle qui a la plus belle terrasse du quartier.

Sur la fiche qu'elle a laissée à Blazeck, elle a écrit de son altière et désuète graphie :

Premier arrosage, mardi 2 août, huit heures

Et en capitales :

ENGRAIS LIQUIDE UNE FOIS PAR SEMAINE (deux bouteilles à côté des arrosoirs). Espacer les arrosages à tous les quatre jours s'il pleut. POUR LES CACTÉES RÉGIME ORDINAIRE. Sauf en cas d'orage, il faut impérativement...

Blazeck ne lit même pas la suite de la fiche, il verra plus tard ; il est tellement soulagé que le premier jour d'arrosage ait été fixé au mardi ! En fait, il devait rentrer le lundi. Autant dire ce qui est : il a eu la flemme, à cause des embouteillages. Il s'est offert un jour de repos supplémentaire. Il n'aurait pas fallu que la mère Bennett vînt à l'apprendre, pour une fois que l'enveloppe contenait un gros billet. Il a eu chaud : la spécialité de la Bennett, depuis quelque temps, est de revenir à l'improviste. A cause de Steiner, évidemment ; on dirait que celui-là recommence à faire des siennes. Et le gigolo, qu'est-ce qu'il prend, lui aussi, s'il ne marche pas à la baguette...

Blazeck déverrouille donc la porte d'entrée du 9. Le calme est absolu, le vestibule impeccable, les Girard ne rentreront que le 18. Du côté de Steiner, rien à signaler non plus : en août, c'est comme pour tout, relâche. Au surplus, il n'a jamais fait grand bruit.

Ce n'est donc pas le silence qui arrête Blazeck sur le seuil du 9. C'est l'odeur.

Comme il continue à faire extrêmement chaud (cette année-là est marquée par une canicule historique : cela fait environ six semaines que la température n'a pas baissé en dessous de trente degrés ; les nuits deviennent insupportables), Blazeck pense que le *larbin du deuxième* — pour reprendre ses propres termes — a négligé de vider les poubelles ; et puisqu'il sait que le *Grand Chameau* — comme il surnomme aussi la mère Bennett — est encore plus pointilleux sur le chapitre des ordures que sur celui des plantes, il se dit : « Il a dû y avoir encore du pétard là-haut, le valet de pied de madame a rendu son tablier. » Et il se dirige vers l'endroit d'où semble venir l'odeur, le local situé derrière la petite porte dans le mur en pan coupé.

Il n'y a pas une seule poubelle. Et jamais la petite pièce derrière la porte n'a si fort empesté.

Ce qui a joué contre Juliet, c'est qu'on ait eu autant de mal à la retrouver. C'est sa secrétaire, Thérèse Pirlotte, qui, soupçonnant depuis très longtemps sa liaison avec un de ses correspondants les plus assidus au téléphone, Lucien Dolhman, a fini par lâcher son nom. Dès lors, on les a tous deux aisément localisés.

Juliet se trouvait chez Dolhman depuis cinq jours — elle était arrivée le dimanche 31 juillet. On a commencé par les interroger sur place. Puis ils ont dû rentrer.

Les apparences, là encore, jouèrent contre Juliet : Dolhman avait précisé d'emblée qu'elle avait décidé de ne le rejoindre que le vendredi 5 août. Son arrivée chez lui, le 31 juillet, alors qu'il ne l'attendait pas, avait présenté tous les dehors de l'affolement : un départ en voiture qui n'avait suivi que de trois heures celui de Dolhman, une contravention pour excès de vitesse sur l'autoroute, puis Juliet avait abandonné son véhicule devant la gare du ferry sans prendre garde à l'interdiction de stationner ; enfin, son état d'abattement, à bord, avait été remarqué par plusieurs passagers.

Avec sa rapidité d'analyse, Dolhman soupçonna que si l'on avait tenu à remonter par priorité la piste de Juliet, c'est qu'on avait découvert villa d'Albray assez d'éléments pour faire d'elle ce qu'on nomme en langage journalistico-policier : le *témoin numéro un*. C'était parfaitement raisonné : son numéro de téléphone à la Bibliothèque figurait en bonne place dans l'agenda de Steiner, mais aussi ses coordonnées privées, notées à la date du 15 juillet. A la page du 30, date des faits, il avait entouré de rouge l'heure de leur rendez-vous — midi, comme deux jours auparavant. Conformément à son habitude, Steiner n'avait pas inscrit de nom en regard : ses différentes visites ne se distinguaient sur son agenda que par la couleur du cercle signalant l'heure. Depuis début juillet, ils étaient tous rouges et quelquefois biffés.

Il était donc indiscutable que c'était elle, Juliet, qu'il devait voir à midi, ce 30 juillet. Elle ne chercha pas à le nier : « Nous devions passer quelques jours à la campagne, reconnut-elle sur-le-champ, j'avais pris ma voiture, j'étais venue le chercher. Mais je ne l'ai pas trouvé. »

Le vieux commissaire qui l'interrogeait n'avait aucune envie d'insister. Son très jeune subordonné, en revanche, ne désarmait pas, au mépris d'une chronologie qui, de bout en bout, plaidait pour elle : entre neuf et onze heures, espace de temps durant lequel le médecin légiste avait situé la mort, Juliet se trouvait encore à son domicile, à donner des instructions à sa concierge pour l'arrosage de ses propres plantes. Celle-ci témoignait qu'elle n'avait quitté son appartement qu'à midi moins vingt. D'autre part, une jeune adolescente qui vivait chez ses parents, au 11, villa d'Albray, assurait l'avoir vue sortir de l'impasse vers midi, au plus tard à midi et quart. Quant à Dolhman, toujours installé chez Juliet en dépit de ce qu'il subodorait de ses dispositions d'esprit, il l'avait quittée sur le coup de neuf heures et demie.

Juliet Osborne paraissait en outre parfaitement sincère quand elle affirmait ignorer ce que dissimulait la petite porte à gauche de l'entrée. Ce qui convainquit définitivement le vieux commissaire, c'est le mot qu'elle lâcha dès qu'il se fut décidé à lui parler du cadavre (jusque-là, comme le jeune inspecteur voulait à tout prix la piéger, on lui avait simplement précisé que, dans la matinée du 30 juillet, il y avait eu une grave agression dans l'immeuble du 9, villa d'Albray, et que Steiner avait disparu). Elle pâlit et murmura : « De toute façon, je savais bien qu'il finirait par se passer quelque chose au fond de ces caves. »

Elle tomba des nues quand on lui révéla qu'au 9 il n'y avait pas de caves. Il n'y en avait jamais eu. L'immeuble possédait bien un grand cellier, mais il était situé sous l'appentis et sans communication avec le bâtiment principal. Ce qu'il y avait derrière la porte, c'était un ascenseur. Privatif, pour le service, aménagé dans les années trente à l'intention des domestiques. Il desservait la cuisine du deuxième et montait jusqu'à la mezzanine, face à la terrasse.

C'était là qu'on avait retrouvé le cadavre.

On réexamina alors le témoignage de Blazeck. Il concordait avec les déclarations de Juliet.

Lorsqu'il s'était aperçu que le local de l'ascenseur empestait, malgré l'absence de toute poubelle, Blazeck avait grommelé : « Toujours les histoires du Grand Chameau avec son gigolo ! Qu'est-ce qu'ils ont pu encore trafiquer là-haut ? » Et, selon son habitude, après avoir verrouillé le local de l'ascenseur, il était monté par l'escalier.

« Par l'escalier, et c'est bien ça le plus comique, déclara-t-il. Parce que c'était la mère Bennett qui me l'avait conseillé, elle me disait toujours : "Quand vous n'êtes pas obligé, évitez l'ascenseur, préférez l'escalier, c'est très bon pour votre cœur même si ça vous fait mal à la jambe. Prenez exemple sur moi, je souffre souvent des pieds mais je ne prends l'ascenseur que si je crains de déranger M. Steiner. Je n'ai pas envie de finir comme lui avec des problèmes cardiaques. Il ne bouge jamais, lui, il travaille trop. Et toujours enfermé..." »

Fidèle à son habitude et aux préceptes du Grand Chameau, Blazeck s'engage donc dans l'escalier, avec, comme toujours, sa jambe qui traîne et sa ceinture de clefs tintinnabulantes. Devant la porte de Suzanne Bennett, il sonne. Personne ne répond. Il recommence, insiste, se décide à entrer.

Dans le salon et dans le corridor, tout est en ordre. Le ménage est fait, les rideaux jaunes sont tirés. Mais il doit y avoir de la présence : l'électricité n'a pas été coupée.

Il hume l'air. Il y a bien une odeur. Elle semble provenir d'en haut, de la mezzanine. Blazeck songe alors à la terrasse ; il se demande si, une fois de plus, l'arrosage n'a pas provoqué des infiltrations dans les murs. Il prend donc l'escalier en colimaçon dont le métal vibre irrégulièrement sous ses pas de boiteux.

Sur la mezzanine aussi, tout est en ordre ; simplement, en traversant la longue pièce sombre qui sert de chambre à Steiner, il remarque qu'une des penderies est restée grande ouverte et qu'elle est à moitié vide. Il ne s'attarde pas : l'odeur est maintenant insoutenable. Il se précipite vers la dernière pièce, un bureau qui fait face à la terrasse, et débloque la grande baie vitrée qui donne sur le jardin tropical. Et c'est là, quand il a enfin aspiré une grande goulée d'air, qu'il se retourne vers l'ascenseur.

Pas de doute, c'est de là que vient l'odeur. Il se penche au-dessus de la cage de métal grillagé. La machine est bloquée entre la mezzanine et le niveau de la cuisine.

« Une fois de plus ! peste Blazeck. Je lui avais pourtant dit qu'il fallait le réparer. Ce n'est quand même pas le bout du monde, des joints de porte... »

Il se pince le nez de la main gauche et, de la droite, empoigne la porte, l'ouvre, la referme. Un geste machinal : il l'a déjà fait, c'est la façon la plus simple de débloquer le vieil ascenseur. Enfin il appuie sur la commande, à droite de la cage grillagée. La machine remonte aussitôt.

Avec le même bruit que d'habitude, en soufflant, chuintant, cliquetant. Pour s'arrêter, comme toujours, sur un hoquet.

Blazeck n'a vu d'abord que la valise, ou peut-être n'a-t-il voulu voir que la valise — le reste était vraiment immonde. Et il a eu alors une pensée absurde : mais qu'est-ce qui lui prend maintenant d'emmener ses ordures en voyage ?

Juste un dixième de seconde, le temps de réaliser que la valise était hermétiquement fermée, le temps de consentir à voir les choses en face, d'admettre qu'en fait d'ordures il s'agissait d'un mort. Un mort avec valise, certes, mais qui n'en était pas moins un mort, et puant.

Il a détalé, dévalé les trois étages, il ne s'est arrêté que pour vomir devant le mur en pan coupé.

Il n'y aurait pas eu d'enquête si l'on n'avait trouvé à côté du corps l'emballage vide d'un médicament dont aucun grand cardiaque ne se sépare jamais, la trinitrine. Or le rapport d'autopsie était formel : la mort était due à un infarctus, vraisemblablement précédé de violentes douleurs pectorales et d'une angoisse intolérable, accentuées par la chaleur et la sensation de claustration. Un syndrome bien connu des grands malades du cœur, dont la victime devait être familière puisqu'elle portait sur elle la boîte de comprimés salvateurs. Mais, quand elle l'avait ouverte, l'emballage était vide.

Après Juliet Osborne, on s'intéressa donc à Mme Bennett. Elle avait quitté la villa d'Albray à neuf heures, le fait était avéré ; les occupants de la maison arts déco, rentrés deux jours plus tôt, l'avaient vue monter en voiture, avec quelques bagages. Puis elle s'était arrêtée à la boulangerie la plus proche, miraculeusement rouverte depuis quelques jours. Elle y avait acheté deux croissants « pour la route », avait-elle précisé à la vendeuse. « Et prenez bien soin de M. Steiner quand il viendra vous voir, il a tant de travail et, depuis les chaleurs, il est si fatigué... »

La boulangère était formelle, elle avait aperçu Mme Bennett qui remontait dans sa voiture. Villa d'Albray, on ne l'avait pas revue. Elle était partie pour la campagne, au bout de ses forêts. Là, son petit relais de chasse était si solitaire qu'on était bien incapable de dire quand elle était arrivée. On finit pourtant par trouver un cafetier qui lui avait vendu une cartouche de cigarettes et un briquet jetable au début de l'après-midi du 30 — à quelle heure, il ne savait plus.

On en resta là. A cause d'une massive, d'une grossière évidence : la vétusté de l'ascenseur. Blazeck avait été le premier à en parler : le système de blocage de la porte donnant dans la mezzanine était depuis longtemps détérioré. Sous l'effet des vibrations de la machine — au mécanisme plus proche de celui d'un monte-charge que d'un véritable ascenseur —, il était déjà arrivé deux ou trois fois que cette porte s'ouvrît très légèrement ; le moteur s'était alors arrêté et l'ascenseur était resté bloqué. Chaque fois qu'un tel incident s'était produit, Suzanne Bennett était présente dans l'appartement, il avait suffi à Steiner de crier pour l'alerter. Mais, six mois avant le drame, la même mésaventure était arrivée à Blazeck, un jour qu'il montait des sacs de terreau pour le jardin tropical, et c'est sur son insistance que la mère Bennett s'était décidée à demander un devis de réparation. Elle l'avait trouvé trop élevé, n'avait pas donné suite. Elle — sauf quand elle avait de bonnes raisons — prenait toujours l'escalier...

Au demeurant, comme elle l'avait fort justement rappelé : « En cas de pépin, il y a toujours la trappe. » De fait, pour rudimentaire qu'il fût, l'ascenseur du 9 était réglementairement équipé d'une planche basculante qui permettait de s'en échapper.

Alors pourquoi refuser l'affreux concours de circonstances, la cruelle évidence, comme l'avaient écrit les journalistes, un malheureux cardiaque resté prisonnier d'un ascenseur privatif dans un immeuble vide au plus creux de l'année ? Pourquoi s'acharner sur une dame d'âge que tous les témoins, Blazeck en tête, innocentaient d'avance ? Pourquoi lui en aurait-elle voulu, Mme Bennett, à son Steiner ? Bien sûr, elle n'était pas toujours commode, c'est le moins qu'on puisse dire. Bien sûr, ils avaient tous deux des rapports qu'on pouvait qualifier, sans être médisant, d'un peu *spéciaux*. Mais elle lui laissait la bride sur le cou, à son gigolo. Il recevait sous son toit qui il voulait et il ne s'en privait pas ; elle-même ne s'en formalisait pas : pensez donc, trente ans de plus, elle savait bien qu'elle avait passé l'âge... Ça ne l'empêchait pas, dès qu'il commençait à tourner de l'œil, d'être aux petits soins pour lui. La preuve : la veille même du drame, elle lui avait pris rendez-vous pour la rentrée avec un chirurgien afin de voir quand et comment on pourrait l'opérer...

En vouloir assez à un pauvre malade pour le bloquer dans un vieux monte-charge par trente-cinq degrés à l'ombre et le laisser pourrir là pendant trois jours, il fallait quand même en avoir l'idée ! Sans compter la volonté. Une monstrueuse volonté.

Il y a eu aussi la façon dont elle s'est effondrée, Suzanne Bennett, quand elle a appris la nouvelle. Plusieurs jours à pleurer, à ne plus pouvoir parler. Sauf avec les policiers.

Avec qui elle a été parfaite. Gentille et douloureuse, coopérative en dépit de son deuil et de ses douleurs aux pieds, elle n'est tombée dans aucun piège : réponse à tout, calme et dignité.

Affaire classée.

Epilogue

Deux mois plus tard, Suzanne Bennett a décidé de vendre l'appartement. C'est là qu'elle a contacté mon agence. Comme j'étais au courant de ce qui s'était passé dans l'ascenseur et que moi aussi, ce fait divers ne laissait pas de me fasciner, j'ai décidé de m'occuper personnellement de l'affaire au lieu de la confier à mes employés.

Fin octobre, Mme Bennett a déménagé ; à la mi-novembre, les visites ont commencé.

Comme je l'ai déjà dit, aucun acheteur sérieux ne s'est présenté. Au bout de cinq minutes, je m'apercevais que les clients n'étaient pas intéressés. A soixante-cinq ans, vous pensez, j'ai du métier. Très peu d'entre eux revenaient. Je n'ai jamais vu que deux visiteurs pour s'acharner.

Le premier, c'est Juliet Osborne. Elle s'est présentée dès le premier jour de mise en vente, le 10 novembre. Ce qui l'intéressait, c'était la mezzanine. Elle a eu l'air déçu quand elle a vu la petite douche et ces trois pièces sales et vides. Devant la terrasse, je l'ai entendue murmurer : « Tiens, je n'aurais pas cru... » Mais ce n'est que la seconde fois que j'ai réussi à la faire parler.

L'homme, Lucien Dolhman, a été beaucoup plus coriace. Pourtant je crois qu'on ne fait pas mieux que moi comme vieille renarde. Il est revenu trois fois, celui-là, sous un faux nom ; c'est seulement à la quatrième visite que j'ai vu clair dans son jeu. Comme la petite Juliet m'avait déjà beaucoup parlé, je n'y suis pas allée par quatre chemins, je lui ai dit qu'il n'avait aucune envie d'acheter et qu'il était comme tout le monde, fasciné par ce qui s'était passé. Il ne s'en est pas formalisé. Et là, sans transition, il m'a presque tout raconté.

Ensuite, on s'est revus. On continue. Il y a des jours où il a l'air d'aller mieux, mais, le plus souvent, il est sombre, il ne semble pas très heureux. Je ne vois pas de quoi il se plaint, il a eu ce qu'il voulait : Juliet ne l'a pas quitté. C'est d'ailleurs bien pourquoi il n'a jamais lâché à la police ce qu'il savait de la mère Bennett. Les gens, c'est toujours la même chose : la mort violente, même si ça les fascine, dans le fond ça les barbe. C'est trop compliqué pour eux. La vie continue donc, ou ce qui y ressemble.

Juliet Osborne, elle, impossible de savoir ce qu'elle pense, sauf quand elle se met à parler de Steiner. Elle reste persuadée qu'ils auraient pu être heureux ensemble. Avec Dolhman, elle cherche tout de même un appartement. Je ne m'en occupe pas : il ne faut pas mélanger les genres.

A force de les écouter, ces deux-là sont devenus des amis, ils m'appellent, on prend le thé. Toujours séparément. Ils n'ont jamais compris qu'ils avaient eu la même idée, visiter l'appartement, et la même envie de se lier avec moi. Ils ne savent toujours pas que je connais le fin mot de leur histoire. Je n'ai pas de scrupules, tous deux m'ont confirmé que depuis qu'ils sont ressortis du commissariat de police, ils n'ont plus jamais reparlé de Steiner, de l'appartement ni de la mère Bennett. C'est comme un pacte entre eux. Un pacte silencieux.

D'ailleurs, s'ils en parlaient ensemble, pourquoi faudrait-il qu'ils viennent me voir pour ressasser ce qui leur est arrivé ? Quand ils m'appellent, je les reçois bien volontiers. Ça me distrait, de prendre le thé avec eux. Ici, dans le salon, comme avant. Parce que l'appartement, en fin de compte, c'est moi qui l'ai acheté.

Au mois de mars dernier, quand j'ai vu qu'on n'arriverait jamais à le vendre. Bien entendu, j'ai fait sérieusement baisser le prix et elle a bien été obligée de plier, la mère Bennett, tout Grand Chameau qu'elle soit. Ensuite, j'ai tout refait. A neuf, de fond en comble. Il est superbe, maintenant, l'appartement. Et j'ai tâché de me trouver la vie qui va avec.

Ça n'a pas été bien difficile. Ce que j'ai oublié de dire, c'est que parmi les visiteurs qui sont revenus plusieurs fois, il y a eu un homme roux, encore assez jeune, qui était lui aussi attiré par l'odeur du fait divers — forcément, il avait été détective, il venait de vendre son affaire. On a sympathisé tout de suite : lui, au moins, il a été franc du collier, il m'a raconté d'emblée ce qui l'amenait : il avait travaillé pour Juliet Osborne et tenait, comme les deux autres, à voir à quoi il ressemblait au juste, ce fichu appartement. Mais ce qui nous a bien plus rapprochés, c'est qu'il aimait le bricolage et la décoration. Il fourmillait d'idées sur la façon de le retaper. Si le prix qu'en demandait la Bennett ne l'avait pas fait reculer, je crois bien qu'il l'aurait acheté.

C'est là que j'ai eu l'idée de m'y installer. Et de confier sa réfection à ce beau petit lascar dont j'ai appris, en écoutant Juliet Osborne, qu'elle et Dolhman le surnommaient le Coyote. Tout à fait mon genre d'homme, soit dit en passant : musclé, bien râblé et tellement doué de ses mains ! La peinture, la menuiserie, l'électricité, la plomberie, il sait tout faire. Je lui ai donc proposé de s'occuper de la réfection des lieux. Et de le loger sur place le temps des travaux. Il a tout de suite accepté. Je pense aussi que je suis très bien tombée : à ce moment-là, suite à une histoire de femme, il vivait une fois de plus à l'hôtel.

Les travaux sont finis, l'appartement est magnifique, et il est toujours là, le Coyote. Je ne m'en plains pas. Je suis maintenant à la retraite et ça me fait une compagnie. Il est tellement drôle, tellement vivant, il me rend aussi tant de services. Et discret, avec ça : naturellement, un ancien détective. J'ai fait comme la mère Bennett, je l'ai installé dans la mezzanine. C'est là qu'il a toutes ses histoires avec les femmes. Moi, je ne m'en mêle pas, je ne monte jamais là-haut, je me contente de vérifier de temps en temps qu'il ne m'a pas ramené une petite garce. J'ai désaffecté la terrasse ; de toute façon je n'aime pas les plantes vertes et je ne me fais jamais bronzer. Bien entendu, le Coyote m'a réparé l'ascenseur. On ne sait jamais, avec l'âge, je commence à fatiguer.

Et je dors mal. Je fais des rêves, de drôles de rêves.

Exactement comme Juliet Osborne. Des cauchemars, pour appeler les choses par leur nom. J'ai fini par en parler à mon médecin de famille. C'est lui qui m'a conseillé de consulter un psychiatre.

Il revient au moins une nuit sur deux, mon cauchemar, et c'est toujours le même. Je me demande si ce n'est pas la faute de Blazeck ou, pour être plus précise, si tout ça ne vient pas de ce que m'a raconté Blazeck sur son interrogatoire au commissariat de police. Ce jour-là, à ce qu'il m'a dit, il avait choisi de faire l'imbécile, et il est très fort à ce jeu-là, Blazeck, il en a tellement vu, dans les pays de l'Est ! Il avait joué le demeuré, l'étranger, celui qui comprend mal. Si bien que les deux flics, au moment où ils devaient prendre la décision de le renvoyer dans ses foyers, n'ont pas refermé la porte quand ils sont allés discuter dans le bureau d'à côté.

Il a tout entendu. Les policiers étaient deux : un vieux, un commissaire qui était à trois semaines de la retraite et un jeune inspecteur tout fou. Maintenant que Juliet Osborne avait été mise hors de cause, celui-ci voulait s'acharner sur la mère Bennett. Il n'arrêtait pas de répéter au vieux commissaire que si Blazeck avait pu, comme il l'assurait, débloquer l'ascenseur en ouvrant la porte, la même manœuvre avait pu suffire à l'arrêter. Le vieux commissaire l'a laissé parler, il l'a écouté sans broncher. Il était fatigué, il avait chaud, il a débouché une bière et a laissé l'autre aller jusqu'au bout de son petit scénario.

Je le connais par cœur : il est gravé dans ma tête, c'est cette histoire qui me revient chaque fois que mon cauchemar me réveille en sursaut et que je n'arrive plus à fermer l'œil.

On est le 30 juillet, à neuf heures moins cinq. La veille, dans la journée ou pendant la nuit, la mère Bennett s'est arrangée pour faire main basse sur toutes les boîtes de trinitrine qui pouvaient se trouver dans l'appartement, notamment sur celles que Steiner entrepose systématiquement dans ses costumes. Elle a vidé les comprimés, remis les emballages en place. Quelques minutes avant neuf heures, ils se sont quittés bien tranquillement, elle a pris sa voiture ; maintenant, elle va chercher ses croissants.

Chez la boulangère, elle fait en sorte que celle-ci remarque bien qu'elle est sur le départ ; elle veille aussi à lui souligner combien Steiner est fatigué. Puis elle va se garer à cinq cents mètres de là et revient à pied villa d'Albray, mais en empruntant la porte du jardin, sur la voie que Juliet Osborne appelle la rue du ministère. Ce ne sont en fait que les façades arrière de bâtiments administratifs, et les risques que prend alors Suzanne Bennett sont infimes : en ce samedi de départ en vacances, la rue est déserte.

Elle pénètre par l'arrière dans l'immeuble du 9 ; lui aussi est absolument vide. Elle est maintenant en lieu sûr. Selon son habitude, elle monte chez elle par l'escalier. Elle entre sans un bruit, gravit sur la pointe des pieds l'escalier métallique, pénètre dans la chambre de Steiner, puis dans son petit bureau, où elle tombe sur la scène à laquelle elle s'attendait : il est en train de boucler sa valise.

Il est neuf heures et quart, neuf heures trente à tout casser. Premier choc pour Steiner : il sursaute, elle l'apostrophe. Il répond. Dispute, injures. Un des deux lâche le nom de Juliet. Nouvelles injures, il fait trente-cinq degrés, la pression monte. Steiner ferme sa valise et décide de décamper, naturellement par l'ascenseur qui se trouve face au bureau où Suzanne Bennett l'a surpris en train de plier ses vêtements dans sa petite valise. Et puis, il est si fatigué.

Elle le suit, l'invective à la bouche. Mais il lui échappe, la porte de l'ascenseur claque.

La machine commence à descendre. Juste le temps pour Suzanne Bennett d'ouvrir la porte aux joints défectueux. L'ascenseur se bloque dans la seconde. Il fait une chaleur à crever.

Steiner crie, s'étouffe, sent venir la crise. Il cherche dans sa poche la boîte de trinitrine. Elle est vide. Dans un effort désespéré, il tente de soulever la trappe. Mais elle, la Bennett, appuie sur la planche. Et elle tient bon. Pas difficile, même à soixante-sept ans, même avec des *douleurs : c'est une prise bien solide que celle d'un talon bottier.*

Et elle attend qu'il crève comme un vieux chien. Puis ressort comme elle est venue, par la porte du jardin.

« Vous êtes très ingénieux, mais vous n'avez pas de preuves, a soupiré en s'épongeant le front le vieux commissaire. Avant de la coincer, la Bennett, il faudrait lui faire avouer qu'elle n'était pas sur la route à cette heure-là. C'est sûr, elle est capable de tout. Mais les monstres, croyez-moi, ça court les rues ; et même si c'est malin, ils ont presque toujours la flemme de passer aux actes. Un beau crime, c'est toute une organisation. Et vous avez vu l'état de l'ascenseur ? Complètement fichu, des joints jusqu'au moteur. Cette Suzanne Bennett, vous pouvez toujours courir avant de la faire craquer... »

« Le commissaire était fatigué, m'a raconté Blazeck, il bâillait tout le temps en buvant sa bière, il devait penser à sa retraite. Ce soir-là, il faisait vraiment très chaud, très humide. C'est d'ailleurs dans la nuit que les orages ont commencé... »

Moi, maintenant, dans l'appartement, peu importe le temps, chaud ou froid, été comme hiver, orages ou pas : depuis que Blazeck m'a raconté tout ça, je n'arrête plus d'en rêver, de la Bennett. Elle me gâche la vie, il faut que je m'en sorte.

Parce qu'une nuit sur deux, docteur, c'est toujours la même chose : je vois revenir exactement le même cauchemar. D'abord l'ascenseur, puis la trappe. Ensuite, au beau milieu de la planche, solidement appuyée, la jambe de la mère Bennett et son talon bottier beige, sobre, massif, bien ciré ; en somme, banal. Mais pressant la trappe avec application, comme un bon fossoyeur. Sépulcral, ce talon. Fatal.

Du même auteur :

QUAND LES BRETONS PEUPLAIENT LES MERS Fayard, 1979.
LES CONTES DU CHEVAL BLEU LES JOURS DE GRAND VENT, Livre de Poche Jeunesse, 1980.
LE NABAB, Lattès, 1982.
MODERN STYLE, Lattès, 1984.
DÉSIRS, Lattès, 1986.
SECRET DE FAMILLE, Lattès, 1989.
HISTOIRE DE LOU, Fayard, 1990.
LA GUIRLANDE DE JULIE, Robert Laffont, 1991.
DEVI, Lattès/Fayard, 1992.
QUAI DES INDES, Fayard, 1992.
VIVE LA MARIÉE, Editions du May, 1993.
LA VALLÉE DES HOMMES PERDUS, Editions D. S., 1994.

Composition réalisée par JOUVE

IMPRIMÉ EN FRANCE PAR BRODARD ET TAUPIN
Usine de La Flèche (Sarthe).
Librairie Générale Française - 43, quai de Grenelle - 75015 Paris.

ISBN : 2 - 253 - 14039 - 2 ◈ 31/4039/9